Sinnliche Wolkenfrauen

Babara Wolke

Sinnliche Wolkenfrauen

Herstellung und Verlag: BoD – Books on Demand, Norderstedt ISBN: 9783749471188

Inhalt:

Dieses Buch ist all denen gewidmet, die ihren Sex selbstbestimmt, den Neigungen entsprechend, tabulos und auf Augenhöhe mit ihren Partnern ausüben.

Ich

Wir Frauen träumen doch manchmal von tabulosem Sex. Welche Frau ist nicht schon mal schweißnass aufgewacht und ertappte sich dabei, ihre wilden Träume genossen zu haben. Mit der Zeit habe ich gelernt, zu erkennen, welcher Sex zu mir passt und erfülle mir somit manchen Traum. Ich begann, meine Träume zu leben, um mein Leben nicht zu verträumen.

Ich liebe tabulosen, offenen Sex und bin, bei so mancher sich mir bietenden Gelegenheit, nicht abgeneigt, mich darauf einzulassen, wenn der Sex mit gegenseitigem Respekt und auf Augenhöhe stattfindet. Das geschieht zuweilen auch sehr spontan, wenn der Funke direkt überspringt. Meine Neigungen können als bisexuell beschrieben werden. Dennoch fühle ich mich mehr zu Männern hingezogen.

Der Sex wird meistens von meiner momentanen Geilheit gesteuert. Es ist wie ein Zwang, einen Orgasmus erleben zu wollen. Ich empfinde das so, als ob ich es meinem Körper schuldig bin. Sehnsüchtig will ich die Gefühle erleben, die zu den Schönsten gehören, die mir mein Körper geben kann.

Für mich habe ich den Begriff „Wolkenfrau" gefunden. Wolkenfrauen sind starke, mutige und dazu selbstbewusste Frauen. Wolkenfrauen scheuen sich nicht, ihre Lust zu erkunden und auszuleben. Ich habe viele dieser Wolkenfrauen kennengelernt. Mir ist durchaus bewusst, wie sie mich beeinflusst und sich selbst weiter entwickelt haben. Irgendwie ist es immer wie ein Verlassen festgefahrener Wege. Bisherige Ansichten fallen lassen und sich für neue Dinge begeistern. Diese aufzunehmen und mir zu eigen zu machen, bedeutet mir sehr viel.

Nr. 1: Traumhaft geil, so wunderbar

Es gibt doch nichts Schöneres, als Sehnsüchten und Gefühlen immer wieder freien Raum zu lassen, um es ausleben zu können. Hier ist alles erlaubt. Wir erleben uns im gegenseitigem Geben und Nehmen und erleben geile, erotische Explosionen. Manchmal tauchen sie wie im Nebel unter, aber sie sind trotzdem immer vorhanden. Ein schönes Bewusstsein, woraus eine Kraft entsteht, mit der sich mitunter Berge versetzten lassen.

Damit alles passt, brauche ich dich. Ich muss mir meine Gefühle immer wieder bestätigen können. Die menschliche Seite der Lust öffnet sich und lässt das Leben lebenswert, liebenswert und geil sein. Es gibt nichts Schöneres als die gemeinsame Vereinigung. Der Atem wird laut und gegenseitiges Schenken fließt zurück in eine Herzenslust, die immer größer wird und uns total erschöpft.

Gefühle pulsieren und gaukeln unseren Sinnen etwas vor. Bedingungsloses Vertrauen, dort wo nur die Liebe weilt und wir uns ins Bodenlose fallen lassen können. Sich zu begegnen mit Respekt, mit dem Gefühl der Hochachtung, der Geborgenheit und ohne Angst, etwas Verbotenes zu tun. Sich damit gemeinsam Beschenken, das ist ein großes Glück. Du machst mir Komplimente und bist so wunderbar. Mit offenen Armen stand ich da. Mein Brustkorb hob und senkte sich mit meinen tiefen Atemzügen. Wie schön das Leben ist, ich spürte Freiheit. Als ich dich in meine Arme schloss, spürte ich deinen heißen Atem. Dir meinen ganzen Respekt zu zollen und dir meine Hochachtung zu erweisen, das ist mir wichtig. Ich weiß es zu schätzen, wie sehr du dich um mich kümmerst. Du fühlst es, wenn ich dich brauche. Du weißt, dass ich dir alles zurückgebe. Wenn ich deine Hilfe brauche, bist du da. Wenn ich mich einsam fühle, bist du da. Wenn ich dich, wie ein Kind fragend mit großen Augen anschaue und wenn ich weine, bist du für mich da. Du kennst mich nur zu gut und weißt genau, dass ich dich brauche. Dieses bedingungslose Vertrauen, bei dem ich mich fallen lassen kann und niemals mehr enttäuscht werde. Dieses Vertrauen gab es vorher nicht in meinem Leben, obwohl ich es mir immer herbeigesehnt hatte.

Das Leben bereitete mir Narben, die nie heilen werden. Ich werde mich immer daran erinnern. Verzeihen ist die eine Sache, vergessen die andere. Vergessen, einfach vergessen kann man es nicht. Dazu war es zu bitter. Jetzt aber kann ich freier atmen. Jetzt brauche ich keine Angst mehr zu haben.

Jetzt bin ich gewachsen, stark geworden und erfüllt von Liebe und fühle mich frei. Jetzt bin ich unternehmungslustig und spüre immer wieder wie ein Kind, deine sanften Hände, die mich schützen. Ich weiß, ich werde immer wieder schreiben und schreiben und ich weiß, dass ich dich dazu brauche.

Wenn ich dich dann fühle, dann bin ich unersättlich. Dann fühle ich mich niemals einsam und könnte Berge versetzen. Dann weiß ich, es gibt jemanden, der genauso fühlt wie ich. Es ist ein so schönes Gefühl, aus dem diese Kraft entsteht, um sich allen Anforderungen zu stellen. Dann entsteht dieses gegenseitige Geben und Nehmen, verbunden mit den tiefen Gefühlen und den Explosionen. Da gibt es nichts Verbotenes. Sich öffnen, sich eingestehen und sich gemeinsam verzehren, erfüllt mich mit nie zuvor dagewesenen Glücksgefühlen.

Ich will es und ich spüre es, diese gewaltigen ausbrechenden Eruptionen. Wenn du zu mir kommst, mich berührst, ist es, als ob mir die Knie zittern. Du nimmst mich und ich spüre dich. Ich bin gierig auf dich. Ich will dich auskosten. Ich spüre dich ganz tief in mir. „Mach es, fick mich!", hämmert es dann in meinem Kopf. Und mittlerweile fühlt es sich so an, als schwebte ich auf Wolken. Du wiegst mich wie auf Wellen. Tief in mir ist dieses Glücksgefühl. Das gibt mir Wärme und Geborgenheit. Manchmal wird mir schwindelig und nehme nur noch mich wahr.

Du stützt dich auf deinen Armen ab. Du stößt und ich spüre deine Kraft. Du musst es einfach tun. Du kommst mit mir in den Ozean der Wildheit, der peitschenden Wellen und der brausenden Stürme. Die Wellen schlagen höher, wirbeln uns innerlich durcheinander. Wo ist hell? Wo ist dunkel? Was geschieht da? Sterbe ich? Fühle ich noch? Bin ich noch? Dann ist es wieder, als ob die Wellen des Ozeans mich ausspucken, zurück an den Strand werfen und mich dort einfach liegen lassen. Ich nehme dich wieder wahr. Du kannst mein tiefstes Inneres, meine Gedanken und Gefühle, wahrnehmen. Und da ist es wieder, das Glück. Das Zucken von dir, die Wärme, das Abspritzen. Dein Blick ist verklärt. Ich koste dich ganz aus, bis hin zum letzten Tropfen, bis es aus mir herausläuft. Ja, da ist sie, die grenzenlose Leidenschaft, größer als jemals zuvor. Eine neue Zeit bricht für mich an, eine neue Zeit mit dir, mit uns.

Ich bin so glücklich mit dir und nichts kann mich in meinen Gedanken von dir trennen. Ich bin dein.

Nr. 2: Traumhaft geil, mein Orgasmus mit ihm

Bereits den ganzen Nachmittag war ich unruhig. Immer wieder spürte ich die Feuchtigkeit zwischen meinen Beinen. Ja, immer wieder wollte ich es mir machen. Aber er wollte mich heute noch ficken. Endlich der erlösende Anruf. Ich sollte in sein Hotelzimmer kommen.

„Ich will ihn haben", waren meine Gedanken, als der Fahrstuhl anhielt und die Türen sich öffneten. Ich klopfte an die Zimmertür mit der Nummer, die er mir gegeben hatte und fiel bereits Sekunden später in seine Arme. Nein, da blieb keine Zeit für eine Begrüßung. Wir hatten beide diesen Augenblick herbeigesehnt und konnten deshalb nicht mehr länger warten. Die Klamotten flogen nur so von uns und unsere Lippen schienen unzertrennlich.

Ich spürte, wie seine Eichel eindrang. „Mach langsam, ich will auch kommen", lächelte ich ihn an. Er ging tief und zog dann schön langsam durch. Immer wenn er ganz drin war, drückte er noch mal nach. Ich hielt dagegen und spannte im gleichen Rhythmus die Beckenbodenmuskeln an. Es war wundervoll und er ging gut darauf ein. Ich spürte die gestiegene Durchblutung in meinem Becken. Kräftig stimulierte ich meine voll erblühte Klitoris. Mir wurde gewaltig warm. Jetzt konnte ich auch meine Vaginalmuskeln anspannen und hielt seinen Penis damit umklammert. Alles fühlte sich richtig hart an. Sein Ficken erlebte ich so viel intensiver.

Ich wusste, jetzt musste ich ihn bremsen, um nicht selber vor ihm zu kommen. Meine Hand umklammerte seinen Unterarm. „Nein, halt an! Nicht weitermachen! Warte bitte!", bat ich ihn. Er verlangsamte das Tempo ein wenig und ich jubelte innerlich.

Ich liebte diesen Zustand. Ich ließ nun seinen Unterarm los und er fickte ganz langsam weiter. „Schön eng, schön hart!", hörte ich ihn sagen. Meine Votze war im erregtem Zustand jetzt wesentlich enger. Alles war von einer angenehmen inneren Wärme durchzogen. Ein wunderbarer Zustand. Wir wiederholten das Spiel einige Male. Dann aber kam ein Gefühl der Überwältigung, ein Beben. Nichts konnte ich mehr steuern. Meine Muskeln zuckten unkontrolliert. Ich bebte am ganzen Körper. Als er das spürte, stieß er noch fester zu. Er rammelte sich rein in meine Votze. Das verstärkte noch das Gefühl. Aber das nahm ich nur wie im Rausch wahr. Als Nächstes kamen die Entspannungswellen. Ich war mit mir und meinen Muskelkontraktionen alleine. Es gibt keine schöneren Gefühle.

Als ich wieder klar denken konnte, war er immer noch in mir. Sein Samen lief aus meiner Votze an seinem Penis vorbei. Ich spürte die Nässe an meinen Beinen und sein kleiner gewordener Penis rutschte raus. Ich steckte mir einen Finger rein. Das brauchte ich jetzt. Das wollte ich mir nicht nehmen lassen, noch ein wenig nachzuficken.

Nr. 3: Traumhaft geil, der Manne

Seine blonden Haare waren nicht mehr ganz füllig und ein schlanker Adonis war er auch nicht. Aber er wirkte deshalb nicht unsportlich. Ich starrte in seine graublauen Augen, unfähig etwas zu sagen. „Der ist es!", ging es mir durch Kopf. „Also doch gut, eine Anzeige im Internet aufgegeben zu haben."

Ich hatte Herzklopfen, als wir an die Hotelbar gingen. Manne bestellte zwei Prosecco und sagte mit einem liebevollen Lächeln: „Na dann auf eine schönes Treffen." Er nahm mir jede Scheu, blieb ganz ruhig, sah mir liebevoll in die Augen und ließ mich ausreden. Wir wurden ein wenig lockerer und unterhielten uns sehr angeregt. Er war stets zuvorkommend, mir immer zugewandt.

Nach dem zweiten Glas Prosecco rutsche ich vom Barhocker runter und stellte mich neben ihn, als ob ich mich ausstrecken wollte. Dabei legte ich meine Hand auf seinen Arm. Ja, ich wollte ihn ficken. Ich wollte wissen, wie er mich erlösen würde, was ich bei ihm spüren würde. Er hatte ja längst gewonnen, aber er wusste es noch nicht.

Er redete und ich hörte ihm geduldig zu, bis ich mich an ihn lehnte und ihm ins Ohr flüsterte: „Komm!" Sein Lächeln fror ein, seine Augen starrten mich an. Ich konnte sehen, wie er daran arbeitete, was das zu bedeuten hatte. Dann streckte er seine Arme aus, nahm mich fest in den Arm und genoss den Moment der Berührung und sein Mund formte nur das Wort "Ja".

Im Hotelzimmer zitterte ich am ganzen Körper. „So schnell war ich noch nie mit einem Mann im Bett", fuhr es mir durch den

Kopf und Zweifel kamen in mir auf. War es denn gut so? Manne spürte das irgendwie. Er nahm mich in den Arm und schaute mir in die Augen. Ich spürte seine Wärme während der Umarmung. Ich fühlte mich jetzt bei ihm geborgen. Dann trafen unsere Lippen aufeinander.

Aufregend war das. Ich war sofort geil und küsste ihn wild. Wir prallten regelrecht aneinander. Nein, er brauchte nichts zu machen. Als seine Männlichkeit überdeutlich zu spüren war, ließ ich die Jeans und das Höschen fallen, das Top und der BH flogen in die Ecke. Ich kniete vor ihm hin und holte seinen Penis aus der Hose, den ich sofort in meinem Mund verschwinden ließ. Ich brauchte das, um mich richtig aufzugeilen. Als er mit seinen Händen meinen Kopf festhielt und mir seinen Schwanz noch weiter reinschob, begann er vorsichtig zu ficken. Ruhig fickte er weiter. Auch ein wenig tiefer, aber nicht brutal, gerade so wie ich es brauchte, um entspannt zu sein und nicht befürchten zu müssen, ihn zu tief in die Kehle gerammt zu bekommen. Dann unterbrach er. „Pssst, nicht gleich hier", hörte ich nur, als er mich zum Bett dirigierte. Wie im Traum legte ich mich dort auf den Rücken und spreizte meine Beine. Ja, ich wollte ihn. Er sollte mich ficken.

Als ich ihn aufnahm, klopfte mein Herz wie wild. Manne drang ein, er hatte sehr leichtes Spiel. Ich war so nass, ich floss ja schon aus. Ich spürte, wie er mich ausfüllte, tief eindrang, sehr tief eindrang. So sehr, dass er meine Scheide damit förmlich in die Länge zog. Eine wohlige Spannung spürte ich in mir.

Manne spürte das und begann, wieder ganz langsam zu ficken. Er gab mir Zeit, mich auf ihn einzustellen. Immer wieder küsste er mich und lenkte mich so ab. Ich entspannte mich immer mehr und ließ mich jetzt fallen. Stur fickte er weiter. Er spürte, wie es in mir aufstieg, wie sich der Orgasmus ankündigte. Ich legte den Kopf in den Nacken, hob die Füße, spannte meinen Körper. Dann aber hörte er plötzlich auf und drehte sich auch auf den Rücken. Ich starrte ihn etwas verwirrt an. Es war doch so schön.

Ich setzte mich jetzt auf ihn und wollte weitermachen. Aber er bremste mich, nahm mein Becken und deutete mir, eine kippende Bewegung zu machen. Ja, mir gelang es, seinen Penis zu melken, mich um ihn zu kümmern. Ich spürte seine Hände auf meinen Titten und verlagerte mein Gewicht nach vorn. Als ich an meine Klitoris greifen wollte, verweigerte er mir dies. Eigentlich unternahm er alles, damit ich nicht zum Orgasmus kam.

Er stieß seinen Schwanz nur kurz zwischen meine Schamlippen. Ich jubelte und die Spannung nahm zu. Wieder kündigte sich bei mir ein Orgasmus an. Und wieder stellte er das Ficken ein. Diesmal aber genoss ich die Zeit des Abklingens, diese Hochstimmung, einem Orgasmus entgegenzusegeln. Ich atmete nur noch stoßweise. Wie machte er das, in mir diese Spannung aufrecht zu halten? Ich war selig, ich vertraute ihm, ich ließ mich tiefer und tiefer fallen.

Als er mich wieder umdrehte und von vorne eindrang, legte er meine Beine über seine Schulter. Er war tief in mir, gab mir Raum und Gelegenheit, mich bewegen zu können. „Mach du!", sagte er zu mir. Ich starrte ihn an, bis ich es begriff. Dann bewegte ich mein Becken. Langsam und ohne jede Hektik. Ich spürte die Wellen des herannahenden Orgasmus'. Ich tastete mich an die Kante heran, stoppte aber, bevor der Orgasmus zum Durchbruch kam. „Brav", hörte ich ihn sagen, „sehr brav."

Mein Atem stockte. Ich nahm nichts mehr wahr. Mir wurde dunkel vor Augen und ich sah die Sterne tanzen. Dann spürte ich es unverkennbar, dieses Pulsen seines Schwanzes. Er kam tief in mir. Ich spürte, wie sein harter Samenstrahl mich traf. Manne meinte später, ich hätte dabei geröhrt wie ein Hirsch. Es war heftig und schön, was in mir passierte. Nein, so einen Orgasmus hatte ich vorher noch nie erlebt. Die Wärme, die Wellen und dieses herrliche, erlösende Gefühl nahmen mich gefangen.

Ich musste erstmal tief ausatmen, um die aufgestaute Atemluft wieder rauszulassen. Endlich konnte ich wieder richtig durchatmen. Dann sah ich sein Lächeln, sein Stolz, seinen Triumph. Seine liebevolle Fürsorge war einfach einzigartig. Er hatte es mir gemacht! Und wie er es mir gemacht hatte!

Als wir wieder angezogen waren, kuschelte ich mich an ihn. Ich konnte nicht anders. Ich sagte ihm, was ich fühlte: „Manne, du hast mich so glücklich gemacht, wie kein anderer vorher." Er war der Mann, mit dem ich meinen besten Sex hatte. Er war mein Erlösungsmann. Er hatte mir eine neue Erlebniswelt eröffnet, die mir bisher unbekannt war, von der ich nicht ahnte, dass es sie gibt. Danke, Manne.

Nr. 4: Traumhaft geil, das Zungenspiel

Süßer, es ist schon aufregend, so geil auf dich zu sein. Mit deinem ganzen Körper lässt du mich deine Geilheit spüren. Ich spüre, wie du mich begehrst und mein nasses Vötzchen fließt schon aus und sehnt sich so sehr nach deinem Schwanz. Jetzt will mein Körper nur noch fühlen. Ich will nicht mehr fragen, ich will nur dich, ich will nur noch hart genommen werden.

Mach es endlich, fick mich endlich! Egal, was du auch mit mir machst, ich gehöre dir. Gebrauch mich, nimm mich wild, nimm mich zärtlich, fick mir durch alle meine Löcher! Ich will dich überall spüren, überall erleben. Ich will mit dir verschmelzen. Wie warm und feucht meine Muschi ist, wenn ich dir schreibe, dieses hier schreibe. Schon bei der ersten Berührung wird sie so warm und feucht.

Wenn ich mir jetzt vorstelle, du würdest die Flüssigkeit aus meiner Votze mit deiner Zunge aufnehmen und dabei spüren, wie ich immer erregter werde, könnte ich meine Lust herausschreien. Wie du etwas unsicher wirst, weil du genau weißt, dass ich es als Frau eben etwas anders fühle. So sehr ich auch alle Berührungen wahrnehme, allein deine Zunge ist es, die diesen Moment ausmacht. Dein Blick fällt auf meine harten Brustwarzen. Wenn du sie nur leicht mit deiner Zungenspitze berührst, sie schmeckst und leicht küsst und du dann deine Zunge weiterführst über meine Schultern, über meinen Hals, dann öffnet sich mein Mund. Wenn sich unsere Zungen darin treffen, dann spürst du, dass die Reise gerade erst für uns begonnen hat.

Deine Zunge wandert nun über meine Schultern, meinen Rücken hinab, um meinen immer noch festen Po zu erkunden. Wir spüren, was unsere Körper uns für Gefühle schenken. Wir erleben dann diese Momente des Glücks, ohne dass unsere Finger oder Hände etwas dazutun müssen. Das ist der Zustand des Fallenlassens, der völligen Hingabe und des Selbsterlebens.

Längst bin ich dein, dir bedingungslos ergeben. Ich schenke dir mein Vertrauen und bin glücklich, für dich nackt zu sein, mich dir hinzugeben und mich tiefer und tiefer fallen lassen zu können.

Nr. 5: Traumhaft geil, schwach zu sein

„Sei stark", redete ich mir ein, „frage ihn, ob du dich zu ihm setzen darfst." Schließlich war das mein Restaurant, wo ich des Öfteren hinging. An diesem Tisch sitze ich meistens immer. Bei der momentan vorherrschenden Hitze lasse ich mich doch nicht vom gewohnten Platz vertreiben. Gerade heute war ich ohne BH und Höschen unterwegs und hatte den Plug im Po. Ich war nicht geil, aber auch nicht abgeneigt, ein kleines, amouröses Abenteuer zu erleben. Es muss eben stimmen, bei beiden gleichermaßen. Er gefiel mir auf Anhieb. Er lächelte mich an und schien sich zu freuen, dass ich mich zu ihm setzen wollte.

Ich musste ihn dazu bringen, mich zu wollen, mich zu begehren. Ich setzte mich und war mir nicht sicher, ob er es bemerkt hatte, dass ich kein Höschen und keinen BH anhatte. Und wenn, dann überspielte er es sehr gut. Sicher sah er die Konturen meiner Brüste, die sich lebendig abzeichneten. Wir plauderten über Gott und die Welt und ich bestellte einen Aperol-Spritz. Er bevorzugte einen Cognac zum Kaffee. Über diese Zusammenstellung zu diesem Zeitpunkt wunderte ich mich, aber ich sah es als gutes Zeichen für die weitere Stimmung. Er wollte sich bestimmt etwas entspannen und dem Alltagsstress entkommen. Wunderbar!

Wir unterhielten uns äußerst angeregt. Er begann leicht zu flirten und ich ging darauf ein. Ich ermutigte ihn, sich weiter vorzuwagen. Dann wechselte ich den Beinüberschlag. Nun hätte er sehen können, dass ich kein Höschen anhatte. Aber er reagierte darauf nicht. Er flirtete nun deutlicher und behielt den Augenkontakt bei. Wir lachten viel und ich legte meine Hand auf seinen Arm. Ich spürte, dass er es genau wusste, dass er Erfolg bei mir haben würde. Ernst und fast theatralisch meinte er, er hätte hier im Haus ein Gästezimmer gebucht.

Ich musste jetzt dranbleiben, ihn geil auf mich machen und ihn in „seiner" Absicht bestärken. Im Zimmer angekommen, küssten wir uns sofort zärtlich. Wir fummelten und kuschelten. Ich spürte seinen Schwanz in der Hose und reagierte umso mehr, weil sein Drängen unverkennbar war. Ich öffnete seine Hose und ließ seinen Schwanz frei. „Ja, jetzt könnte es klappen", ging es mir durch den Kopf, blies ihm den Schwanz und bearbeitete seine Eier. Dann bugsierte er mich zum Bett und zog mich aus. Er sah meine bereits nasse Votze und den Plug im Po. Zielstrebig führte er seinen Schwanz in meine Lustgrotte ein.

„Sei schwach", redete ich mir ein. Ich ließ ihn wortlos gewähren. Nur ein paar Lustlaute kamen über meine Lippen, um ihn dabei anzuspornen. Ich ließ meinen Gefühlen freien Lauf. Sein Schaft drängte sich tiefer und tiefer in mich rein. Ich machte mich locker, damit er es leichter hatte. Er sollte noch weiter hineingleiten, mich noch tiefer nehmen. Er sollte sich holen, was er wollte. Er sollte einfach nur an sich denken, um mich zu beglücken.

Jetzt war ich schwach genug, jetzt fiel ich noch tiefer und er füllte mich völlig aus. Seine ganze Länge war jetzt in mir. Er drückte nach und schob mich auf dem Bett fast bis nach ganz vorne. So dick, so lang, so tief war er in mir. Jetzt machte ich mich eng. Ich umschloss seinen Penis fester und reizte ihn somit noch mehr. Ja, ich forderte ihn damit auf, so richtig loszuficken, mich in die Welt des Fliegens zu schicken. Ich wollte alles vergessen, nur noch fühlen, nur noch benutzt werden, nur noch das Glücksgefühl der Lust spüren. Ich war jetzt schwach. Ich war willenlos. Nur noch fühlen, empfinden und den Pfad der Lust betreten. „Mach es, mach es", schrie es in mir, „erfülle mich, erlöse mich!"

Nr. 6: Traumhaft geil, zu duschen

Ich war aufgeregt, als ich zum Hotel fuhr. Er hatte mich seit acht Wochen nicht mehr gefickt. Oft habe ich mehrere Nächte mit ihm geschlafen, eben solange und sooft, wie er in der Stadt war. Diesmal blieb uns nur diese eine Nacht. Ich war geil, sehnte mich nach seiner Nähe. Wollte endlich wieder ficken. Ich war immer noch aufgeregt, als ich etwas atemlos das Hotelzimmer betrat.

Ohne großes Vorgeplänkel landeten wir unverzüglich auf dem Bett, knutschen und streichelten uns. Jetzt hatten wir Zeit, uns zu fühlen und zu schmecken. Er bewunderte immer meine gute Figur, meinen flachen Bauch und meine festen Titten. Im Überschwang begrüßte er, wie so oft, meine rasierte Votze mit den dunklen Schamlippen und dem süßen, hell rosa Innenleben, mit einem verheißungsvollen Kuss. Er leckte mir ausgiebig die Votze und ich blies ihm seinen Schwanz.

Als er den Plug in meinem Po entdeckte, wurde ihm bewusst, wie geil ich heute war. Er entfernte ihn und fickte mir den Po mit den Fingern. „Jetzt wird es Zeit, richtig gefickt zu werden", dachte ich mir. Ich brannte darauf. Als er eindrang, erwartete mich seine ganze Leidenschaft. Wir hatten uns schließlich acht Wochen lang nicht gesehen. Aber da war keinerlei Leidenschaft bei ihm zu spüren. Er forderte mich ja nicht einmal. Es schien, als ob er lustlos in mir herumstocherte. Als er dann auch noch sehr schnell kam, gleich danach aufstand und ins Bad ging, machte ich mir schon Sorgen.

Im Bad saß er auf der Toilette und pinkelte. Ich sah ihm fragend in die Augen, setze mich auf seine Schenkel und küsste ihn auf den Mund. „Der Druck ist weg", sagte er und lächelte. Ich schlang meine Arme um seinen Nacken. Die Küsse wurden leidenschaftlicher und wir nahmen wieder Fahrt auf. Ich verspürte den Drang, ihn anzupinkeln. Ich ließ es einfach auf seinen Bauch laufen. Das Rinnsal suchte sich seinen Weg über seinen Bauch, seinem Schwanz und floss schließlich in die Toilette.

Es war diese verbindende Vertrautheit und Zusammengehörigkeit, die uns wieder aufgeilte. Nichts hätte uns in diesem Moment trennen können. Unter der Dusche kuschelte ich mich gleich an ihn. Er nahm etwas Seifencreme in beide Hände und tastete sich mit der einen Hand durch meine Pokerbe bis hin zur Muschi, mit der anderen Hand über die Muschi zurück bis zum After. Mit diesem Wechselspiel der beiden Hände bearbeitete er meinen sensiblen Po und meine immer geiler werdende Votze. Er brachte mich dadurch in einen Zustand der Entzückung. Ich lechzte danach, ich konnte nicht genug bekommen.

Dieses war ein herrliches Spiel und ich spürte diese wundervoll zunehmende Anspannung. Dann drückte er zwei Finger in meine Muschi und zwei Finger in meinen Po. Er begann mit den Fingern meine Lustkanäle zu ficken, gleichzeitig vorne und hinten rein. Mir wurde schwindelig. Krampfhaft hielt ich mich an ihm fest, während das Wasser der Dusche über uns lief.

Schließlich begann er mich mit den Fingern im Po und in der Muschi hochzuziehen. Zuerst ganz sanft. Seine Bewegungen und meine Beckenbewegungen koordinierten sich automatisch. Dann zog er mich immer mehr nach oben, wollte mich anheben. Also stellte ich mich auf meine Zehenspitzen, um dem entgegenzukommen. Er aber hob mich noch mehr an. Dann bestimmte ich durch das Auf und Ab meiner Zehenbewegungen den Zug selber. Ich fickte mich gewissermaßen selbst, rauf und runter, wenn man das so sagen kann. Ich bestimmte den Reiz und brachte mich zum Orgasmus. Ein Orgasmus der besonderen Art.

Das warme Wasser rann weiter an unseren Körpern hinunter und wir versanken in einen tranceartigen Zustand.

Nr. 7: Traumhaft geil, hinter einem Holzstapel

Ich kann das verstehen. Mit dir erlebe ich lauter kleine Tode und diese süßen Explosionen. So möchte ich sterben. Einfach der Wahnsinn. Tief in meinem Inneren sehe ich dich vor mir. Ich streichle deinen Schwanz, während ich geile Texte lese. Es ist schon sehr anregend zu lesen, was sich dort so in den Köpfen der Protagonisten abspielt. Deren Gedanken drehen sich fast ausschließlich um die schönste Sache der Welt, verführen und verführt werden, bis hin zur völligen Hingabe. Seien es nun Selbstbefriedigung oder ausschweifende Sexspiele. Jeder Gedanke, jeder Satz animiert mich, weiterzulesen, weiterzuträumen und erinnert mich an die geilen Spielereien, die ich zusammen mit dir gemacht habe.

Dieser Waldspaziergang hatte es in sich! Wir kannten uns noch nicht so lange. Hand in Hand gingen wir auf einem Waldweg. Plötzlich meldete sich meine Blase und ich kniff beim Gehen die Beine zusammen. Du wusstest sofort, dass ich pinkeln musste. Am Weg befand sich ein Holzstapel, hinter den ich mich schnell in die Hocke setzte, um pinkeln zu können. Ich wandte dir den Rücken zu und war ganz auf meinen Pipistrahl konzentriert, wie er meinen Körper verließ. Ich spürte deinen, auf mich gerichteten, Blick und realisierte, dass du mir interessiert zuschautest. Es war das erste Mal, dass du meine Votze gesehen hattest, ohne mich dabei gefickt zu haben. Ich wusste, dass ich dich damit heiß auf mich gemacht hatte.

Dein Schwanz pochte und hämmerte in deiner Hose. Du hattest dir genau meinen Arsch angeschaut. Ich hob ihn höher und ließ dich gewähren. Hinter diesem Holzstapel merktest du, wie ich mich selber aufgegeilt hatte. Lange streichelte ich mit drei Fingern, immer intensiver, meine Perle. Die Lust stieg in mir auf. Ich machte mich nass, meine Säfte liefen. Alles sollte dich aufgeilen, sollte dich dazu animieren, deinen Schwanz rauszuholen und vor mir zu wichsen.

Diese Gedanken in mir und deine Gegenwart ließen mich meine Perle immer mehr reiben. Ich öffnete deine Hose und ließ dein Prachtstück frei. Jetzt endlich nahmst du ihn in die Hand und ich konnte ihn in seiner ganzen Pracht betrachten. Dieser Anblick geilte mich noch mehr auf. Meine Votze kribbelte wie wild. Ich war stolz, dir meine Geilheit zeigen zu können.

Dann hatte ich plötzlich diesen Gedanken, der mich so sehr verrückt machte. Ich präsentierte dir in voller Absicht meinen

Arsch, der dich noch geiler machen sollte. Ja, ich wollte es anal haben. Jetzt warst du bereit zu ficken. Ich jubelte. Ich hatte dich endlich soweit, dass du meinen Arsch begehrtest. Als ich deinen Schwanz auf meiner Votze spürte, war ich verrückt nach dir. Ich nahm ihn und setzte ihn etwas höher auf meine Rosette. Diese Gedanken machten mich sehr verrückt. Ich weiß nicht, wie oft ich zuvor so gedacht und es im Kopf immer wieder und wieder durchgespielt hatte. Es war eine geile Stellung. Mein Arsch war vor dir und ich wollte es endlich mal wieder spüren, wie es sich anfühlte, den Arsch gefickt zu bekommen.

Und du, was machst du? Anstatt meinen Arsch zu nehmen, tauchtest du in meine Votze ein und machtest dich bei mir so richtig schön nass. Ich ahnte jedoch noch nicht, warum. Fast wütend schnaufte ich. Doch nicht so! Und dennoch war es ein wunderbares Gefühl, dich zu spüren. Es war berauschend schön, wie sich unsere Körper, ineinander verschweißt, anfühlten und wie der Orgasmus in mir aufstieg. Dann aber wechseltest du in meinen Arsch. Ohne groß zu probieren, schobst du deinen Schwanz rein und ich sah Sterne vor meinen Augen. Tief warst du nun in mir. Ich konnte kaum atmen. Meine Beine schienen ihren Dienst zu versagen. Du hast mich fast bis zur Bewusstlosigkeit gefickt. Immer wieder konntest du in mich eindringen. Immer tiefer schienst du voranzukommen. Nein, nicht nur mein Arsch war ausgefüllt, es schien, als wollte der ganze Bauch platzen. Eine wohlige Wärme machte sich breit. Der offene After versprühte ungemeine Reize. „So geht tabuloses Ficken", fuhr es mir durch den Kopf. Mein Herz jubelte. Ich war berauscht. Was für ein Ficker, der mich so nahm. Ich spürte deine männliche Kraft, mich zu beglücken, aber auch in mir zu kommen. Ich rieb wie verrückt meine Votze. Ich wusste ja, was kommen würde. Ich wollte alles von dir aufnehmen. Und dann dieses unverkennbare, verräterische Zucken. Ankündigung, Höhepunkt und das Ende unserer Fickerei zugleich.

Keuchend standest du jetzt neben mir und stütztest dich am Holzstapel ab. Wir sahen uns in die Augen, küssten uns zärtlich mit einer tiefen, innigen Leidenschaft. Du unterbrachst unser Küssen, weil du jetzt ebenfalls pinkeln musstest, wie es bei Männern danach oft so üblich ist. Ich lachte, neckte dich und hielt ihn dir zum Pinkeln fest. Dieses kleine süße, mittlerweile völlig schlaffe, Schwänzchen. Unglaublich, eben noch hart und steif, nun völlig entspannt. Ich spürte, wie sich dein Schwänzlein ein wenig straffte und die Pisse aus ihm schoss und im Waldboden versickerte. Ich spielte mit deinem Pipistrahl und lenkte ihn in alle Richtungen. Ein unglaubliches Glücksgefühl für mich. Bei keinem anderen Mann hätte ich mir das jemals getraut. Und dazu kam noch, dass ich mich vor dir selbst aufgeilen und dabei meine Muschi reiben konnte. Der Reiz war übermächtig und groß, zusammen mit dir. Du hast es mir möglich gemacht, es zu tun und ich war wirklich sehr stolz darauf, es so tabulos gemacht zu haben.

War es ein Traum? Nein, aber die Erinnerung daran und es für dich aufzuschreiben, lässt meine Muschi feuern, so sehr, dass ich es mir jetzt auf der Stelle selber gemacht habe. Real, nicht nur in Gedanken. Das ist doch verrückt und wunderschön zugleich, oder?

Nr. 8: Traumhaft geil, meine Gefühle

„Du gehst mir nicht aus dem Kopf. Jeden Tag entdecke ich dich immer wieder aufs Neue. Der Gedanke an dich verleitet mich immerzu, mich dir hinzugeben. Liebe, erfahrbar aus Vertrauen. Das ist so nah, so erfassbar, so spürbar mit all meinen Sinnen. Die Lebendigkeit unseres Handelns bestimmt unsere Sinne, unser Erleben. Jede Faser meines Körpers lechzt nach dir.

Alles um uns herum versinkt. Die Zeit gehört uns. Unsere Körper sprechen die Sprache der Leidenschaft und wir erfreuen uns an ihr. Wir sind angekommen, in diesem Land der Lust, welches sich Leben nennt. Unsere nackten Körper verlangen nach mehr, wir sind unserer Lust wehrlos ausgeliefert. Die Wonne der Hingabe berührt uns und wir wollen uns, nach und nach, umso voller auskosten. Ein Lechzen nach grenzenlosem Ausgeliefertsein, gefolgt von totaler Entspannung, bezaubert uns und nimmt uns gefangen."

Ich erinnere mich an den weißen Sandstrand, den ich so gerne mochte. Hier konnte ich meine Seele baumeln lassen, Menschen beobachten und das Rauschen der Wellen tief in mir aufnehmen. Hier und da waren auch so nette Knackärsche zu sehen, was mich immer wieder in den Zustand der Entzückung versetzte und Traumbilder in mir aufsteigen ließ. Ich schaute auf, sah einen dieser Knackärsche kurz an. Es bedurfte nur eine Sekunde, dass wir beide um unsere Lust wussten, als sich unsere Blicke trafen.

Ich jubelte innerlich und wurde erregter. Meine Schamlippen schwollen an, meine Nippel stellten sich auf und ich musste sie anfassen und darüberstreicheln. Seine Blicke wurden eindringlicher. Fast fühlte ich, wie er mich mit seinen Blicken berührte und auszog. Meine Scheide wurde so angenehm feucht. Mir flimmerte es vor den Augen. Mein Becken hob sich empor und unaufhaltsam wuchs meine Begierde. Meine Schenkel fingen an zu vibrieren, meine Muschi begann nun auszulaufen und durch den ganzen Körper zogen wohlige Schauer.

Ich schaute dem Knackarsch nach. Aber ich sah nur Dich. Du hattest mich beobachtet. Du hattest alles mit mir gefühlt. Du hattest meinen Traum miterlebt. Es dauerte nicht lange, deine Hose wölbte sich und ich nickte dir zu. Deine Bewegungen waren heftig und dein Sperma spritzte seitwärts aus deiner Badehose. Es war, als ob ich einen Orgasmus bekomme. Ich fühlte mit Dir. Nacheinander waren wir auf diesem Pfad, der tief in dieses Reich der unermesslichen Gefühle führte. Für diesen Moment waren wir grenzenlos vereint.

Du begleitest mich in meinen innigsten Träumen. Du bist immer bei mir. Jede Nacht, da bin ich mir absolut sicher. Du fühlst, wie ich mich für dich fallenlasse, wie ich dich streichle, wie ich es mit dir mache. Du allein weißt, wie ich mich dir hingebe und mich für dich aufgebe. Ich will Eins sein mit dir. Es ist ein spürbares Gleichgewicht zwischen uns, welches uns gemeinsam fühlen lässt.

Lass dich verwöhnen mein Süßer, wenn ich zwischen deinen Beinen liege, dich lutsche und sauge. Spüre, wie ich dich berühre, was ich mir einführe, was ich schmecke. Jeder Tropfen ist so wertvoll. Dieses schwerelose Gefühl, diese magische Verbindung in uns zu spüren. Das alles verleiht uns die Flügel zum Weiterfliegen. Atemlos, von Wolke zu Wolke zu gelangen. Fühle, wie dein Schwanz immer tiefer in mich hinein gleitet. Lass dich tief in mich fallen. Benutze mich, erlöse dich, entspanne dich. Alles, alles ist offen für dich, für uns.

Meine Gedanken sind bei dir, ich spüre deinen Körper. Verführe mich! Berühre mich, es ist schön mit dir so einzuschlafen, so eng bei dir zu liegen und dein Herzklopfen wahrzunehmen. Morgen sind wir ausgeruht und nehmen uns erneut wieder wahr. Ja, dann bin ich sofort wieder bereit, dich zu verwöhnen. Alles ist zwischen uns erlaubt. Es gibt keine Verbote und Zwänge. Ich küsse dich zärtlich. Ja, ich verführe dich, wenn du es willst. Ich gebe dir alles, was immer du willst. Wo immer du rein fickst, alles lechzt in mir, von dir genommen, benutzt und gebraucht zu werden. Mein Vötzchen, mein Po, alle Löcher sind für dich da. Ich will es. Ich will dir alles geben. Ich will es mit dir und ich will es von dir erfahren. Wir fühlen uns zutiefst verbunden.

Nr. 9: Traumhaft geil, auf dem Tisch

Ich war mehr als unruhig. Seit 14 Tagen hatte ich nicht mehr gefickt. Irgendwie ging aber auch gar nichts zusammen. Ich hatte mich zwar nachts ab und zu selbst befriedigt, aber erschöpfende Orgasmen waren das auch nicht gewesen. Meine Gedanken kreisten immer um ihn. Er, der mich so einfach genommen hatte, ohne viel zu fragen.

Ich traf ihn im Restaurant über Mittag wieder. Meine Freundin Betty hatte ihn mir mal vorgestellt. Seine Augen nahmen mich in Beschlag und ich genoss es, wie er mich mit seinen Blicken auszog. Wie zufällig berührten sich unsere Arme. Wir kamen sogleich ins Gespräch.

Nach einem Glas Wein musste ich mich schon etwas anstrengen, nicht die Kontrolle über mich zu verlieren, um nicht gleich mit der Tür ins Haus zu fallen. Ich spürte bereits diese kleinen Explosionen zwischen meinen Beinen. Die Lust auf ihn trieb mich an und hielt mich auf Hochtouren. Spätnachmittags brachen wir zu seiner Firma auf. Er zeigte mir alle Räume und auch sein Büro. Seine Mitarbeiter waren alle schon gegangen. Im Pausenraum bereitete er uns einen Irish Coffee mit einem Klecks Sprühsahne drauf.

Ja, irgendwie lehnte ich mich dann an ihn. Die Lust trieb mich einfach an. Er nutzte sofort die Situation aus und zog mich eng an sich. Dann küssten wir uns und er ließ nicht mehr locker. Der Alkohol war bei mir nicht ohne Wirkung geblieben und ich spürte, dass es wohl auch bei ihm so war. Ich stieß mich von ihm ab und begann, für ihn zu tanzen. Nach und nach fiel ein Kleidungsstück nach dem anderen von mir zu Boden. Ich war geil auf ihn und tauchte tief mit einem Finger in meine feuchte, nasse Grotte. Er leckte meinen Votzenschleim von meinem Finger ab. Es war diese gierige Lust, die uns anpeitschte. Sekunden später fand ich mich auf dem Tisch wieder. Genau der Tisch, auf dem vor Stunden noch Mittag gegessen wurde.

Er küsste meine warmen, weichen Schamlippen und lächelte mich an. Ich war versunken in mir selbst und meine Hände glitten über meinen ganzen Körper. Sie wanderten herunter, da wo ich diese geile Lust spürte. Mein Verlangen war unermesslich. Ein Gefühl, aus dem ich mich jetzt nicht mehr befreien konnte. Meine Beine spreizten sich weit auseinander und sein Lecken wurde wilder. Jetzt fingerte er in diesem

Vulkan der Leidenschaft. Mein Votzenschleim lief nicht nur aus mir heraus, sondern auch an seinem Kinn und Mund herunter.

Meine Möse lag offen und ausgebreitet vor ihm und ich merkte gar nicht so richtig, wie er in mich eingedrungen war. Er nahm sich nicht einmal die Zeit, seine Hose ganz auszuziehen. Ich umklammerte ihn fester und feuerte ihn lautstark an: „Du geile Sau! Fick mich, mach mich fertig, ich brauche es. Ich bin so geil auf dich. Ich brauche es hart!" Er steigerte sich und begann zu schwitzen. Es war ein geiler, aufregender Fick gewesen. Ich war überrascht, aber auch gefangen in meinen Gefühlen. Ich fiel ins Bodenlose. Ich glaube, ich war gar nicht mehr ansprechbar, als diese gewaltigen Wogen über mir zusammenschlugen. Diese stürmischen Wellen, dieser Orgasmus waren überwältigend. Ich nahm alles um mich herum gar nicht mehr war. Ob er gekommen ist? Ich weiß es nicht. Ich war zu sehr mit mir selbst beschäftigt.

Nr. 10: Traumhaft geil, im Fahrstuhl

Im Kaufhaus drängelten die Leute in den Fahrstuhl. Ich befand mich mitten zwischen ihnen. Sie drückten mich nach hinten. Dabei streifte ich einen Mann an seiner empfindlichsten Stelle. Er hatte deutlich was in der Hose. Er roch gut, sein Blick strahlte Sympathie aus. Sein Haar war bereits ergraut und teilweise hatte er eine Glatze, was ihm gut stand.

Ich lächelte ihn an und sah in sein ebenfalls lachendes Gesicht. Mein Achselzucken quittierte er mit einem „Nichts passiert". Ich stellte mich, wie alle anderen, mit dem Blick zur Tür, hin. Er aber stand dicht hinter mir, sehr dicht. Eigentlich zu dicht. Dann aber war meine Hand zwischen ihm und mir, genau da, wo es ihm vermutlich guttat. Ich fühlte seinen warmen Dolch und er drückte sich in meine Hand rein.

Als die Fahrstuhltür sich öffnete, wollte er an mir vorbei. Aber ich hielt ihn, im wahrsten Sinne des Wortes, am Schwanz fest und drückte ihn gegen die Rückwand vom Fahrstuhl. Er legte mir seine Hand über meine Schulter. Als sich die Türen vom Fahrstuhl schlossen, waren wir darin alleine. Es war mir, als ob kleine Schauer durch meinen Körper liefen. Als der Fahrstuhl wieder losfuhr, hatte ich ihn fest im Griff und er fickte sanft in meine Hand. Nicht nur das, er fasste mir auf meinen Bauch und hielt inne. Er griff nach meiner Brust und langte so kräftig hin, dass ich beinahe aufschrie.

Ich drehte mich um, umschlang seinen Hals, küsste ihn und rieb meine Muschi an seinem Bein. „Dieser Mann darf mich ficken", dachte ich bei mir. Der Fahrstuhl bremste ab und ich drehte mich um. Er fasste mir im letzten Moment von hinten unter den Rock, zwischen meine Beine hindurch und fand zielsicher, am Höschen vorbei, meine Spalte und zog den Finger durch. Dann gab er mir den Finger zum Schmecken.

Ich drehte fast durch und wurde geil. „Ja, dieser Mann muss mich ficken!", war mein einziger Gedanke in diesem Moment. Er wurde immer mutiger und forscher. Bei der nächsten Leerfahrt, nur mit uns, ging er mir gleich unter den Rock und streifte mein Höschen runter. Es lag auf den Schuhen und ich hatte Mühe, es gänzlich abzustreifen. Als sich die Türen öffneten, stopfte ich das Höschen in meine Handtasche. Er aber nahm es mir aus der Hand und steckte es ein.

Ich bekam fast einen Orgasmus, ich wurde nass. Wo kann ich ihn jetzt ficken oder er mich? Hauptsache ficken! Wild drängte ich mich an ihn. Als wir in der untersten Ebene auf dem Parkdeck waren, ergriff ich seinen Schwanz durch den Stoff der Hose und zog ihn daran hinter mir her. Nach hierhin verirrte sich kaum jemand. Die meisten Leute parkten in den oberen Parkebenen. In einer abgeschiedenen Ecke stand ein Auto. Der Abstand zwischen Wand und vorderer Motorhaube schien gerade richtig zu sein, um zu ficken.

Wir zwängten uns also zwischen Motorhaube und Wand. Ich krempelte meinen Rock bis unter die Brüste hoch. Er öffnete seine Hose und ich sah endlich sein Prachtstück. Es war wirklich kein kleiner Pimmel. Der hier gehörte schon zur Oberklasse. Ich wurde noch gieriger auf den Fick. Zum Blasen nahm ich mir keine Zeit mehr. Ich lag mit dem Oberkörper auf der Motorhaube. Kurzentschlossen steckte ich seinen Schwanz in meine Spalte.

Dann dieses Gefühl, aufgeweitet zu werden. Sein Rohr verschaffte sich Platz und Respekt. Unaufhörlich drang er weiter in mir ein. Es nahm fast kein Ende! Ich wollte es und in mir tobte ein Vulkan. Es war ein Gefühl zwischen Sanftheit und Schmerz, der dieses so erregend für mich machte. Als er ganz drin war, rammte er noch nach, bis es nicht mehr weiter ging. Er zog mir dabei regelrecht meine Muschi lang. Ich spürte es an meinen Schamlippen, die beinahe mit reingezogen wurden. Jedenfalls fühlte es sich für mich so an. Dann aber begann ich auszulaufen und sein Schwanz setzt seine wundervolle Arbeit fort.

Er kam immer mehr in Fahrt und machte mich noch wilder. Ich kam immer mehr in Ekstase. „Fick mich, fick mich doch, von mir aus bis zum Hals!", forderte ich ihn heraus. Die Größe seines Penis' brachte mich um den Verstand. Ich weiß nicht, Orgasmus oder Dauerorgasmus? Ich lief regelrecht aus. Orgasmuswellen gab es keine. Ich war wild entschlossen, ihn zu melken. Ich spürte, wie er seinen Daumen in meinen Arsch drückte. Vielleicht hatte mich das noch mehr aufgegeilt. Es war wundervoll.

Als er innehielt, dachte ich, jetzt kommt er. Aber er zog sich zurück. Gleichzeitig nahm er seinen Daumen aus meinem Po, um dort sofort seinen Schwanz reinzustoßen. Ich schrie, mehr vor Schmerz, als von dem Wechselbad der Gefühle. Er aber fickte tief und beständig weiter, ohne dabei zu grob zu werden. Jetzt fühlte ich diese Wellen in mir hochkommen. Es wurde so heiß in mir. Dann wurde ich überflutet und nahm nichts mehr wahr. Eine Art von Blackout, die ich so liebte. Es war ein Gefühl, als ob ich am Ende der Welt angekommen war. Er zog sich zurück und erst jetzt merkte ich, dass aus meinem Po bereits sein Samen hervorblubberte.

Sekunden später, oder war es doch eine Minute, hörte ich nur: „Tschüss Süße, es war geil mit dir!" Weg war er. Ich war alleine, ohne Höschen, mit tropfender Votze und tropfendem Arsch. Gott sei Dank, hat eine Frau immer Papiertaschentücher dabei! Ich fuhr rauf in die Damenabteilung und kaufte mir eine Packung neue Höschen. An dem Tag lächelte ich niemanden mehr an.

Nr. 11: Traumhaft geil, eine Seelenverwandtschaft

Wochenlang hatten wir programmiert, die Software getestet und die Geräte bespielt. Die IT Spezialisten aus Italien hatten das System abgenommen und waren zufrieden. Also stand der Transport der Geräte nach Italien an. Ich sollte den Transport begleiten. Meinem Chef war es wichtig, jemanden zur Kontrolle dabei zu haben.

Er sah gut aus, sehr gut. Er hatte eine makellose Bräune, eine sportliche, muskulöse Figur und war so um die 40 Jahre alt. Ich war mir sicher, er trainierte öfters in einem Fitnessstudio. Er lachte mich offen an. Es war ein herzliches, vielleicht sogar ein irgendwie liebevolles Lachen. „Hallo! Sie sind diejenige, mit der ich das Vergnügen habe?", begrüßte er mich fragend.

Zunächst musste ich aber nachschauen, ob die Geräte vorschriftsmäßig geladen wurden und bat ihn, die Wagentüren zu öffnen. Er hatte einen Lieferwagen der mittleren Baugröße, die gar nicht mal so langsam sind. Ich erwartete deshalb eine zügige Fahrt. Ich stellte fest, dass die Geräte nicht ordnungsgemäß gelagert waren und ordnete an: „Die müssen wir umpacken. Die dürfen keinesfalls auf der Seite liegen!" Also machten wir uns unverzüglich an die Arbeit.

In dem engen Innenraum berührten wir uns unweigerlich immer wieder. Das gefiel mir. Ich provozierte es ja auch und lachte ihn dabei auffordernd an. Aber dann machte er die Tür zu, es war nur noch die spärliche Innenbeleuchtung an. Er nahm mich einfach in die Arme und küsste mich. Ich jubelte. Ja, das war der richtige Mann für diesen Moment, der darf es.

In mir steigerte sich wie von selbst meine Erregung. Ich wollte ihn, jetzt hier und gleich. Also nestelte ich an seinem Gürtel herum und er verstand es sofort. Er hob mich wie eine Feder auf die Geräte, zog mir Jeans und Höschen aus und streifte seine Hose runter. Er sah mich an, wichste eine Weile und setze anschließend seinen Schwanz auf meine Schamlippen. Begierig griff ich danach und schob ihn regelrecht rein. Jetzt konnte ich mich entspannen. Ich ließ in ficken. Er machte das behutsam und liebevoll, fast zärtlich, so als ob wir uns schon lange kennen würden. Er war sehr um mich bemüht. Ich spürte, wie es ihn darum ging, es mir schönzumachen. Nein, das war kein Befriedigungsficken. Das war ein Ficken im Einklang der Gefühle.

Die anschließende Fahrt war lang und es war sehr warm in der Fahrerkabine. Ich zog deshalb meine Weste aus, öffnete die Bluse und befreite mich von meinen BH. Wie selbstverständlich ließ ich ihn ruhig zuschauen. Nein, ich wollte ihn nicht damit aufgeilen. Das verstand er auch nicht so. Ich wollte ihm einfach Vertraulichkeit spüren lassen.

Die lange Fahrerei machte mich ein wenig müde und ich legte mich, soweit Platz war, auf die Seite. Irgendwann lag dann mein Kopf auf seinem Oberschenkel, ich war wohl kurz eingeschlafen. Als ich wach wurde, spürte ich seinen warmen Schwanz durch die Hose. Ich ging mit dem Finger den Reißverschluss rauf und runter. Darunter regte sich das, was ich begehrte.

Behutsam holte ich sein Prachtstück aus der Hose. Einen so süßen Schwanz, den ich tief in meinen Hals aufnehmen konnte. Er fuhr jetzt langsamer und schaltete die Warnblinkleuchten an. Ich hörte dieses gleichmäßige Ticken. Er simulierte wohl einen

Schaden und zeigte an, dass er sich auf einen Parkplatz retten wollte.

Immer erregter, härter und härter, wurde sein Schwanz. Als ich meine andere Hand unter seinen Po schob, stöhnte er mächtig. Ich denke, er wollte am liebsten anhalten und mich auf der Ladefläche erneut vernaschen. So aber schob ich meine Hand in meine Hose und fingerte mich, drückte mit der anderen Hand auf seinen Po und fickte ihn mit dem Mund, bis er kam.

Ich brauchte noch etwas länger und konnte mich ja nun aufrichten. Ich schob meine Hose runter, öffnete die Beine, um ihn erleben zu lassen, wie ich es mir ohne Dildo selber mache. Ich ließ mir Zeit und er fuhr auch nicht schneller. Er genoss es, mich zu beobachten. Als ich dann drei Finger in meine Votze schob, noch heftiger stimulierte, um ihn im wahrsten Sinne des Wortes bei der Stange zu halten, schob ich meine Erregung über die Kante zum Orgasmus.

Ich blieb mit geschlossenen Augen sitzen. Es dauerte lange, bis ich mich wieder beruhigt hatte. Dann gab ich ihm die Finger zum ablecken. Wir haben seitdem nie wieder miteinander gefickt. Wir schreiben uns ab und zu süße Geilheiten, die wir erleben. Wir haben keinen Schriftwechsel im eigentlichen Sinn. Aber wir wissen, wir sind irgendwie seelenverwandt.

Nr. 12: Traumhaft geil, dein Fick mit mir

Du hattest gesagt, dass du vorher noch einmal zu mir kommst, bevor du für eine Woche unterwegs bist und mich solange nicht besuchen könntest. Aber du hattest mich auf dich warten lassen. Ich hatte mir extra die Votze rasiert und mich so richtig in die Vorfreude hineingesteigert. Ich war den ganzen Tag schon feucht und konnte es kaum erwarten, dich in meine Arme schließen zu können. Ungeduldig lief ich hin und her und langsam wurde mir kalt, hatte ich doch nur ein Oberhemd von dir an und sonst nichts darunter. Ich hatte es unten nur bis zum Bauchnabel zugeknöpft. Meine Brüste waren so zu sehen, weil ich dir doch meine Reize zugänglich machen wollte.

Als du endlich klingeltest, riss ich Wohnungstür auf und schlang meine Arme um deinen Hals. Mühsam schobst du mich zurück in die Wohnung, deinen Trolley noch hinter dir herziehend. Deine Tasche mit den Arbeitsunterlagen und dem Laptop hattest du am Gurt um deine Schulter gehängt. Ungeduldig schob ich dein Jackett nach hinten, sodass es auf dem Boden landete. Der Trolley kippte um und die Tasche glitt ebenfalls zu Boden.

Meine Küsse waren fordernd und du hattest sie wild erwidert. Jetzt im Nachhinein meine ich, du warst nicht minder aufgeilt als ich. Es dauerte nicht lange, da spürte ich den Ständer in deiner Hose. Ich nahm ihn und rieb ihn wie wild. Dann löste ich deinen Gürtel, du öffnetest sofort deine Hose und zogst sie einfach runter, weil der blöde Reißverschluss mal wieder klemmte. Die Hose landete auf dem Boden und deine Unterhose folgte sofort. Jetzt hatte ich deinen Ständer komplett für mich und stülpte sofort meinen Mund über ihn. Der Geschmack deiner Lusttropfen gab mir den Rest. Meine Votze fing an feuchter zu werden. Ich war dir bedingungslos ausgeliefert und wollte hart von dir gefickt werden.

Ich ergriff deine Hose, nahm deinen Schwanz und zog dich an deinem Prachtstück in die Küche. Dort legte ich deine Hose auf den Tisch, setzte mich darauf, wie auf einem Kissen und ermöglichte dir die ungehinderte Sicht auf meine Kerbe. „Nimm mich, fick mich! Ich will dich jetzt!", flehte ich. Dann spürte ich, wie du eindrangst. Er ging leicht und tief rein. Ich war offen wie ein Scheunentor. Du warst gerade am Stoßen, als ich deinen Geruch aus der Hose wahrnahm. Das machte mich wahnsinnig. Ich lehnte meinen Oberkörper soweit zurück, bis mein Rücken ganz auf dem Tisch lag, weil es so entspannter für mich war.

Wieder bekam ich so einen Schub, der meine Muschi zum Tropfen brachte. „Oh Süße, du bist aber sowas von nass, so kenne ich dich ja gar nicht", hörte ich dich sagen. Und wirklich, ich tropfte schon gewaltig. Es war ja auch eine lange Zeit ohne dich gewesen. Du aber nahmst deinen Finger und machtest mir, mit dem Saft meiner Erregung, meinen Po nass, um dann genüsslich über meine Rosette zu streichen. Ich spürte deinen Daumen kreisend auf meinem Poloch. Das gab mir endgültig den Rest. Aus heiterem Himmel, ohne Ankündigung, bekam ich einen Orgasmus.

Sterne tanzten vor meinen Augen und ich spürte, wie du wild in mich rein ficktest. „Du geile Votze, offen wie ein Scheunentor und ich kann sehen, wie ich zum Spritzen komme", hörte ich dich sagen. „Irgendwann nehme ich mir schon noch mal deinen Arsch vor", fügtest du noch hinzu. „Oh nein!", dachte ich und siedendheiße Schauer überkamen mich. Aber dann spürte ich, wie du dich Schuss um Schuss in mir entludst. Das machte mich umso glücklicher, denn genau das wollte ich so spüren. Den Orgasmus habe ich gebraucht. Jetzt wurde ich ruhiger. Dann aber klatschte dein Samen auf den Boden. Ich lief aus.

Diese wunderbaren Momente ließen mich noch eine Weile in den schönsten Gefühlen schweben. Eigentlich wollte ich dir deinen Schwanz sauber lecken und dich noch weiter verwöhnen. Ich war einfach zu erschöpft, genoss es aber dennoch, mich nah an dich zu kuscheln. Dein Oberschenkel lag zwischen meinen Beinen und meine Muschi machte ihn schön nass. Ich hörte nach kurzer Zeit dein gleichmäßiges Atmen. „Typisch Mann!", dachte ich noch, „abspritzen und dann einfach so einschlafen." Ich selbst konnte nicht schlafen. Meine Muschi rutschte auf deinem Oberschenkel gleichmäßig hin und her. Jetzt spürte ich, wie es wieder in mir hochstieg.

Ich kippte mein Becken und drückte mich fester auf deinen Schenkel. Ganz sanft und in Zeitlupe. Zug um Zug steigerte sich meine Erregung wieder. Als es mir schubweise rauslief und an deinem Bein runter tropfte, machte mich das umso geiler. Mein Kitzler wurde härter und schien auf deinem Oberschenkel Spuren zu hinterlassen. Ich glitt über dich, verzögerte und steigerte mich wieder rein. Ich hatte dich für mich, durfte bei dir sein und spürte, wie du mich beherrschtest und mich aufgeiltest, obwohl du doch schliefst. Aber du warst für mich da. Ich durfte dich benutzen, dich spüren, ohne dass du eine Reaktion zeigtest. Viele kleine Orgasmen begleiteten mich. Ich rollte auf einer Woge der wohligen Gefühle, die mich dann irgendwann auch in den Schlaf trugen.

Als ich am nächsten Morgen in der Dusche vor dir kniete, hattest du bereits einen harten Ständer. Ich verstand es als Kompliment für mich, aber auch als ein Geschenk. War es doch der Beweis dafür, dass dich mein Anblick aufgeilte. Du warst so erregt, dass du hart ficken wolltest und hieltest meinen Kopf zwischen deinen Händen. Stoß um Stoß gingst du mit deinem Schwanz immer tiefer und tiefer in meinen Hals. Ich wandte mich etwas zurück und holte tief Luft. Das wollte ich immer mal machen. Tief im Hals dich spüren, dich verwöhnen, deinen Samen dabei schmecken und dich noch mehr aufzugeilen. Dann gelang es mir wieder, deinen Schwanz direkt in meinem Hals aufzunehmen. Ich schluckte ihn förmlich runter. Mein Hals wurde fast gesprengt, als du tief eindrangst. Du hattest freie Bahn für lustvolle Minuten. Immer wieder wand ich mich raus, um Luft zu holen und dich sofort begierig wieder aufzunehmen. „Ja, jetzt will ich dich, jetzt spritz ab! Ich will es erleben." Meine Gedanken rasten, als ich deinen warmen

Samenerguss spürte. Fast hätte ich mich verschluckt und deine Sahne eingeatmet. Aber dann ergoss sie sich in meinem Mund.

Die Woche danach war lang. Ich wusste ja, dass du weit weg warst. Manchmal geilte es mich auf, wenn ich mir vorstellte, du würdest gerade eine Andere ficken. Dann wurde mir wieder heiß, weil mir deine Bemerkung durch den Kopf ging, mich mal anal ficken zu wollen. Das kannte ich noch nicht. Das machte mich unruhig. Mal hatte ich Angst davor, mal konnte ich es nicht erwarten, es zu erleben. Fast kam ich mir wie eine Jungfrau vor.

Als ich mir im Café so einen Knackarsch ansah, hatte ich plötzlich andere Gedanken als sonst. Ich stellte mir nicht vor, wie es wäre von ihm gefickt zu werden, sondern wie es sich wohl anfühlen würde, von ihm den Arsch gefickt zu bekommen. Würde es wehtun? Ist das der Schmerz, der zur Lust führt? Kann eine Frau dabei einen Orgasmus bekommen, oder hält sie den Arsch nur für ihn hin, um seine Lust zu steigern? Viele behaupten sogar, dass es besonders geil wäre und man bekäme tatsächlich auch einen ordentlichen Orgasmus dabei.

Dann warst du endlich von der Reise zurück und ich war wild entschlossen, mich von dir anal ficken zu lassen. An der Tür fiel ich dir, eigentlich wie immer, um den Hals. Und wieder spürte ich deinen größer werdenden Schwanz in der Hose. Und wieder hatte ich ein Oberhemd von dir angezogen und nichts darunter. Ich zog dir dein Hemd aus und ließ es zu Boden fallen. Und wieder öffnete ich dir die Hose und zerrte dich zum

Bett. Ich spreizte die Beine und zog die Knie an. Eine große Portion Gleitcreme verteilte ich vorrausschauend auf meinen Damm. Ich sah in dein fragendes Gesicht. Dann nahm ich deinen Penis und setzte ihn auf meine Rosette. Die Mimik in deinem Gesicht hellte sich schlagartig auf. Du reagiertest sofort.

Ich weiß noch genau, was ich empfand. Erst wollte ich ihn doch nicht reinlassen, weil es so weh tat. Du redetest mir gut zu und mit deiner Behutsamkeit und dank der Gleitcreme, öffnete sich mein Po. „Mach weiter, was du angefangen hast!", glaube ich, waren meine Worte. Als deine Eichel die Enge des Schließmuskels überwunden hatte, flutschte dein Schwanz richtig rein. Es war irre eng, doch es tat nicht mehr so weh. Im Gegenteil, ich begann, es langsam zu genießen. Ich hatte dich aufgenommen und es war so spürbar geil. Ich war so ausgefüllt, hielt dagegen und kam richtig in Fahrt.

Meine und auch deine Hand spielten und rieben beide an meiner Klitoris. Dieser Reiz gehörte einfach dazu. Dann kam dieser gewaltige Ausbruch von nicht aufhörenden Orgasmen. Das kam weniger vom Reiz her, sondern mehr vom Kopf. Ich wollte es erleben und steigerte mich in Bereiche, die ich bisher so noch nicht kannte. Da lief die erste Sahne aus meinem Arsch und nichts ging mehr. Ich war zu erregt, ich spürte nur noch mein Arschloch pulsieren. Mein halboffener Schließmuskel hielt mich in Atem. Ich spürte innige Wärme, die mit immer wiederkommenden Reizungen, mich glücklich sein ließen.

Als ich das erste Mal danach wieder kacken musste, war das ein nochmals schönes, durchdringendes Gefühl. Ich kann es nicht hundertprozentig bestätigen, dass es das Reizen der Klitoris war, welches mich so heftig hat kommen lassen. Vielleicht war es auch diese enorme Enge, dieses ausgefüllt sein und zu spüren, wie dein Samen, wie eine Flut in mich hineinlief. Das war so viel mehr als nur geil und schön. Es war eine andere Welt. Dieses gleichzeitige Kommen, gefolgt von dieser Zufriedenheit, so als ob die Zeit stehen bleiben würde.

Der leichte Schmerz, verursacht durch die Reizungen, hielt noch zwei Tage an. Ich merkte es besonders beim Sitzen. Es geilte mich immer wieder auf. Es hatte mich Überwindung gekostet. Aber ich wollte es unbedingt. Deshalb erlebte ich es ja wohl auch so intensiv und eindrucksvoll. Sicher will ich es mit dir wieder so machen.

Nr. 13: Traumhaft geil,Tantra mit Andreas

Er konnte sich gut im Chat ausdrücken. Wir haben vieles miteinander ausgetauscht. Irgendwann hatten wir dann erkannt, dass wir sehr ähnlich Ansichten haben. Ja, sogar von Seelenverwandtschaft war die Rede. Ist das nicht wunderbar? Da schreibt man sich in Chats und ist dabei locker, entspannt und mutig. Man kennt und sieht sich ja nicht und geilt sich trotzdem dabei gerne auf. Ob man begleitend einen Orgasmus oder keinen hat, darauf hinarbeitet oder nicht, das ist der jeweiligen Situation geschuldet. Je mehr man schreibt, desto vertrauter wird man miteinander und die Mittellungen werden immer intensiver und geiler.

Als Andreas seinen Besuch ankündigte, wurde ich nervös. Tantra? Darüber hatte ich einiges gehört und gelesen, aber bisher war ich ja nicht mal zu einer Yoni-Massage gegangen. Das hätte mir vielleicht gut getan.Jetzt wollte Andreas von mir eine Lingam-Massage. Das hatte ich ja noch nie gemacht. Wie geht das denn? Aber wenn eine Frau etwas nicht weiß, dann fragt sie jemanden, der es wissen muss. So war es natürlich klar, dass ich Aglaia anrief. Sie hatte sich unendlich über meinen Anruf gefreut. Schließlich hatten wir schon einiges zusammen unternommen. Sie besaß ein riesiges Wissen über Tantratechniken und sprudelte nur so vor Ideen.

Obwohl wir eine gute Stunde miteinander telefoniert hatten, war ich mir immer noch nicht sicher, ob ich auch alles richtig verstanden hatte. Allein die Sorge, es bei Andreas falsch machen zu können, brachte mich fast um den Verstand. Der Rat von Aglaia war schlussendlich eigentlich einfach. Wenn man ungefähr weißt wie es geht, verlässt man sich immer auf sein Gefühl. Sich dabei ausreichend Zeit lassen ist mit das Wichtigste. Zwei Stunden sollten es schon sein. Einfach dem eigenem Gespür vertrauen. Darauf kann man sich verlassen, es wird da sein.

Ich redete mir also ein, ich werde das schon schaffen. Also machte ich mich an die Vorbereitungen. Erst mal einen Anal-Aufsatz für die Dusche besorgen, damit eine Analdusche damit besser von der Hand geht. Dann die notwendigen dünnen Latex-Handschuhe. Ich besorgte die einfachen, die auch im Sanitätsbereich verwendet werden. Im Sexshop kaufte ich ein einfaches Massageöl, das sich auch als Gleitmittel verwenden lässt. Und dann noch die Federn für das stimulierende Streicheln über die Haut. Aber die Verkäuferin im Sex-Shop meinte, eine weiche Bürste oder ein Seidentuch wäre auch dafür geeignet. Und statt teuren Getreideschrot für die Ölmassage, könne man auch einfach Bulgur verwenden. Nicht zu vergessen eine reißfeste Folie, die nicht groß genug sein kann. Ich entschied mich für die weiche Bürste, das Seidentuch und für den Bulgur.

Ja und dann? Dann verfluchte ich den Termin, der unaufhaltsam auf mich zukam. Ich kannte Andreas doch gar nicht wirklich. Nur vom Chat her. Und dann gleich eine Tantra-Massage über mehrere Stunden? Ich war etwas verunsichert, aber dennoch zuversichtlich. Meine Stimmung schwankte. Ich gebe zu, es war schon aufregend, was da auf mich zukam. Es kam der Tag und ich musste mich als Tantra-Masseurin bewähren. Aber dann kamen in mir wieder Zweifel auf. Was soll ich machen, wenn Andreas anstatt Lingam, wie besprochen, eigentlich einen Arschfick von einer Frau bekommen will? Also legte ich mir den Strapon zurecht und zusätzlich einen dicken Analplug, den dicksten den ich besaß. Und als zusätzlichen Analdildo legte ich meinen 6 Zentimeter dicken Jumbo-Dildo bereit. Ja, manchmal hat Frau eben auch ihre Gelüste.

Der Andreas sah sehr gut aus. Hätte ich so gar nicht gedacht, vom Schreiben her. „Den musst du gar nicht massieren, den kannst du gleich ficken", ging es mir durch den Kopf. Na wenigstens erstmal das, er war mir auf Anhieb sympathisch, was die Situation viel einfacher gestaltete. Sein angenehmes Wesen und sein zuvorkommendes Verhalten trugen erheblich dazu bei, die Atmosphäre so angenehm wie möglich zu gestalten. Wenn ich nur an den riesen Blumenstrauß zurückdenke, den er mir mitgebracht hatte.

Für die notwendige Entspannung bereitete ich für uns erstmal meinen Spezial-Tee. So eine kleine Zeremonie trägt mit Sicherheit zum allgemeinen Wohlbefinden bei. Dann zeigte ich Andreas das mit der Folie abgedeckte Bett und das Bad. Die im Blickfeld liegende Analdusche war als eine offensichtliche Aufforderung an ihn gedacht. Auch sah er natürlich die bereitgelegten Utensilien auf dem kleinen Tisch am Bett, die ich benutzen wollte. Als er mich dann in die Arme nahm und küssen wollte, wies ich ihn zurück. Nein, das kann er doch mit seiner Therapeutin nicht machen. Ich schickte ihn deshalb direkt ins Bad. Ich selber hatte mir ein Tuch umgelegt, bodenlang, halbtransparent und weiß schimmernd. Natürlich trug ich nichts darunter.

Dann kam er aus dem Bad zurück. Ich ignorierte seine Boxershorts, stellte mich ihm gegenüber und sah ihm nur in die Augen. Ganz langsam schob ich seine Shorts runter, ohne den Blick von ihm zu wenden. Ich schaute mir seinen Schwanz auch nicht genauer an, sondern verharrte in Ruhe vor ihm, bis ich mein Umhängetuch von den Schultern streifte und es zu Boden fiel. Andreas sah mich prüfend an. Ganz bedächtig schob ich ihn zum Bett, bevor er irgendetwas sagen konnte. Eine Massagebank hatte ich leider nicht. Er wollte sich auf den Bauch legen, aber das ließ ich nicht zu. „Mach das ja nicht, ihn auf den Bauch zu legen", riet mir Aglaia schon vorher, „dann gibt es nur Unruhe, wenn er sich umdrehen soll.

Ruhig und gelassen stand ich neben dem Bett und wartete, bis er sich völlig entspannte. Dann strich ich ihm über den Kopf und sein Gesicht, so dass er die Augen schließen musste. Langsam streichelte ich erstmal über seinen ganzen Körper. Immer wenn er die Augen wieder aufmachte, strich ich wieder über sein Gesicht, damit er sie wieder schloss. Wenn ich über seine Oberschenkel rauf und runter strich, berührten meine Fingerspitzen schon mal seinen Penis oder seinen Sack. Anschließend nahm ich die weiche Bürste, um damit seine Haut zu stimulieren. Es überraschte ihn sichtlich. Aber er hatte es verstanden. Jetzt blinzelten seine Augen nur noch. Als ich mit dem Seidentuch weitermachte, ließ er seine Augen von alleine ganz geschlossen.

Ich konnte mir nicht vorstellen, ihn so lange verwöhnen zu können. Da lag er vor mir und ich wusste, früher oder später würde ich seinen Schwanz in mir spüren. Bis jetzt konnte er sich ja zurückhalten. Aber genau das war es, was Aglaia meinte. Ohne dieses Abtauchen in eine völlige Entspannung hat er nichts davon. Ich beschloss, die nächste Phase einzuleiten und begann, mit dem Öl weiterzumachen. Ein wohliges Brummen war von ihm zu hören. Ich merkte, daß ich feuchter wurde. Verdammt, wenn das so weiter geht, laufe ich ja aus. Aber es war eben auch herrlich, sich selber dabei so intensiv zu spüren.

Als ich meine öligen Hände dann in den Bulgur tauchte und damit fast überall an seinem Körper die Haut sanft bearbeitete, bewegte er sich leicht und wich etwas zurück. Jetzt war die Entspannung vorbei und das Spiel konnte beginnen. Mal fester, dann wieder sanft, ging ich über seine Haut. Ich achtete sorgsam darauf, seine Genitalien und die Analregion zu umgehen. Es war spannend zu sehen, wie es ihn anregte. Mit dem Handtuch rieb ich ihn danach wieder ab. Ließ sein bestes Stück dabei aber aus.

Dann kam die Gleitcreme ins Spiel. Ganz sorgsam cremte ich seinen Penis ein. Er lag breitbeinig vor mir. Ich arbeitete mich zu seiner Pokerbe vor. Andreas wollte Hilfestellung geben. Er wollte sich mehr einbringen und mir seinen Arsch besser präsentieren. Doch ich schob ihm ein Kissen unter, als er seinen Arsch das nächste Mal hochnahm. Er war überrascht und wollte es sicher anders. Aber eine Lageänderung stört die Harmonie, hatte Aglaia gesagt.

Jetzt hatte ich ihn da, wo ich ihn hin haben wollte. Die Beine breit, den Po hoch, das Arschloch exponiert und darüber baumelten sein Sack und sein noch schlaffer Schwanz. Ich überlegte noch, ob ich seine Knie auch noch hoch legen sollte. Aber ich beließ es erst mal dabei. Ich nahm seinen Schwanz in meine linke geöffnete Hand und mit der rechten arbeitete ich mich leicht kreisend und mit viel Gel, durch die Pokerbe über den Damm und Sack, zum Penisschaft vor. Dann massierte ich mit leichten Auf- und Abbewegungen die kleine Spalte der Harnröhrenöffnung. Dann nahm ich mir die ganze Eichel vor. Das zeigte deutlich Wirkung und ich spürte, wie sein Penis pulsierend erigierte.

Aber dann widmete ich mich wieder seinem Po und nahm mir zuerst die Rosette vor, nicht ohne mir vorher einen Latexhandschuh überzustreifen. Mit kreisender Fingerspitze arbeitete ich mich wie ein Korkenzieher in ihn rein. Erst nur einen Zentimeter, dann wieder raus und wieder rein. Jedesmal etwas tiefer. Dann nahm ich seinen Schwanz zwischen die Hände und rieb ihn ein wenig hin und her. Als ich seine Schwanzwurzel mit Daumen und Zeigefinger, wie mit einem Penisring umspannte, stöhnte er laut. Auch gefiel es ihm, dass ich seinen Sack mit anderen drei Fingern festhielt. Ich lockerte Daumen und Zeigefinger, griff etwas höher und ließ seine Eier, die nach unten flutschten, durch meine Hand gleiten. Dann zog ich ihm den Schwanz lang und länger. Immer ein wenig nach oben bewegend, bis ich nur noch seine Vorhaut zwischen meinen Fingern festhielt. Lange hielt ich seinen Schwanz an der Vorhaut fest und konnte sehen, wie er weiter aufblühte. Ich streifte seine Vorhaut runter, als er groß genug war. Nun wanderte meine Hand wieder zurück, bis ich ihm die Eier kraulte. Diese hielt ich fest und massierte sanft mit dem Zeigefinger der anderen Hand das Frenulum an seiner Eichel. Jetzt zeigte er mir seine wahre Größe. Jetzt spürte ich diese geile Härte seines Schwanzes.

Erschreckt stellte ich fest, dass mir meine Nässe am Bein runter lief. Mein Gott, war das eine geile Sache. Andreas atmete ruhig. Nichts schien ihn aus der Ruhe bringen zu können. Kein Stöhnen, kein heftiges Atmen. Er war jetzt in sich gekehrt und genoss seine Gefühle. Dass ich das konnte, ihn so in diesen Zustand zu versetzen, ihn in seinen Wonnen baden zu sehen, war einfach überwältigend für mich und machte mich immer sicherer. Und die Tropfen an meinen Beinen? Sie störten mich nicht mehr. Es war mir egal, sie erfreuten mich eher, sie machten mich stolz, so empfinden zu können.

Es war nun an der Zeit, die weiteren Freuden auszukosten, für ihn und für mich. Mein Zeigefinger glitt ganz langsam in seinen Anus. Ich war erstaunt, wie leicht das ging. Der zweite Finger ging ebenso leicht rein. Da dämmerte es mir. Entweder hatte sich Andreas vorher anal ficken lassen oder sich selber mit einem Dildo den Arsch gefickt. Ich errinnerte mich jetzt, dass er mir mal schrieb, er hätte den dicksten Analplug zuhause, den man sich vorstellen könne. Das Austasten gelang mir recht leicht, einfach die Finger krumm machen und hin und her wandern lassen. Mein Ziel war es, an seine Prostata zu gelangen. Ich wollte spüren, was so eine Berührung im Innersten eines Mannes ausrichten kann. Dieses unglaubliche Geheimnis erkunden, von dem die Männer immer reden. Dass uns Frauen das doch irgendwie geheimnisvoll erscheint, ist doch verständlich. Den Zugang zur Prostata hat man ja nur durch den Arsch.

Andreas stöhnte schon los, bevor ich die Prostata erreicht hatte. Ich suchte noch und tastete weiter. Doch dann hatte ich dieses weiche, kastaniengroße Gebilde nähe des Dammes gefunden. Mit langsamen und vorsichtigen Bewegungen kreiste ich mit einem Finger vorsichtig darauf herum. Dann wurde ich etwas mutiger. Ich war fast erschrocken, als sein Schwanz zuckte und ein kleines Tröpfchen erschien. Es wurde sofort Opfer meiner Zunge und meine Finger setzten die Bewegungen fort. Ich hätte ihn stundenlang so melken können. Aber etwas wollte ich ja für später, für meine Votze, auch noch haben.

Also fickte ich ihm erst mal den Arsch mit den Fingern. Ich steigerte dabei das Tempo und die Intensität. Andreas hielt dagegen. Ich nahm den Strapon erst mal wie ein Dildo in die

Hand und führte ihn bei ihm anal ein. Andreas stemmte sich dagegen und schwupp, war er drin. Das gelang mir so gut, dass ich ihn mir mit der anderen Seite kurz darauf in meine sehr nasse Votze reindrückte.Tantra hin oder her. Die geile Lust und die Gier nach mehr, hatten mich überwältigt. Der Reiz des Strapon auf meine Klit und meine Votze war nicht zu unterschätzen. Manche Frauen ficken eben gerne damit, weil sie sich damit selber einen Orgasmus verschaffen. Und so war es auch bei mir. Die Wellen überschlugen sich, die Sinne spielten verrückt. Dieser lange Anlauf und das ausgiebige Vorspiel, zahlten sich nun aus.

Jetzt kam die Feuerprobe für Andreas. Würde es klappen? Langsam setze ich den langen Anal-Dildo an. Andreas ahnte noch nichts. Die Spitze bohrte sich in seinen Arsch. Zentimeter um Zentimeter ging es tiefer. Andreas sah mich an, seine Augen waren weit aufgerissen, er lief rot an. Ich wollte schon abbrechen, doch er hielt immer noch dagegen. Dann rutschte der Dildo rein. Es folgte ein hefiges Schnaufen und Hecheln von ihm. Ich hielt inne und er wurde wieder etwas ruhiger. Dann fickte ich ihn ganz langsam weiter. Im Schneckentempo ging es rein und wieder raus, dabei immer tiefer rein. Das waren bald mehr als 20 Zentimeter. Dann wurde ich schneller. Es war leicht zu bewerkstelligen. Andreas hielt immer noch dagegen.

Seine Hände ergriffen jetzt seine Knie, die er zu sich zog. „Hau ihn rein!", schrie er. „Fick mich doch, reiß mir den Arsch auf!" Er war außer sich, er schwebte. Sein Schwanz schaukelte und ein kleines Rinnsal Samen lief am Schaft runter. Nein, das war kein Orgasmus. Das war eher die Folge der ausgepressten Prostata! Dennoch umschlossen meine Lippen seine Eichel. Ja, das brauchte ich jetzt. Genüsslich lutschte ich seinen Schwanz. Ich schob ihn den Dildo wieder tief in seinen Arsch und massierte dabei zeitgleich seinen Schwanz mit meiner Zunge. Den Handschuh streifte ich jetzt ab und umschloss mit meiner Hand seinen Penis. Ich wichste ihn nach allen Regeln der Kunst und das Gleitgel verhinderte ein Heißlaufen. Zwischen meinen Handflächen drehte ich anschließend seinen Schaft hin und her. Danach zog ich ihn lang, kraulte seine Eier, um danach wieder seinen Schaft fest zu umklammern.

Ich wusste, jetzt musste ich aufpassen und legte dazwischen kleine Pausen ein, in denen ich nur mit dem Finger rauf und runter strich. Jetzt sollte er es erleben, spritzen zu wollen, aber nicht zu dürfen. Jetzt kam dieser kritische Moment. Bei allen Aktionen hatte er immer noch diesen dicken Dildo im Arsch. Aber der störte ihn wohl nicht mehr. Mich störte er aber, weil ich ihn doch reiten wollte. Also zog ich ihn langsam raus und ersetzte ihn durch meinen dicksten Analplug, den ich für mich selbst öfter in Gebrauch hatte. Sicherlich war er für Männer etwas zu klein.

Ich quälte Andreas. Ich ließ ihn nicht spritzen. Vielleich war es zu lange. Aber ich hatte mir fest vorgenommen, ihn immer wieder und wieder an die Grenze kommen zu lassen. Andreas sollte sich doch erfahren. Was gibt ihn sein Körper, wie fühlt er sich dabei. Meine Hände nahmen seinen Penis, wrangen ihn wie ein Handtuch aus, rollten ihn zwischen sich hin und her oder wichsten ihn nur mit Daumen und Zeigefinger. Andreas wurde ruhiger. Er war wieder deutlicher in sich gekehrt. Nein, er wollte jetzt nicht kommen. Er wollte einfach nur weitersegeln. Nichts denken, nur fühlen. Nur Mensch sein, nur sich selber fühlen und die angenehme Spannung seines Körpers möglich lange zu erleben.

Je länger es dauerte, desto geiler wurde ich. Mehr und mehr wuchs in mir das Verlangen, von ihm gefickt zu werden. Meine Votze lief immer noch und ich musste etwas tun. Ich gebe zu, ich konnte mich nicht mehr zurückhalten. Wieder stieg ich aufs Bett, riss ihm das Kissen unter dem Arsch weg und deutete ihm an, die Beine zu strecken. Er behielt den Analplug im Po, der ja immer noch auf seine Prostata drückte. Das sollte auch so sein, um ihn zusätzlichen Reiz zu verschaffen.

Dann kniete ich über ihn. Meine Votze senkte ich langsam auf seinen Speer ab. Ganz langsam drang er in mich ein, füllte mich aus, weitete mich. Ich spürte einen Mann in mir. Mein Verlangen zu ficken, stieg ins Unermessliche. Ich senkte mich weiter ab, drückte seinen Schwanz damit noch tiefer in mich rein. Ich brauchte dieses Druckgefühl tief in mir. Ich war so offen wie ein Scheunentor, so nass, dass ein Gleiten und Ficken mich kaum noch reizen konnte. Eine Hand an der Brust mit dem Nippel zwischen den Fingern und die andere Hand mit den Fingern auf der Klitoris, kreiste ich mit meinem Becken.

Sein Schwanz wühlte in der Votze und schaukelte mich im Nu an die Grenze. Als ich innehielt und meine Bewegungen etwas verlangsamte, war es zu spät. Ich fühlte das Zucken in mir.

Das Zucken wurde schwächer und die Spannung klang etwas ab. Dann kam Andreas. Ich spürte die volle Wucht seines ausstoßenden Samens in mir. Es war unglaublich. Es schien gar nicht mehr enden zu wollen. Mein Becken kreiste weiter. Ich versuchte, mich eng zu machen und ihn weiter zu melken. Fest presste ich meine Knie an seine Lenden, um mehr Spannung in meiner Votze herzustellen. Wieder spürte ich die Vibrationen in mir, während ich auslief und seine Sahne ihm in die Pokerbe lief. Ich weiß es nicht mehr genau. War es eine Minute oder dauerte es noch länger? Ich traute mich nicht zu atmen und mich zu bewegen. Dann sah ich Andreas an und schmiegte mich langsam an ihn, indem ich mich ganz auf ihn legte. Es folgten heiße, geile, intensive Küsse.

Eine Frau

muss aus dem Konzept gebracht werden

muss geküsst und befummelt werden

muss geil gemacht werden

muss sich fallen lassen

muss sich ausziehen lassen

muss feucht werden

muss ihn anfassen

muss gefickt werden wollen

muss unruhig werden, wenn er eindringt

muss ihn tief aufnehmen

muss das Gefühl haben gewollt zu sein

muss mit ihm gehen

muss ihn ficken lassen

muss sich selber ausleben

muss wissen, wann er kommt

muss ihn belohnen mit ihrem Orgasmus

Sabrina

Sabrina ist eine tolle Frau, die im Leben ihren Leidenschaften nachgeht. Dadurch verschafft sie sich sexuelle Befriedigung und Erfüllung. Sie beschafft hin und wieder ihrem Mann fremde Frauen als Gespielinnen, um ihre eigene sexuelle Erregung beim Zuschauen zu steigern, wenn er dann diese Frauen fickt. Nichts ist ihr lieber, als dass er danach über sie selbst herfällt. Außerdem entwickelt sich bei ihrem Mann im Laufe der Zeit eine bisexuelle Orientierung, die er auch ausleben will.

Ich hatte von Sabrina gelernt, mich bei zahlreichen, ausschweifenden Sextreffen bedingungslos hinzugeben und benutzen zu lassen. Damit riss ich auch Kira mit und entfachte ebenfalls ihre Leidenschaft dafür. Das alles hatte Sabrina sehr beeindruckt. Sabrina hatte gelernt, sich selbst in Szene zu setzen. Sie spürt ihre Kraft, aktiv und offensiv zu sein und sich nicht unterwerfen zu müssen. Ihr Mann ist stolz auf sie.

Nr. 14: Traumhaft geil, am See zu ficken

Nur raus aus der Wohnung. Die hohen Temperaturen waren beinahe unerträglich. So fuhr ich zu meinem geliebten See. Dort wehte nur ein laues Lüftchen. Aber es war dort doch viel erträglicher, als zu Hause in der ziemlich warmen Wohnung.

Am Rande des Sandstrandes, der in ein Buschwerk, welches wiederum in einen Wald überging, fand ich ein kühles Plätzchen. Hier war ich der Sonne nicht so gnadenlos ausgesetzt. Man war aber auch ein wenig geschützt vor den Blicken der vorbeikommenden Badegäste. Ich breitete also meine Decke aus und legte mich splitternackt darauf und begann, ein Buch zu lesen.

Natürlich war mein nackter Po vom Strand her zu sehen, aber das machte mir eigentlich nicht viel aus. Hier am Waldrand lagen ebenfalls viele, oft auch nackte, Badegäste. Und manchmal zeigten Paare ihre Zuneigung zueinander ganz offen. Es war ein Strandabschnitt, auf dem vieles toleriert wurde. Manch einer machte sich auf den Weg, tiefer in den Wald zu gehen, um seiner Blase Erleichterung zu verschaffen. Dann gingen schon mal ein paar Männer hinter einer Frau her, die es genoss, von ihnen beim Pinkeln beobachtet zu werden.

Nur selten waren Badegäste darunter, die nichts davon wussten und deshalb nicht ahnen konnten, was sich so alles im Wald abspielte. Ich denke, dass die meisten allerdings darüber Bescheid wussten. Es wurde nicht nur beim Pinkeln zugeschaut und gewichst. Dort wurde auch schon mal die eigene Ehefrau zum Ficken angeboten. Der Ehemann schaute dann einfach zu, wie sie es mit dem Anderen dann trieb.

Während ich so dahindöste, brannte mir die Sonne zu sehr auf dem Po.Tunlichst beeilte ich mich, ihn einzucremen, damit kein schlimmer Sonnenbrand entsteht. Währenddessen hörte ich die dunkle, aber dennoch sympathische Stimme eines Mannes in meiner direkten Nähe. Ohne von mir eine Antwort auf seine Frage abzuwarten, nahm er mir die Tube mit der Sonnencreme aus der Hand. Ich ließ ihn gewähren und spürte seine Hand, die sich auffallend zärtlich an meinem Po zu schaffen machte. Schließlich breitete er sein Badetuch neben meiner Decke aus und begann mich sanft zu massieren. Immerhin hatte ich noch einen straffen Bauch und knackige, nicht zu große Brüste. Ich konnte mich deshalb immer noch sehen lassen. „Wer war dieser Mann?“ Ich schaute unter meinem Arm hindurch in seine Richtung, konnte sein Gesicht aber nicht sehen. Sein Körper war straff und er war deutlich jünger als ich.

Aber dieser Mann ließ ja nicht locker. Längst war die Zeit überschritten, die man eigentlich zum Eincremen bräuchte. Er massierte und streichelte weiter und ich genoss es einfach. Als er sich anschickte, auch meine Pokerbe einzucremen, seufzte ich leise vor Wonne. Er arbeitete sich weiter vor und ich gab ihm mehr Raum. Seine Hände wirkten wundervoll und ich begann, mich zu erregen. Als ich wieder unter dem Arm durchschaute, sah ich drei Kerle, die ihre harten Schwänze wichsten und sich beim Zuschauen aufgeilten.

Jetzt goss er mir eine Ladung Sonnenöl direkt in die Kerbe. Es lief bis zur Votze. Das war schon ein ganz anderes Gefühl. Reflexartig spreizte ich die Beine. Seine Hände glitten über meine dunklen Vulva, die sich öffnete und ihr rosa Innenleben seinem Blick und seinen Händen preisgab. Als seine Finger die Klitoris erreichten und er den Daumen in meinen Po drückte, war es um mich geschehen. Jetzt war es mir egal. Ich spreizte meine Beine noch mehr. Auch die drei Kerle kamen noch näher und ich riskierte wieder einen Blick, aber das Gesicht meines Verehrers konnte ich nicht sehen. Er brachte mich wundervoll in eine erregte Stimmung. „Jetzt einen Schwanz drin haben", fuhr es mir durch den Kopf.

Als ich eine Frauenstimme rechts von mir hörte, bekam ich einen Schreck. „Ich lasse dich doch hier nicht alleine Ficken", meinte sie. Es war eine Bekannte von mir, mit der ich mich hier schon oft am See unterhalten hatte. „Willst du, dass sie dich auch Ficken?", war zu hören. Ich konnte es gebrauchen. „Komm, gehen wir auf die Knie und lassen sie machen", sagte sie. Mir blieb fast das Herz stehen, als sie sich hinkniete, ihren Po anhob und den Männern auffordernd entgegenstreckte.

Ich kniff nicht und machte es ihr nach. Mein Verehrer war sofort in mir. Er versenkte seinen steinharten Schwanz langsam, bis zum Anschlag, in meiner pitschnassen Votze. Die Massagen hatten mich so angemacht, dass ich mich nicht mehr bremsen konnte und auch nicht wollte. Nach wenigen Stößen kam ich bereits mit einem wundervollen Orgasmus. Er aber fickte munter weiter. Es passte alles. Sein Schwanz füllte mich völlig aus. Er war rücksichtsvoll, ja fast zärtlich zu mir und bat mich, mich eng zu machen und ihn zu melken.

Neben mir quietschte meine Bekannte, deren Namen sie mir nie gesagt hatte. Einer der drei Kerle hatte sie gerade bestiegen und seinen Rhythmus gefunden. Er rammte sich regelrecht in sie rein. Als links von mir ein Schatten auftauchte und ich deshalb instinktiv den Kopf drehte, sah ich weitere Männer, die ihre Schwänze in den Händen hielten und dazwischen auch Frauen, die zuschauten. Eine Frau kniete vor ihrem Verehrer und blies ihm den Schwanz.

Fast hätte ich es bei dem ganzen Getümmel um uns herum, nicht richtig mitbekommen, dass mein Verehrer, dessen Gesicht ich immer noch nicht gesehen hatte, sich anschickte, in mir zu kommen. Seine Stöße wurden kürzer und hektischer, bis eben dieses unverkennbare Zucken auftrat. Mir stockte der Atem, als bei mir die Wellen erneut einsetzten und ein neuer Orgasmus sich ankündigte. Ficken am Strand, inmitten einer Horde geiler Menschen, die alle ficken oder gefickt werden wollten. Es war ein wundervolles Erlebnis. Nein, wiedergetroffen habe ich meinen unbekannten Verehrer nicht und sein Gesicht habe ich auch nie gesehen.

Nr. 15: Traumhaft geil, pinkeln zu gehen

Mein geliebter See liegt etwas abgelegen. Ich mag ihn sehr. Er ist irgendwie einzigartig und es hat immer etwas Prickelndes, dort zu sein. Man muss etwas länger zu Fuß gehen, um dorthin zu gelangen, aber deshalb war die Gegend dort ja auch nicht überlaufen. Ich breitete meine Decke an einer Stelle aus, von der ich wusste, dass dort etwas Schatten von den Bäumen sein wird. Oben ohne legte ich mich in die Sonne. Ich mag meine Titten. Sie hängen nicht und die Nippel schauen keck nach oben.

10 Meter weiter, zwischen den Büschen, lag ein Paar auf einer blauen Decke. Ihre Beine hatten sie ineinander verschränkt. Sie küssten sich heftig und waren mit sich beschäftigt. Ich erkannte die Frau wieder. Sie hatte schon einmal neben mir gefickt, war aber dann wieder spurlos verschwunden. Beider Hände machten sich überall zu schaffen. Er schob das Oberteil von ihrem Bikini zur Seite und nuckelte an ihren Nippeln. Seine Hand verschwand in ihrem Bikinihöschen und streichelte ihre Muschi, woraufhin sie seinen Schwanz nun heftig wichste.

Ich spürte das sanfte Ziehen in meiner Muschi. Unwillkürlich, ausgelöst vom beobachteten Geschehen, griff ich an meine Votze. Das zeigte ich meiner Bekannten überdeutlich. So von mir angespornt, zerrte sie seinen Schwanz seitwärts aus der Badehose und schob ihn zielsicher in ihre Spalte. Nun konnte ich ihren Fick quasi aus der ersten Reihe sehen. Direkt zwischen ihren Beinen sah ich seinen Penis, an ihrem Höschen vorbei, rhythmisch in ihrer Votze eintauchen. Ihre Schamlippen glänzten und sie stemmte sich ihm heftig entgegen, um ihn in sich aufzunehmen. Fast schwanden meine Sinne, als er abspritze und es aus ihrer Votze lief.

Gleichzeitig mit dem Fick fingerte ich mich heftig und kurze Zeit später genoss ich diese Wellen, das Zucken und die Wärme in mir. Es dauerte ein paar Minuten, bis ich wieder völlig klar denken konnte. Mein Orgasmus war heftiger, als ich es erwartet hatte. Ich schloss die Augen und nickte kurz darauf ein. Als ich einen heftigen Drang zum Pinkeln verspürte, wurde ich wieder wach. Fröhlich und gut gelaunt versteckte ich ein Taschentuch im Bikinihöschen und machte mich auf den Weg in den Wald. Die Frau lächelte mir zu, so als ob sie mir sagen wollte: „Danke, dass du zugeschaut hast.“

Im Wald fand ich eine geeignete Stelle. Ich hockte mich zum Pinkeln hin. Mein Höschen befand sich in Höhe der Knie. Das reichte mir nicht. Ich wollte meine Beine weiter spreizen und streifte das Höschen über einen Fuß ab. Jetzt hatte ich genug Freiraum, um meine Beine noch breiter machen zu können. Es war ein geiler Drang, es zu tun. Lustvoll waren meine Finger schnell an meiner Muschi zugange. Die Geilheit des gesehenen Ficks, hielt mich immer noch gefangen. Die Finger auf der Klitoris taten mir so gut. Jetzt noch mal richtig reiben und einen weiteren Orgasmus haben!

„Ja, mach schön weit auf!", hörte ich eine Männerstimme sagen. Erschrocken sah ich zu ihm hoch. Er stand nur 2 Meter von mir entfernt und hatte bereits eine unübersehbare Latte. Nein, er wichste nicht, aber mit Daumen-, Zeige- und Mittelfinger schob er seine Vorhaut sanft auf und ab und zeigte mir seine glänzende Eichel. Dabei schaute er auf meine jetzt nasse Votze, die ich umso heftiger rieb. Sein Schwanz bewegte sich, als ob er tanzte. Er drückte den Penis runter und ließ ihn hochschnellen, wo er auf seinen Bauch klatschte. Ein geiler süßer Schwanz, der wie in einem schlanken „V" zum Bauch aufrecht stand.

Es war irgendwie magisch. Unsere Lust trieb uns beide vor sich her. Er rieb seinen Schwanz und ich meine Votze. Beide wollten wir es spüren. Die Chemie zwischen uns stimmte einfach. Ich wurde immer geiler. Immer mehr wollte ich einen Orgasmus. Auf einmal spürte ich wieder diesen Drang, pinkeln zu müssen. Ich ließ kurz einen Pipistrahl passieren und hielt ihn sofort wieder an. „Was für eine geile Votze!", hörte ich von ihm, was mich noch mehr anspornte. Ich wiederholte das Spiel mehrmals. „Ja, wie lange geht das so weiter? Wann ist die Blase leer?" Ich wusste es nicht. Aber ich bin dabei gekommen und ich gab laut stöhnend die entsprechenden Geräusche von mir.

Als ich die Augen öffnete, war sein Schwanz dicht vor meinem Gesicht. Er umklammerte mit einer Hand einen Schaft an der Wurzel und hielt damit auch seinen Sack fest umschlossen.

Seine Eier quollen mir nach vorne entgegen und präsentierten sich mir prall und glänzend. Mit der anderen Hand schob er immer noch die Vorhaut vor und zurück. „Fick mir in meine Mundvotze!", murmelte ich. Es dauerte nur Bruchteile von Sekunden und ich hatte diesen prächtigen Schwanz in meinem Mund.

Er fickte stoßartig und ich musste ihn etwas bremsen. Meine Hände lagen auf seiner Hüfte. Langsam bekamen wir die Richtung hin. Seine Eichel rutschte über meinen Gaumen bis weit in den Rachen. Meine Zunge dirigierte ihn und mit dem Kopf steuerte ich die Tiefe seines Eindringens. Immer mehr ließ ich ihn an die Kehle kommen. Noch konnte ich durch die Nase atmen. Je weiter er vordrang, desto mehr reizte er mich zum Erbrechen. Aber ich wollte es wissen. Ich wollte es probieren. Ich hatte bisher noch keine Erfahrung damit.

Ich spürte, wie er in meine Kehle eindrang und begann zu schwitzen. Beim nächsten Stoß noch tiefer, dann wieder etwas weniger tief, dann wieder mehr. Er merkte genau, wie ich reagierte und verfuhr entsprechend sensibel. Mehr und mehr wurde mein Hals von seinem Schwanz geweitet. Ich begann heftig zu schlucken und bereitete ihm so größtes Vergnügen. Ich wollte jetzt alles. Ich wollte ihn jetzt auch stöhnen hören. Da war es wieder, dieses geile Gefühl. Meine Votze begann zu zucken. Ich tropfte. „Fick du Sau!", hörte ich mich sagen und er legte jetzt erst so richtig los.

Mit harten Stößen penetrierte er meinen Hals weiter. Ich presste meine Zunge seitlich gegen seinen Schwanz und machte mich zusätzlich mit den Lippen noch enger. Dann setzte ich vorsichtig die Zähne ein. Er reagierte prompt mit längeren Stößen und genoss den harten Reiz. Er warf den Kopf in den Nacken und röhrte wie ein Hirsch. Als er stoppte, wusste ich, es ist soweit und musste sogleich heftig schlucken. Er füllte meine Mundvotze mit seiner, von mir ersehnten, Sahne.

Dankbar sah ich zu ihm auf. „Danke du geiler Ficker", sagte ich zu ihm, „das hat gut getan!" „Danke, du geile Schnecke!", hörte ich plötzlich eine Frauenstimme von rechts. Es war die Frau, die vorhin mit ihrem Mann auf der blauen Decke gevögelt hatte. Sie sagte stolz zu mir: „Du hast meinem Mann seinen Schwanz geblasen. Ich mag es gerne so. Übrigens, ich bin die Sabrina."

Nr. 16: Traumhaft geil, Zuschauer zu haben

Der See war für mich zugleich das Sinnbild der Geilheit, der Verschwiegenheit und der Offenheit. Auf den Decken im feinen, weißen Sand war jeder mit sich selbst beschäftigt. Keiner am See ließ sich anmerken, dass man sich schon mal weiter hinten im Gebüsch getroffen hatte. Wie gemäß einer geheimen Absprache gingen einige in Richtung Wald. Da war damals auch diese Frau am Waldesrand, die mich ermutigte, doch mit ihr mitzukommen.

Als ich zu ihr ging, meinte sie: „Die ficken da gleich. Wenn du zuschauen willst, kannst du mitkommen. Das verpflichtet zu nichts." Jetzt erkannte ich die Frau wieder. Sie hatte lediglich ihre Haare anders als sonst. Ich hatte ihrem Mann schon mal den Schwanz geblasen, als ich Pinkeln war. Ich grinste in mich hinein, warum eigentlich nicht. Mal zuschauen ist doch auch ein geiles Erlebnis. Schließlich hatte sie ja auch zugeschaut und so manches Mal wurde ich unruhig und geil, wenn ich nur daran denke, dass vielleicht noch mehr zugeschaut hatten.

An einer Lichtung angekommen, traute ich meinen Augen nicht. Da waren mindestens 20 Personen zu sehen. Zwei Frauen knieten auf einer Decke und wurden von hinten gefickt. Dann standen da einige Männer mit mehr oder weniger harten Schwänzen in der Hand. Einige wichsten sich hart und andere schauten nur zu. Ich sah einen Mann, der einer Frau vor ihm ins Höschen griff und ihr die Pussi fingerte, während sie versuchte, seinen Schwanz hinter sich zu wichsen. Und weitere zwei Männer holten sich gegenseitig einen runter.

„Wenn du willst, Schnecke, fickt dich mein Mann. Du musst dich nur hinknien", flüsterte die Frau mir ins Ohr. Mir stockte der Atem. Ich mich ficken lassen? Zuschauer haben, wenn ich gefickt werde? Es kribbelte mir gehörig zwischen meinen Beinen. Ich spürte, wie meine Votze sich rührte und ich feucht wurde. Meine Hände fuhren unwillkürlich über meine Brüste. Ich spürte, wie meine die Nippel schon heftig reagierten.

Wie automatisch begab ich mich zur Decke, kniete mich darauf hin und stützte mich auf den Ellenbogen ab. Die Zuschauer klatschten und sogleich spürte ich einen Finger in meiner Votze, der testete, ob ich schon nass genug war. „Du kannst sie sofort ficken", stellte die Frau zufrieden fest. Dann spürte ich seinen Schwanz eindringen. „Zieh lang durch, sie muss sich an dich gewöhnen!", kommandierte sie ihren Mann. Zu mir gewandt meinte sie dann: „Ein Wort von dir und wir machen das, was du willst, egal was." Langsam gewöhnte ich mich an sein Ficken und die Lustgefühle in mir stiegen immer höher auf. Ich versuchte meine Klitoris zu reiben, was mir aber so nicht gelang, weil ich mich ja mit der anderen Hand abstützen musste.

„Lass sie sich auf den Rücken legen!", kommandierte sie wieder ihren Mann. Sie wusste genau, was ich spürte. „Nimm mal ihre Beine höher!", forderte sie ihn auf. Dann spuckte sie mir auf die Rosette und setzte seinen Schwanz darauf. „Fick sie in ihren kleinen Arsch, du Sau, das ist doch besser, als einem Mann in den Arsch zu ficken. Dieser sanfte Arsch ist nicht jungfräulich!" Mir schwanden die Sinne aufgrund der Art und Weise, wie sie mit mir und ihm umsprang. Aber ich konnte mich den Reizen nicht entziehen und wurde immer geiler. Während er in meinen Arsch fickte, fuhren meine Finger heftig über meine Klitoris. Ich hatte ja, weil ich auf dem Rücken lag, beide

Hände jetzt frei. Meine Votze sendete, obwohl nicht direkt betroffen, eindeutige Signale an mein Lustzentrum im Gehirn. Ich nahm jeden Stoß in meinen engen Kanal überdeutlich wahr. Dieser Reiz in mir, sein Schwanz in meinem Arsch, das alles machte mich geiler als je zuvor.

Dann stellte sie sich breitbeinig über mich hin. Ich sah ihre offene nasse Votze, durch die sie ihre Finger zog und ihm zum ablecken hinhielt. Er griff gierig danach und sie rückte weiter vor. „Los lecke mich!", befahl sie ihm forsch. Er hob seinen Kopf und seine Zunge und fuhr durch ihre Schamlippen. Seine Lippen saugten an ihrer Klitoris. Es war einfach geil, aus direkter Nähe zuschauen zu können. Ich vergaß unterdessen völlig, dass wir auch noch Zuschauer hatten.

Sein Ficken in meinen Arsch kam fast zum Erliegen, aber sein Schwanz füllte ihn prall und voll aus. Was waren das für irre Reize in mir? Das gab mir aber Gelegenheit, mich besser auf mich zu konzentrieren und meine Finger machten ihre Arbeit, so wie sie es sonst auch machten. Ich schaukelte meine Geilheit immer nur bis kurz an die Kante hoch. Dann schaute ich auf ihre Votze, die mittlerweile vor Lust auch völlig nass war und sah, wie es munter auf meinen Bauch tropfte. Sie machte heftige Fickbewegungen und reagierte ruckartig. Ich sah ihren Arsch, in den sicher schon einige Schwänze versenkt wurden. Ich spürte ihren Orgasmus kommen und beeilte mich, mit ihr Schritt zu halten.

Sie wich plötzlich etwas zurück. Er konnte sie deshalb nicht mehr erreichen und ich sah, wie ihre Muschi zuckte, wie sie sich streckte. Ich war so wild und fingerte heftiger an meiner Klitoris. Dann bemerkte ich seinen warmen Spermastrahl. Er spritze mir meinen Arsch voll. Mir wurde schwarz vor Augen. Ich war nicht sonderlich überrascht darüber. Bei so manchem Orgasmus gingen mir für einen Moment die Lichter aus. Überrascht war ich nur, als ich ihre Zunge spürte, die dabei war, mich gierig auszulecken.

Eigentlich war das nicht mein Ding, mich mit einer Frau zu lecken. Heute aber konnte ich sie auch genießen. Als Bestätigung empfand ich auch den gefälligen Applaus der Zuschauer, die sich für die „Show" bedankten. Ich war völlig überrascht, wie sehr ich das alles genießen konnte.

Nr. 17: Traumhaft geil, benutzt zu werden

Sie saß an der Supermarktkasse und lächelte mich an. Ich fand sie süß. Wir hatten beide etwa die gleiche Figur und ich schätzte, dass sie ungefähr in dem gleichen Alter war wie ich. Sie hatte wunderschönes graues Haar, genauso lang wie meines. Wir hätten auch Schwestern sein können, sie mit grauen, ich mit schwarzem Haar. Ihre Erscheinung nahm mich immer mehr gefangen. Ich war eigentlich immer schon angetan von ihr. An der Kasse beugte ich mich vor und kramte mein Geld hervor. Ich hatte nur einen Schokoriegel und eine Flasche Wasser auf das Kassenband gelegt. Mehr brauchte ich im Moment nicht.

„Ich will noch an den See", rutschte es mir raus. Sie beugte sich ebenfalls weit vor, vielleicht mehr als notwendig. Ich konnte ihre Brüste ungehindert im Ausschnitt betrachten. Sie trug nämlich keinen BH unter ihrer Bluse. Ich schaute in ein lachendes Gesicht. Es dauerte eine Weile, dann begriff ich. Ich hatte ja auch keinen BH an, nicht mal ein Höschen. Das hatte sie sicher bemerkt, als ich mich zuvor bückte, weil mir etwas Kleingeld heruntergefallen war. Wir verstanden uns sofort, als ob sie mir mitteilen wollte, dass sie ähnlich fühlt wie ich. So wie Freundinnen, die sich eben untereinander verstehen.

„Wo bist du denn da am See?", fragte sie mich. „Na, mehr auf der anderen Seite. Um dorthin zu kommen, muss man zwar etwas weiter laufen, aber dafür ist es dort ungestörter", sprach ich und machte mich auf den Weg. Am See angekommen, zog ich mir das Bikinihöschen an und strich mir, ohne mir etwas dabei zu denken, über meine Brüste. „Du bist schon wieder geil, oder täusche ich mich da?", hörte ich die, mir bekannte, Stimme der Frau, deren Mann mich ja neulich gefickt hatte und wir uns danach gegenseitig ausgeschleckt hatten. „Ich will heute benutzt werden. Du kannst zuschauen, wie immer. Du bist zu nichts verpflichtet", flötete sie geheimnisvoll. Dann ging sie in Richtung Wald.

Wollte ich das denn? Was bedeutet das denn wieder? Benutzt zu werden? Ich war neugierig. Aber ihre Art, mich aufzufordern, hatte mich schon etwas angemacht. Wenn sie dabei ist, wird immer gefickt. Wo von redet sie? Irgendwie reizte es mich. Ich spürte, wie ich geil auf ein Abenteuer wurde. Also folgte ich ihr. Auf einer Lichtung angekommen, sah ich fast nur Männer. Die Frau, ich nenne sie mal meine „Fickfreundin", war mal wieder inmitten dieser Männer und gab Anweisungen. Eine zweite Frau stand neben ihr und nickte zustimmend. Auf einem Tisch, den wohl jemand mitgebracht hatte, stand eine Riesenpackung Kondome und eine Flasche, vermutlich mit Gleitmittel darin. Dann hockten sich die Frauen auf die Matratzen, die dort lagen. Die Matratzen waren mit weißen Laken überzogen. Die Männer waren startbereit und machten sich unverzüglich an ihr Werk.

Einer fickte meine Fickfreundin in die Votze und spritzte auf ihrem Rücken ab. Der nächste, mit einem eher etwas kleineren Schwanz, fickte ihr in den Arsch. Die Männer hielten sich dabei gegenseitig bei Stimmung. Ich war nass zwischen meinen Beinen und gespannt darauf, was noch alles passieren würde. Benutzt werden! Gang Bang im Wald! Wie in Trance arbeitete ich mich nach vorne, um mich auf eine der Matratzen zu hocken. „Ich wusste es", sagte mir meine Fickfreundin, „dass du mitmachst. Du bist doch immer sehr versessen auf tabulose Ausschweifungen."

Die Männer klatschten und ich wartete auf den ersten Schwanz, der auch schnell ohne Rücksicht eindrang. Benutzt zu werden eben, ohne Gefühle. Die Hauptsache für ihn war das Abspritzen. Der nächste Schwanz im Arsch machte mir kaum etwas aus. Im Gegenteil! Ich kniff den Arsch fester zu und massierte dadurch den Schwanz. Der Kerl jubelte über die Enge und fickte umso wilder. Nur mit Mühe konnte ich meine Klitoris erreichen, um mich selber noch mehr aufzugeilen. Nein, hier war ich jetzt nur noch Fickmatratze.

Aber irgendwie wollte ich auch meine Lust stärker wahrnehmen. Bevor der nächste zu mir kam, stand ich auf und bedeutete dem Kerl, sich hinzulegen. Dann ließ ich seinen Schwanz schön genüsslich in meine Votze reingleiten, bis zum Anschlag. Ja, das war meine Fickwelt. Ich gab ihm viel Raum und bedeutete ihm, dass er los ficken könne. Er verstand sofort und es klappte hervorragend. Er war ein Schnellficker. Jetzt wurde ich immer geiler. Nach vorne gebeugt, wurde mein Arschloch sichtbar. Ich zeigte mit dem Finger darauf, weil ich in den Arsch gefickt werden wollte. Und die Männer verstanden. Im Nu war auch mein Arsch von einem zweiten Mann ausgefüllt. Die beiden Männer fanden sofort einen gemeinsamen Rhythmus. Die anderen, die noch nicht an der Reihe waren, klatschten dazu.

Spritzte einer ab, machte sich sogleich der nächste an sein Werk. Ich habe die Männer nicht gezählt, aber zum Schluss sagte einer: „Noch drei!" Ich hielt durch, war hinterher aber fix und alle. „Benutzt werden" hatte jetzt eine neue Bedeutung für mich. Meine Fickfreundin saß schnaufend neben mir. Die andere Frau gleich dahinter. Jemand reichte uns Wasser und Handtücher. Ich kühlte meine Votze. Das Wasser tat gut.

Dann tippte mir jemand auf die Schulter. „Gut gemacht!", sagte eine Frau. Ich erkannte meine Verkäuferin, unverkennbar am langen grauen Haar. Sie war nackt und hatte eine bronzefarbene Haut vom Feinsten. Sie sah sehr hübsch aus und es machte Lust auf mehr, sie zu betrachten. „Ich habe es genossen", sagte sie und ihre Finger lagen dabei auf ihrer Klitoris.

Nr. 18: Traumhaft geil, mit Kira zusammen

Kira war eben eine Type für sich. Hatten wir uns doch im Supermarkt gegenseitig die Votzen gezeigt. Das war so etwas wie eine Bestätigung unserer gegenseitigen Sympathien. Jetzt saß sie bei mir im Auto und haderte über ihren Mut, mit zum See zu fahren. Sie löcherte mich mit Fragen wie diesen: „Sind die Männer da auch nett? Hast du dich schon mal mit einem getroffen?"

Ich fuhr rechts ran. „Du musst dabei nicht zwangsläufig mitmachen. Ein „Nein" genügt und du brauchst nur zuzuschauen", klärte ich sie auf. "Am See, das ist Abenteuer und Spannung zugleich. Man lässt einfach alles auf sich zukommen und entscheidet aus der Situation heraus, ob man mitmacht oder nicht. Aber vorher kann man nie wissen, was alles auf einen zukommt. Du musst schon selbst entscheiden, was geht oder nicht. Eine Kontaktbörse ist es jedenfalls nicht", fügte ich hinzu „Also einfach abwarten, was passiert", stellte sie nach einer Weile fest. „Ja, oder es passiert eben nichts. Dann kannst du immer noch die Finger oder einen Dildo bemühen und andere dabei zuschauen lassen, wenn denn jemand in der Nähe ist", gab ich ihr zu verstehen und lachte. Den Rest der Strecke fuhren wir schweigend weiter. Am See angekommen, suchten wir uns erstmal eine geeignete Stelle aus und machten es uns auf unseren Decken bequem. Nach ungefähr einer Stunde überkam uns die Abenteuerlust und wir gingen in den Wald zu den Stellen, an denen sich meistens immer jemand rumtreibt. Die Erwartungen machten uns beide geil. Wir genossen diese Vorfreude, dass ja vielleicht etwas passieren würde.

Es war meine Fickfreundin, die uns plötzlich einholte. Wir hatten sie nicht kommen gehört. „Wir kennen uns ja, ich bin die Sabrina", flötete sie und hakte sich gleich bei Kira ein. Jetzt kannten wir beide, Kira und ich, ihren Vornamen, aber mehr auch nicht. Wozu auch? Sabrina dirigierte Kira immer mehr in eine bestimmte Richtung. Irgendwie fühlte ich mich als Anhängsel. Dann aber wurden ihre Umarmungen mit Kira enger, ja, sie schmuste richtig mit ihr. Ein paar Schritte weiter, verschwand Sabrina's Hand in Kira's Höschen. Kira sah mich erstaunt an und verdrehte die Augen. „Abenteuer", murmelte ich nur und zuckte mit der Schulter.

Jetzt griff Sabrina richtig an und begann, Kira zu vernaschen. Kira's Höschen und BH fielen zu Boden und Sabrina langte richtig hin. Sie rieb Kira's Klitoris und küsste sie heftig. Ihren eigenen BH hatte sie bereits hochgeschoben und rieb jetzt ihre Titten auf denen von Kira. Ich denke, Kira war überrascht, ließ es aber mit sich machen. Ich war neugierig, was daraus entstehen würde. Sabrina fickte Kira jetzt mit der Hand. Kira's Schamlippen schwollen an. Sie zeigte erste Ansätze von aufkommender Geilheit. Sie konzentrierte sich jetzt voll auf Sabrina, die sich jetzt vor ihr hinkniete. Sie packte sie bei den Hüften und leckte ihre Votze. Kira stellte sich immer breitbeiniger hin, um mehr von Sabrina zu spüren und um sie tiefer durch die Schamlippen lecken zu lassen.

„Frank, du kannst sie jetzt ficken!", sagte Sabrina dann plötzlich, wie so nebenher. Frank war wohl der Name ihres Mannes, der jetzt wie aus dem Nichts auftauchte und hinter Kira stand. Wie machen die das? Ich hatte ihn bisher nicht bemerkt. Jedenfalls packte Frank die leicht überrumpelte Kira bei den Hüften und drückte sie nach vorne. Sie stand immer noch breitbeinig da und hatte sofort seinen Schwanz bis zum Anschlag in ihrer Votze. Kira schrie auf, ruderte mit den Armen. Frank hielt sie eisern fest und ich sprang zu ihr und fasste sie bei den Händen. Jetzt stützte Kira sich bei mir ab. Man spürte förmlich, wie sie daran arbeitete zu begreifen, was mit ihr geschah.

Ihr langes graues Haar hing jetzt herunter und verlieh ihr eine faszinierende, fast engelhafte Erscheinung. Je mehr Frank jetzt in sie reinstieß, je fester umklammerte Kira mich. Ihr Kopf lag auf meiner Brust und ich konnte die Stöße von Frank mitfühlen. Dann aber wurde mir klar, dass Kira meine Titten genoss und sich weidlich bediente. Sie leckte darüber, küsste meine Nippel und lutschte daran, soweit ihr das bei den Stößen von Frank möglich war. Mich beschlich ein merkwürdiges Gefühl. Ich denke die Tatsache, dass sie sich bei mir festhielt, war ihr wichtiger als die Fickerei mit Frank. Und richtig, sie zerrte mir das Höschen runter und ich spürte ihre Hand auf meiner Votze.

Kira war da sehr direkt. Aus der gebückten Position hatte sie sofort zwei Finger in meine Votze geschoben und krallte sich so in mir fest. Sie ließ nicht los. Ihr Daumen rieb und drückte heftig auf meine Klitoris. Automatisch öffnete ich mich immer mehr. Ich genoss das Spiel. Sabrina saß die ganze Zeit auf einer Art Kissen und hatte einen Dildo in ihrer Votze. Sie genoss das Spiel und schaute zu. Hatte sie doch ihrem Frank wieder eine Frau zugeführt. Als Frank die Situation begriff, dass die Frau, die er fickte, mich fickte und ich mitging und Sabrina sich an uns allen aufgeilte, stieß er wie irre in Kira rein.

Alle Beteiligten wollten ihren Orgasmus erleben. Sabrina stöhnte, fingerte sich und fickte sich mit dem Dildo. Ich fingerte mich jetzt auch wie wild. Kira stemmte sich gegen Frank und hatte ihre Finger auch auf ihrer Klitoris. Als Kira spürte, dass Frank abspritzte, entspannte sie förmlich. Ich bekam jetzt meinen Orgasmus, der mit wilden Wellen ausbrach. Bei Sabrina brauchte es nur Sekunden länger und sie wand sich genauso heftig, als es auch bei ihr losging. Diesen Moment, den wir alle zutiefst genossen, vergaßen wir nicht so schnell.

Nur Frank stand ein wenig abseits. Er und Sabrina waren eindeutig eingespielt. Sabrina beeilte sich mächtig, als sie sah, wie Kira tropfte. Sie setzte sich schnell zwischen Kira's Beine und begann heftig deren Votze zu lecken. Als sie meinte, dass sie Kira leer geleckt hatte, stürzte sie sich auf Frank seinen Schwanz und lutschte diesen zärtlich von allen Seiten ab. Kira aber ging in die Knie, packte mich an den Hüften und herrschte mich an: „Mach die Beine weiter auseinander!" Dann versank ihre Zunge leckend in meiner Muschi. Es war, als würden die Wellen immer noch kommen.

Als sie damit fertig war, nahm sie mich fest in den Arm und küsste mich wie wild auf den Mund. Ich konnte mich schmecken. „Wow, ein Mann, drei Frauen, was für ein Abenteuer", flüsterte sie mir ins Ohr.

Nr. 19: Traumhaft geil, bei Sabrina

Die Überraschung war gelungen. Kira sagte mir während eines Einkaufs im Supermarkt, dass wir eine Einladung von Sabrina per Telefon bekommen hatten. Ich war überrascht. Ich hatte gar nicht mitbekommen, dass die beiden schon ihre Telefonnummern ausgetauscht hatten. So gab ich Kira jetzt auch meine Telefonnummer und wir vereinbarten, öfter miteinander zu telefonieren. Immer wenn wir dann telefonierten und irgendwelche Pläne aushecktn, wirkte Kira dabei ungemein geil und irgendwie aufgeregt. Sie freute sich immer wie ein kleines Mädchen, wenn es um Ficken ging!

Nach einigem Hin und Her, hatten wir dann einen Termin vereinbart. Ein solches privates Ficktreffen hatte ich bisher auch noch nicht erlebt. Ich muss sagen, diese Erlebnisse am See hatten auch so einiges an Aufregung in mein Leben gebracht. Allein Kira mit ihrer unverwechselbaren Art, sich zu präsentieren, war ja schon ein Erlebnis für sich. Ihre engelsgleiche Erscheinung mit den langen glänzenden, grauen Haaren. Wie kann man solch eine, fast unbeschreiblich, schöne Haarfarbe haben? Ich gebe zu, diese Verabredung erfüllte mich mit Freude, wenn ich mir vorstellte, was so alles bei dem Treffen passieren könnte. Keine Frage, dass ich zum vereinbarten Termin erst einmal meine Muschi gewissenhaft und gründlich rasierte. Ja, ich wollte besonders geil und gepflegt aussehen, wenn es dann zum Ficken kommt.

Kira roch sehr gut. Sie hatte sich gekonnt, aber nicht zu aufdringlich, aufgebrezelt und ihre schönen Haare zogen mich, wie schon sooft, sofort in ihren Bann. Insgesamt nahmen drei Frauen und ein Mann an dem Treffen teil. So hatte Sabrina es jedenfalls geplant. Auch ich war schon etwas aufgeregt, als ich meine Tasche packte und auch einige Sexspielzeuge mit hineinlegte. Ich konnte mir einfach nicht vorstellen, dass Frank drei Frauen, oder wenn ich Sabrina ausklammerte, zwei Frauen zufrieden stellen könnte. Auch ich wollte ja von ihm so richtig rangenommen und bis zur völligen Erschöpfung gebracht werden. Und Kira, zur Zeit auch ohne Freund oder Sexpartner, lechzte, bestimmt genauso wie ich, nach einem geilen Fick.

So kam es dann ja auch. Sabrina begrüßte uns fast nackt, sie hatte nur ein durchsichtiges Hemdchen an. Ihre Gangart war graziös und aufreizend, mit leicht schwingenden Bewegungen aus der Hüfte heraus. Frank hatte seinen Schwanz mit einer bunten Schleife versehen. Ich verstand das so, dass er wohl wie ein Geschenkkarton ausgepackt werden wollte. Zur Begrüßung tranken wir etwas Sekt, der die Stimmung lockern sollte. Kira und ich ließen unsere Hüllen Stück für Stück fallen und beförderten alles mit dem Fuß auf einen Haufen. Unsere Nacktheit törnte nicht nur uns selbst an. Eine ausgelassene Partystimmung machte sich unter uns allen breit. Ehe ich mich versah, hatte Kira die Schleife von Frank seinem Schwanz schon geöffnet. Mit dem Blasen hielt sie sich gar nicht erst auf, sondern dirigierte Frank direkt zum Bett im angrenzenden

Schlafzimmer, damit er ohne jegliches Vorspiel, gleich in ihre Votze ficken sollte.

Sie war scheinbar völlig untervögelt und hatte es wohl dringend nötig. Sabrina und ich schauten verdutzt zu. Im Wald musste Frank wohl richtig Gefallen an Kira gefunden haben. Schnell drang er in sie ein. Kira war offensichtlich total geil und patschnass im Schritt. Hatte sie zusätzlich Gleitgel in ihre Muschi getan? Jedenfalls nagelte Frank sie mächtig und seine Eier klatschten hörbar auf ihren Schritt. „Wenn Frank jetzt abspritzt, ist die Party ja vorbei!", fuhr es mir durch den Kopf. Schnell ging ich an meine Tasche und holte den Strapon heraus und führte mir die innenliegenden Dildos in Arsch und Votze ein. So ausgestattet bewaffnete ich mich mit einer Flasche Gleitgel und ging auf Frank los.

Der Dildo saß mit seiner Kugel fest in meiner Votze und der Dorn für den Arsch saß ebenfalls bombenfest und reizte mich wunderbar. Frank wurde von mir nicht vorgewarnt. Ich setzte den mit Gel bestrichenen Außendildo an und drückte ihn in Franks Arsch. Dabei ließ ich noch einiges an Gleitgel dazu laufen. Ich schlug kräftig mit einer Hand auf seinem Arsch, um ihn etwas vom Ficken abzulenken. Er schrie auf, aber ich fickte zunächst langsam und behutsam weiter. Wusste ich doch, dass der Schmerz schnell nachlässt. Frank fluchte mächtig, denn er kam ja kaum selbst zum Ficken. Sabrina bekam den Mund nicht mehr zu und stand verdattert da. So hatte sie es noch nie gesehen, dass jemand ihren Frank beim Ficken einer Frau, zeitgleich den Arsch fickte.

Sabrina griff in meine Tasche und holte den größten Dildo, den sie finden konnte, raus. Sie setzte sich auf das Bett zu uns und begann sich seelenruhig damit zu ficken, aber ohne das Gel zu benutzen. Frank drehte fast durch. Das hatte er so auch noch nicht mit Sabrina erlebt. Ich spürte, wie er gegen meine Stöße hielt und wie er meinen Rhythmus erwiderte und auf Kira übertrug. Wir waren jetzt völlig aufeinander abgestimmt in unseren Bewegungen. Sabrina stöhnte, während sie unsere Fickerei beobachtete. Sie konnte sich von dem Anblick nicht mehr losreißen. Sie nudelte, drehte und wühlte mit den Riesendildo in ihrer Votze herum. Sie zeigte dabei keine eigenen Gefühle, schrie aber immer dann, wenn auch Frank stöhnte. Frank kam dadurch offensichtlich immer mehr in Fahrt.

Dann spürte ich, wie er innehielt und komplett wie weggetreten wirkte. In diesem Moment wünschte ich mir einen echten Schwanz. Wollte ich doch in seinem Arsch fühlen, wie er spritzt. So aber konnte ich nur ein Wenig seiner Muskelkontraktionen über den Dildo spüren. Kira gluckste. Sie war glücklich, Frank abgesahnt zu haben. Wir kamen dann alle ein wenig runter. Das Treffen war einfach grandios verlaufen, wenn auch mein Orgasmus eher bescheiden ausfiel. Aber ich war mehr als nass und lief aus, wie selten zuvor. Wir waren alle wie in einem Rausch.

Sabrina füllte unsere Gläser erneut mit Sekt. Wir plauderten und sprachen über den Arschfick Überfall. Frank war noch ein wenig benommen. Ich denke, dass mein Eindringen in seinen Arsch bestimmt noch ein paar Tage für ihn spürbar blieben. Auf einmal kam wieder neuer Schwung in die Party. Kira hatte sich meinen Strapon geschnappt und kam mit dem stehenden Penisersatz auf uns zu. Was wollte sie denn jetzt damit anstellen? Ehe Sabrina überhaupt nachdenken konnte, hatte Kira sie auf die Bettkante gedrückt und den Dildo auf ihre Votze gesetzt. „So meine Liebe, immer nur zuschauen geht ja wohl nicht, jetzt bist du auch mal dran", bestimmte sie.

Kira war noch nicht erfahren genug mit dem Dildo. Es dauerte ein wenig, bis sie die richtige Technik raus hatte. Sie schwitzte mächtig und es war anstrengend für sie. Frank ging es jetzt so, wie Sabrina zuvor. Er jappste, rang nach Luft und geilte sich beim Zusehen auf. Sein Schwanz wuchs weiter. Ich half ihm dabei und sorgte für die richtige Ficksteife. Ich blies ihn aber trotzdem einfach weiter, ergötzte mich an seinem Schwanz und ließ ihn beliebig in meinen Mund ficken. Frank kam nochmal. Ich bekam seinen vollen, warmen Samenschwall für mich alleine. So manchen Stoß von ihm spürte ich später noch im Hals.

Nr. 20: Traumhaft geil, erschöpft

Als ich Sabrina im Café traf, war ich schockiert. Sie weinte fast und erzählte, dass Frank nun von ihr erwartete, dass sie ihm Männer zuführen solle. Männer! Das war doch überhaupt nicht vorstellbar für uns. Er wollte also von Männern den Arsch gefickt bekommen. Jahrelang hatte sie ihm Frauen besorgt und mit Genuss dem Treiben zugeschaut, wie er diese Frauen gefickt hatte. Dabei hatte sie meistens masturbiert und ihren ganz eigenen Spaß gehabt. So manche Votze hatte sie ihm bereits vermittelt. Manche nur einmal, manche auch mehrfach. Kira und ich waren ja auch schon des Öfteren bereit gewesen, bei dem Treiben mitzumachen. Aber Männer?

Kira meinte zu mir, sie fände dazu vielleicht eine Lösung. Es vergingen einige Tage und sie lud zu einer Sexparty ein. „Pack deinen Strapon ein", sagte sie noch. Mehr war aus ihr nicht herauszubekommen. Sabrina tat sehr erstaunt und wusste auch von nichts. Aber ich ahnte, was auch immer sie plante, es würde eine Überraschung werden.

Als ich zu Kira kam und sie die Tür öffnete, hatte sie wieder nur ihr durchsichtiges Hängerchen an. Sie schloss die Tür, zog ihr Hängerchen aus und legte es über die Türklinke. Sie fummelte sofort so lange an mir herum, bis ich ebenfalls völlig nackt vor ihr stand. Sie drückte mir zwei Finger in meine Votze und küsste mich wild und herausfordernd. Auf diesen Angriff war ich so schnell nicht vorbereitet. Sie leckte ihre Finger genüsslich ab und meinte, das hätte sie jetzt gebraucht, jetzt könne die Party steigen.

Im Wohnzimmer warteten schon Sabrina und Frank. Frank sah mich erstaunt an und wollte etwas sagen. Aber Kira ging auf ihn zu, flüsterte ihn was ins Ohr und drückte ihm ein Glas Sekt in die Hand. Wir plauderten ein wenig. Ich war ratlos und verunsichert. Was hatte Kira denn geplant? Und Frank wollte Männer! Aber selbst darüber konnte ich ja nicht sprechen. Ich wusste ja nicht, ob das vertraulich war. Fragend sah ich Kira an, die aber nur die Augen niederschlug, um mich zu beruhigen.

Dann kamen aus dem Schlafzimmer, wie auf Kommando, zwei Männer mit Kapuzen, die mit Sehschlitzen versehen waren, herein. Sie rückten einen Sessel mit dicken Armlehnen in die Mitte. Und ehe Frank sich versah, packten die zwei ihn, legten ihn über die Armlehne und banden seine Hände und Knie an den Füßen fest. Er hing nun, eigentlich kniete er mehr, über die Lehne und seine Beine waren weit auseinander gezogen. Seine Rosette lag jetzt für alle schön frei zugänglich.

Die Männer waren ohne Zweifel Adonis und Rundboy. Kira hatte es bestens organisiert. Sabrina nahm sofort ein volles Sektglas und goss den Inhalt in die Kerbe von Frank. Dann leckte sie genüsslich seine Rosette ab. Dabei machte sie laute schlürfende Geräusche. Immer wieder goss sie Sekt nach und leckte ihrem Frank den Arsch. Adonis machte sich bereit. Kira blies ihn den Schwanz, bis er hart genug war. Sie tat ihm dann noch Gleitcreme darauf und sein langer Schwanz glitt Zentimeter für Zentimeter in den Arsch von Frank. Es sah so aus, als ob er testen wollte, wie tief er reinficken könne.

Frank schrie. Adonis klatschte hefig auf Frank seinen Arsch und fickte einfach rein. Ein Schrei, ein harter Schlag mit der Hand, dann konnten wir alle sehen, wie Frank sich endgültig seinem Schicksal ergab. Als Adonis spürte, dass er jetzt freie Bahn hatte, fickte er behend seine ganze Länge rein und raus. „Kneif deinen Arsch zu!", herrschte er ihn an und schlug mit der flachen Hand immer wieder auf Frank seine Arschbacken, die von den Schlägen schon ziemlich rot geworden waren. Jetzt war es für jeden sichtbar, Adonis nahm keine Rücksicht mehr. Er genoss diese Tiefe im Arsch, die er voll durchziehen konnte. Sein Körper spannte sich, baute sich regelrecht auf, bis er plötzlich innehielt und abspritzte. Kein Laut, kein Atmen, nichts war im Raum zu hören.

Als Adonis seinen langen Schwanz rauszog, stand auch Kira bereits hinter Frank. Sie hatte sich den gleichen Strapon, wie ich ihn hatte, gekauft und führte ihn sich ein. Frank hoffte, er würde jetzt von den Fesseln befreit werden und könne wieder aufstehen. Doch er konnte ja Kira hinter sich nicht sehen. Sie aber ging, ohne was zu sagen, zum Angriff über und fickte ruhig und gelassen in seinen Arsch. Ihr Dildo war dicker als der Schwanz von Adonis. „Mach dich bereit!", rief sie mir zu, als ihre Kräfte nachließen, „Lös mich ab und mach für mich weiter!"

Ich war nicht darauf vorbereitet und kramte in meiner Tasche, um die benötigte Utensilie herauszuholen. Kaum hatte ich meinen Strapon eingeführt und fest angelegt, trat Kira beiseite und machte Platz für mich. Es war kein Problem für mich, den Dildo in Franks Arsch rein zu drücken. Ich fand schnell den Rhythmus. Die Stöße von mir kamen immer explosionsartiger. Ruckartig stieß ich in ihn rein. Frank jammerte, aber es half ihm nicht. Die anderen begannen zu klatschen, denn sie fühlten mit den Stößen mit und feuerten mich an. Sie bewunderten mich, machten mir Komplimente und forderten mich auf, schneller zu ficken. Ich sollte alles geben. Ich schwitzte schon mächtig, strengte mich dennoch noch mehr an.

Ich gab alles und versuchte, noch mehr aus mir rauszuholen. Meine Klitoris schmerzte von der Reibung. Meine Votze lief aus und der Saft lief an meinen Beinen runter. Ich spürte diese übermächtige Geilheit in mir und stieß noch entschiedener, noch härter in Frank rein. Dann überkam mich der Orgasmus wie aus heiterem Himmel. Ich sackte zusammen, auf die Knie. Der Dildo rutschte raus, ich war einfach fix und fertig.

Mühsam stand ich auf und machte Platz für Rundboy. Kira hatte ihm auch den Schwanz geblasen. Er hatte jetzt auch diese absolute Fickhärte. Rundboy sein Schwanz war noch dicker als unsere Dildos. Aber er fickte einfach in Franks Arschvotze, als ob er einen noch dickeren vertragen könne. Frank war absolut unfähig, auch nur einen Hauch von Gegenwehr zu leisten. Rundboy fickte locker in Frank seinen

Arsch und zog dabei seinen harten Schwanz immer wieder ganz raus. Nur seine Eichel tauchte kurz ein. So nutzte er die Arschvotze für den maximalen Reiz auf seinen Schwanz. Aber wie, mit welcher Geschwindigkeit konnte der kleine, untersetzte Mann ficken und sich genüsslich seinen Orgasmus holen. Und wie lange hielt er das durch? Nach gefühlten 10 Minuten spritzte er ab und beförderte dabei eine gewaltige Ladung auf den Rücken von Frank.

Aber wieder einmal hatte Kira die Regie übernommen. Sie hatte Sabrina fickbereit gemacht und sie in den Gebrauch des Dildos eingewiesen. Sabrina gab sich alle Mühe. Sie war sehr geschickt dabei und es gelang ihr auch, Frank so richtig ranzunehmen. Sie fickte ihren eigenen Mann.Sie überließ es nicht nur den anderen, sondern sie wollte dieses Gefühl auch selbst erleben. Während Kira die Sahne von Rundboy's Rücken leckte, fickte Sabrina immer konzentrierter. Als Kira mit ihren Fingern die Schamlippen von Sabrina reizte und auch die Klitoris rieb, wurde Sabrina wild. Kira führte Sabrina so direkt zum Orgasmus.

Ja, und der total erschöpfte Frank? Der brauchte noch eine Woche lang ein weiches Kissen zum Sitzen.

Nr. 21: Traumhaft geil, mit dir

Wieder bist du mir nicht aus dem Kopf gegangen. Immer wenn ich an den Holzstapel denke, zieht es mir im Analbereich. Dann denke ich an dich und daran, wie du mir ohne viel Federlesen in den Arsch gefickt hast. Ich weiß nicht warum, aber seitdem bin ich für Reize am Po und an der Rosette noch empfänglicher geworden.

Sicher, schnell mal mit der Hand so durch die Schamlippen pflügen, besonders nach dem Pinkeln, kommt immer wieder vor. Einmal alleine im Wald, habe ich es beim Pinkeln wieder gemacht. Vielleicht habe ich es aber auch nur geübt, um es dir mal vorzuführen. Wenn ich auf meinen Pipistrahl runter schaute, sah er wie lauter kleine Kristalltröpfchen aus, die meinen Körper verließen. Dieses erquickende, warme Gefühl in mir wahrzunehmen, geilte mich auf. Ein wenig in die Hand pissen, es spritzen lassen, die Muschi reiben und alles zu verteilen, törnt mich an. Dann schön steigern bis an den Orgasmus und wieder mal pissen und es irgendwohin spritzen lassen. Im Freien geht das so schön. Da kann es spritzen wie und wohin es will.

Als ich im Supermarkt einkaufen war, kam mir eine Idee. Ich könnte mir ja mal eine Möhre schnitzen, mich damit ficken und sie dann mit meinem Votzengeschmack vernaschen. Auch eine Gurke, dicker als die Möhre, wäre mal was anderes. Diese Gurke dann reinzwängen, bis es nicht mehr weitergeht. Aber dann denke ich an Votex, meinen heißgeliebten Dildo für die Votze. Und auch an Potex, den kleineren für den Po. Was soll ich dir sagen, mittlerweile besitze ich doch so viele Votexe. Zum Beispiel einen mit einem rotierenden Kopf und einen weiteren, der sogar so kleine Stöße macht.

Aber einer ist für mich ganz besonders wertvoll. Wenn ich an ihn denke, werde ich sofort geil. Dann kann ich es nicht mehr erwarten, schnell nach Hause zu kommen. Dann bist du ganz nah bei mir. Dann spüre ich dich, wie du mir zuschaust, mich streichelst und anfeuerst. Dieser Spezialdildo hat in etwa die Form von einem „V". An einem Ende befindet sich eine Kugel, die in die Votze geschoben wird. Das andere Ende ist etwas kleiner, passend für den Arsch. Dieses reicht bis 5 cm tief rein. Das ganze klemmt zwischen Votze und Bauch fest und der kleine Fortsatz oben reibt außerdem wunderbar auf der Klitoris. Ich benutze ihn oft beim Duschen. So ficke ich mich wie mit einen Steuerknüppel. Fast so, als spürte ich dich in mir, aber die Bewegungen sind anders.

Im Traum mit dir ist mein Kopfkino unerschöpflich. Dann gelingt es mir, mich tief fallen zu lassen, so als spürte ich deine warme Hand, deinen ganzen Körper auf meinem Körper. Ich fühle einfach in mich hinein. In diesen Gedanken an dich, öffnen sich meine Schenkel für dich. Dann berühre ich mich, berühre dich und fühle dich. Ich fühle alles so real. Dann ist in mir die Sehnsucht nach dir, diese Spannung, dieser Zwang, dich unendlich zu verwöhnen, weil ich es will und so geil auf dich bin. Ich weiß, du willst es auch, dass ich dich verführe. Wie von Sinnen verschwindet für mich jedes Zeitgefühl. Ich konzentriere mich nur noch auf dich.

Ja, dann verführe ich dich, zeige dir meine rasierte Votze. Ich ziehe mir die Schamlippen auseinander, bearbeite mit dem Finger meinen Po, mache alles ganz locker und weich für mich und dich. Ich öffne ihn für dich und kneife ihn wieder fest zu. Ich spüre wieder einen enormem Reiz in mir. Meine Beine sind dann weit gespreizt für dich. Ich sehe in meinen Gedanken deinen Schwanz, diesen geilen, emporsteigenden Schwanz, den ich fühlen will, der mich erschöpfen soll. Das ist die Zeit für Votex. Dann, ja dann, bin ich unersättlich geil. Ich massiere deinen Schwanz in mir, verwöhne dich. Dann bin ich so glücklich, weil ich dich so tief in mir habe. Die Sinneswahrnehmung in mir ist von Reizen überflutet. Ich will dann nur noch diese Gefühle, meine und auch deine, mit dir zusammen genießen.

Ich spüre deinen Schwanz. Ich spüre dass Zucken meiner Muskeln. Mein Atem wird laut, ich stöhne und schreie. Dein gewaltiger Spermafluss strömt nur so in mich hinein. So ein geiles, intimes Gefühl in mir. Was sind das für geile Wellen? Einen gemeinsamen Orgasmus, so ausgeprägt mit dir zu spüren. Ich verwöhne dich, ich streichel dich. Wir geben und nehmen. Ich schlucke alles von dir. Immer wieder ist es, als ob deine Eichel langsam eindringt, tiefer geht und du sie tief in mich reindrückst. Ich spüre, wie du durchziehst und wie du schön langsam rein und raus gehst. Ich halte dagegen und im gleichen Rhythmus passe ich meine Beckenbodenmuskeln an. Es ist so wundervoll mit dir. Die Durchblutung steigt und es wird gewaltig warm. Jetzt will ich deinen Penis fest in mir umklammern.

Aber dann fühlt es sich wieder so seltsam anders an. Ich bremse dich nicht. Sondern du spritzt mir mit einem gewaltigen Schwall meine süße, geile Votze voll. Ich liebe es ganz besonders, dich so zu beglücken, genieße es jedes Mal mit dir. Diese Orgasmen in uns sind wie lauter kleine Tode, ein wunderbarer überwältigender Zustand. Lange verharre ich so mit dir und koste jede dieser Wellen in mir aus. Wir bewegen uns kaum, nur ein leichtes „Zur Seite Drehen", um jede dieser immer wieder kehrenden kleinen Flutwellen spürbar in uns aufzunehmen. Es gibt kein schöneres Glücksgefühl. Ich weiß, dann bin ich dir ganz nah.

Lass uns träumen

Lass unsere Fantasien sprudeln
Lass uns die Träume wahrnehmen
Lass die Fantasien und Träume verschwimmen
Lass uns Fantasien und Träume erleben

Lass uns geile Erlebnisse träumen
Lass uns auskosten, was wir träumen
Lass die Erlebnisse uns fesseln
Lass es besonders geil sein, um sie zu spüren

Lass uns aufgerüttelt aufwachen
Lass uns gemeinsam aufwachen
Lass uns gegenseitig spüren
Lass uns gemeinsam entspannen

Kira

Kira ist eine selbstbewusste Frau. Sie scheint wie ein Zwilling von mir zu sein, weil sie ähnlich fühlt wie ich. Überall, wo es was zu ficken gibt, ist sie engagiert mit dabei. Völlig egal, ob es mit Männern oder Frauen passiert. Sie will leben und ihren Spaß haben, so wie ich auch. Ich fühle mich zu ihr hingezogen, zumal wir etwa das gleiche Alter und die gleiche Figur haben.

Sie ist wie ich Single und für jede Art von Party zu haben. Dabei macht sie nicht nur einfach mit, sondern bringt sich auch selbst aktiv ein. Somit wird sie schon mal zum Highlight einer Sexparty. Und dennoch bewahrte sie sich lange ein kleines Geheimnis. Sie hat unheimlichen Spaß daran, ihre Freunde damit zu überraschen und ihnen, trotz anfänglicher Verblüffung, neue Wege aufzuzeigen und erleben zu lassen.

Nr. 22: Traumhaft geil, sich zu bedienen

Als ich den Supermarkt betrat, saß sie an der Kasse. Ihre langen grauen Haare hatte sie mit einer Spange tief im Nacken zusammengefasst. Dennoch fiel das Haar weich auf ihre Schultern. Ich nickte ihr verlegen zu. Denn das, was sie von mir gesehen hatte, war ja nun das wildeste, was sie sich je vorstellen konnte. Ich wurde von mehreren Männern benutzt, mitten im Wald, wie bei einem Gang-Bang. Das Wetter war heute immer noch so heiß und ich trug nur ein kleines Hängerkleidchen, das meine Hüften umspielte. Auf BH und Höschen hatte ich verzichtet.

Gerade als ich aus dem untersten Regal etwas nehmen wollte, ertönte eine Stimme hinter mir: „Na, du hast aber heute nicht mal ein Höschen an." Erschreckt schaute ich in die Richtung, aus der die Stimme kam. Natürlich war es meine Grauhaarige. Ich grinste und nahm den Po hoch, ging noch mehr in die Knie und zog das Hängerchen etwas höher. Jetzt konnte sie, von der Rosette bis zur Klitoris, alles betrachten. Sie genoss den Anblick sichtlich.

Als ich mich aufrichtete, schaute sie den Gang rauf und runter, bückte sich vor mir und zog ihren Rock hoch. Der Rock war wegen der beruflichen Kleiderordnung etwas länger gehalten. Was sie mir aber hier gerade zeigte, war wundervoll. Ich sah eine kräftige Rosette und ihre rosa Schamlippen waren voll aufgeblüht. Es sah so aus, als ob ihre Votze schon ein wenig feucht glänzte. Sie richtete sich auf, lachte und gab mir einen Kuss auf die Wange. „Ich bin die Kira", flötete sie und verschwand wieder.

Für einen Moment war ich schon sehr verdattert, aber es hatte mich angenehm erregt. Ich suchte anschließend noch weitere Sachen für meinen Einkauf zusammen. Plötzlich bemerkte ich einen jungen Mann, vielleicht halb so alt wie ich, der mich nicht aus den Augen ließ. Er hielt sich die ganze Zeit in meiner Nähe auf. Ich zupfte etwas verlegen an meinem Hängerkleidchen. Hatte er etwas von den Dingen eben mitbekommen? Sollte ich einen Versuch wagen? Ich hockte mich also wieder hin und tat so, als ob ich sehr beschäftigt sei, wohl darauf achtend, dass er seine Chance für einen Blick auf meinen Hintern bekommt.

Ich bin sicher, er hatte seine Chance genutzt und sich an meinem Anblick aufgegeilt. Als er an mir vorbeiging, bewegte er sein Becken so unauffällig reizvoll, dass nur ich es wahrnehmen konnte. Seine Hose zeigte bereits eine deutliche Ausbeulung. Er war also definitiv an mir interessiert. Jetzt lächelte ich ihn an und leckte mit der Zunge über meine Lippen, was er sofort verstand. An der Kasse stand er dicht hinter mir. Er berührte mich scheinbar rein zufällig mit seiner Hand an meinem Oberschenkel, als ob es ein Versehen war.

Draußen ging ich an einem Häuserblock vorbei, immer darauf achtend, ob irgendwo eine Tür offen stand. Ich war absolut sicher, dass er mir folgte. Ich fand einen Eingang, ging aber den Treppenaufgang nicht nach oben, sondern nach unten in den Keller. Von hier aus konnte man zu zwei weiteren Räumen gelangen, die aber durch jeweils eine Tür vom kleinen Flur getrennt waren. Ich wartete einen Moment mit klopfenden Herzen ab. „Kommt er?" Und er kam. Er folgte mir fast unmittelbar.

Dann stand er vor mir, nahm mir meine Einkaufstasche ab und stellte sie an eine der beiden Kellertüren. Wortlos, ohne Vorwarnung, zog er mir genussvoll und mit viel Gefühl, mein Hängerchen über den Kopf. Ich war nackt, bis auf die Schuhe. Er nahm mich in den Arm, zog mich ran und drückte mich fest an sich. Er drehte mich, so dass ich mal mit den Brüsten, mal mit dem Po zu ihm gewandt war. Seine Hände waren überall, an den Brüsten, an der Votze. Er streichelte über meinen Po. Nein, der Junge ließ nichts aus. Ich öffnete den Gürtel seiner beengten Hose. Und als die Hose endlich auf den Boden fiel, schüttelte er sich aus seinen Hosenbeinen. Er wollte viel Freiraum haben. Dann beugte er mich nach vorne, setzte seine Eichel auf meine nasse, mehr als bereite Lustspalte und schob seinen Penis mit aller Macht rein. Es war nicht ganz so angenehm, so schnell ausgefüllt zu werden.

Es war einer dieser geilen, gewaltigen Ficks eines jungen Mannes, der lange nicht gefickt hatte. Er zog von Anfang bis Ende durch und hämmerte seinen Schwanz in mich rein. Einmal angefangen, fickte er kontinuierlich ohne Unterbrechung, immer im gleichen Rhythmus. Er hatte kein

Gespür für meine Gefühle. Mühsam stützte ich mich auf der Türklinke ab.

Als er merkte, dass ich gegenhalten konnte, war es endgültig um ihn geschehen. Er schaltete, wie getrieben, noch einen Gang höher. Ich bekam die ganze ungestüme Kraft eines jungen Mannes zu spüren. Mein Wunsch, auch mal von einem unverbrauchten Ficker gestoßen zu werden, wurde Wirklichkeit. Meine Votze krampfte. Nichts konnte ich mehr steuern. Er hatte mich völlig in seiner Gewalt. Das Orgasmusprogramm war bei mir angesprungen. Ich kam an die Kante, spürte den Durchbruch und stöhnte, als mich die Wellen überkamen und ich mich mühsam an ihm festhalten musste.

Er zog sich schnell zurück und war im gleichen Moment auf dem Weg nach oben. Ich bemerkte, dass ich auslief. Ich hatte nicht gespürt, wie er in mir gekommen war. Mühsam trocknete ich mich untenrum mit ein paar Papiertaschentüchern ab und zog mein Hängerchen wieder über. Was gäbe ich drum, jetzt einen Slip zu haben. Aber es ging zur Not auch ohne. Zumindest lief ich nicht mehr aus, als ich die Stufen hochging. Wieder am Eingang angekommen, stand Kira dort und sagte zu mir: "Dachte ich es mir doch, dass du das bist. Hättest du was gesagt, hätte ich dir meinen Wohnungsschlüssel gegeben. Dann hätte ich doch zuschauen können."

Nr. 23: Traumhaft geil, im Doppelpack

Kira drängelte, mal wieder in den Wald zu gehen. Die
Ereignisse vom letzten Mal hatten sie heiß gemacht. Sie hatte
Blut geleckt und wollte noch weitere Abenteuer erleben. Wie sie
mir sagte, versprach auch sie sich eine Art Selbstfindung
davon. Einfach mal wieder die Geilheit so richtig auskosten.
Das hatte auch mich nicht unbeeindruckt gelassen. Immer
andere Spielarten von Sex erleben und nie zu wissen, was da
auf einen zukommt, übte auch auf mich einen gewissen Reiz
aus. Dieser Reiz bestand aus mir angstmachenden
Erwartungen, eventuell zu viel zu riskieren, bis hin zu der
Hoffnung, es mal wieder so richtig gemacht zu bekommen. Ich
muss zugeben, ich fühlte mich geil dabei. Dieser Gedanke
machte mich öfters feucht und mich überkam häufiger die pure
Lust.

Kira saß still neben mir im Auto und streichelte über meine
Hand. Wir sprachen kaum, nahmen unsere Sachen aus dem
Auto und machten uns auf den Weg zum See. Artig gingen wir
nebeneinander her wie zwei Unschuldsengel. Hatten wir beide
doch die Erwartung, einfach nur einen guten Fick zu
bekommen. Wir waren zwei schlanke Frauen im reifen Alter,
beide mit langen Haaren. Kira in Grau und ich in Schwarz.
Alsbald nahmen wir einen geeigneten Platz in Beschlag und
breiteten dort unsere Decken aus. So, wie wir dort friedlich
nebeneinander lagen, sah es aus, als ob wir kein Wässerchen
trüben könnten. Mit Kira an meiner Seite war es für mich

irgendwie anders. Es gab mir ein, sagen wir mal, fast schon euphorisches Gefühl, ohne dass ich sie jetzt für mich sexuell besonders anziehend fand. Es war etwas Gemeinsames da. Wir wollten uns gemeinsam erleben.

Nachdem wir eine Stunde in der Sonne gelegen hatten, gingen wir in den Wald, na eben wegen der Blase, die sich meldete. Auf dem Weg dorthin spürten wir förmlich, dass wir beobachtet wurden. Wir beschlossen, den Männern, oder wem auch immer, den Spaß zu lassen, uns zuzuschauen, aber dabei immer so tun, als ob wir das nicht bemerkten. Als wir den passenden Ort fanden, hockten wir uns so hin, dass wir gut gesehen werden konnten. Ja, mehr noch, wir machten die Beine weit auseinander und schauten, scheinbar gedankenverloren, unserem Pipistrahl hinterher. Das Abputzen gestalteten wir extra sehr umständlich, waren wir uns doch der Zuschauer sicher. Überall knackten Zweige. Dann endlich waren sie zu sehen. Männer, die an ihren bereits steifen Schwänzen spielten.

Wir ignorierten sie vorerst. Dann aber traten plötzlich zwei der Männer vor uns. Beide hatten eine gewaltige Latte. Der Adonis war lang und schmal gebaut und dabei muskulös. Sein langer, dünner Schwanz fiel mir sofort auf. Sofort hatte ich den Spruch im Kopf: „Lang und schmal, Frauenqual!". Der andere, ich nenne ihn mal „Rundboy", war ein lieb aussehender, etwas untersetzter Mann. Er hatte schütteres Haar, fast eine Glatze, die mit einem Haarkranz verziert war. Richtig lieb sah er aus, so gemütlich rund und sein Penis erinnerte mich sofort an: „Kurz und dick, Frauenglück!".

Fast automatisch kniete ich mich nieder und nahm mir sofort den Adonis-Schwanz vor. Ich schmeckte und leckte ihn, ließ ihn in den Mund ficken und spürte seine enorme Länge und Härte. Kira wollte es mir gleichtun. Rundboy aber fackelte nicht lange, drehte sie rum und drang von hinten in sie ein. Kira quietschte und die Männer, die uns gefolgt waren, klatschten Beifall. Adonis aber ging einen Schritt zurück, nahm mich bei der Hand und zog mich weiter auf die Lichtung. Kira wurde von Rundboy fickend vorangetrieben und folgte in sehr kleinen Schritten, um den Penis nicht zu verlieren. Adonis legte mich einfach auf eine dieser Luftmatratzen und drang ohne viel zu fragen, ziemlich grob in mich ein. Die Jungs hatten an alles gedacht!

Kira erging es nicht anders. Sie lag auf einer zweiten Matratze und quietschte schon wieder, als Rundboy sie penetrierte. Ich hatte Mühe, den Schwanz vom Adonis vollständig in mir aufzunehmen. Es gelang mir nicht. Er war zu lang. Tief in mir zog er mit seinem Schwanz an der Vaginawand entlang und traf dabei fast schmerzhaft auf meinen Muttermund. Dabei ließ er aber auch nicht nach und übte immer wieder diesen Druck tief in mir aus, als ob er noch weiter rein wollte. Sein Ficken war kein einfaches „Rein und Raus", sondern ein aufrecht halten des Druckes tief in mir. Dann folgte dazu so ein Zittern, ganz kurze kleine Stöße. Ich versuchte, ihn zu packen und mich in den Fick einzubringen, aber ich war chancenlos.

Adonis spürte, wie ich mich entspannte und mich seinem Zittern hingab. Seine kurzen Stöße wurden harmonischer. Ich gewann mehr und mehr Zutrauen und spürte eine andere, aber ebenso geile Lust aufkommen. Eine andere geile Lust als die, die ich gewohnt war. Ich sah ihn in die Augen, in diese lachenden und dabei auch ziemlich selbstbewussten Augen. Er wusste, was er tat und dass er Erfolg haben würde. Ich genoss es und ließ mich vollends fallen. Ich spürte dieses Zittern, das wie Wellen über mich kam, begleitet von kleinen Orgasmen. Ich war nass. Ich hatte das Gefühl, dass ich einen ganzen Schwall von Schleim produzierte, der jetzt austreten musste. Alles war herrlich nass aufgrund dieser besonderen Fickerei. Ich jubelte innerlich und war glücklich. Ja, so etwas wollte ich erleben.

Plötzlich wechselte Adonis seine Technik. Ich spürte ihn nicht mehr in der Tiefe. Ich spürte ihn kaum noch. Ich spürte ihn plötzlich ganz vorne zwischen den Schamlippen. Hier setzte er mit seiner Eichel sein Spiel mit dem Vibrieren fort. „Wie kann einer so schnell ficken?", ging es mir durch den Kopf. Ich spürte, wie sich meine Schamlippen verhärteten, wie sich alles in mir zusammenzog, sich hart machte. Nichts konnte ich mehr kontrollieren. Ich überließ einfach alles seinen Lauf. Kein Gleiten an der Kante, kein Verzögern des Orgasmus' mehr. Nein, der Orgasmus überflutete mich wie eine riesengroße Welle. Ich sah nur noch weißen Nebel. Dann war es einen Moment dunkel.

Als ich wieder zu mir kam und die Welt um mich herum wieder wahrnahm, sah ich in Kira's lachendes Gesicht. „Schön, dass du wieder da bist", sprach sie, ging sofort auf meine Votze los und leckte und schleckte sie, saugte und schluckte. „Den Samen eines solchen Jüngelchen lasse ich mir doch nicht entgehen", lachte sie und küsste mich innig, wieder und wieder. Dabei schmeckten wir beide den Adonis und mich.

Nr. 24: Traumhaft geil, zu viert

Kira rief mich im Büro an und sagte, dass sich bei ihr im Kopf ein Schalter umgelegt hatte. Seitdem sie am See gesehen hatte, wie ich von zwei Männern genommen wurde, sei sie wie ausgewechselt. Sie wollte immer mal genauso saugeil sein und immer mal jenseits aller Konventionen genommen werden. Aber bisher hätte ihr immer der Mut gefehlt. Jetzt hatte sie so viel Spaß daran, sich richtig auszutoben und jede übliche Verhaltensnorm fallenlassen zu können. Ja, sie wollte sie selber sein, alles fühlen dürfen. Die Geliebte, die Liebende, die Verführte, die geile Sau, die notgeile Schlampe, die dreckige Hure. Hauptsache, die Schwänze fordern sie jedes Mal heraus.

Sie lud mich ein, wollte mir aber auf keinen Fall verraten, was mich erwarten würde. Dabei war ich ja auch, außer im Keller, noch nie in ihrer Wohnung gewesen. Was hatte sie also vor?

Es schien so, als hatte sie sich einen Plan zurechtgelegt. Eines war mir klar, es sollte gefickt werden. Es sollte außerdem ein richtiges Abenteuer werden, wie sie meinte. Ich wusste genau, was das bedeutete. Schließlich hatte ich ihr meinen Leitspruch „Mach es mit oder lass es" vermitteln können. Wenn du es machst, kann es abenteuerlich sein, ein Spaß sein, oder auch eine Befriedigung der besonderen Art.

Ich rätselte tagelang, was sie wohl vorhaben könnte. Sie fickt Männer, das war mir klar. Sie leckt Frauen, das hatte ich erlebt. Wollte sie eine lesbische Nacht mit mir alleine? Zutrauen würde ich es ihr. Oder hatte sie doch mehrere Leute eingeladen? Sollte es eine Fickparty werden? Jedes Mal, wenn ich darüber nachdachte, wurde ich feucht und es stiegen Gefühle in mir hoch. Deshalb ging ich zuerst auf die Toilette, weil ich mal musste. Irgendwie brauchte ich einfach mal meine Finger in meiner Spalte. Ich massierte mich an der richtigen Stelle. Der Orgasmus kam schnell und tat mir so gut. Ich dachte an Kira. Die Slipeinlage musste jetzt mal dringend gewechselt werden. Später, zuhause angekommen, ging es wieder los. Meine Säfte liefen einfach so aus mir heraus.

Aufgeregt packte ich also ein paar Sachen zusammen. Dildos, für lesbische Spiele, Gleitcreme, Haarpflegemittel, sollten wir zu ausgiebig duschen und die Haare wieder richten müssen. Wie von Sinnen packte ich dann auch noch den Strapon für alle Fälle in meine Tasche. Vielleicht würde ich Kira ja auch damit ficken wollen. Sollte ich sie von vorne nehmen oder gar von hinten? Oder vielleicht auch anal ficken? Das hatte sie bestimmt ja auch noch nicht sooft erlebt. Ich muss zugeben, ich war ein wenig ratlos, aber dennoch gespannt darauf, was kommen würde. Es war eine wundervolle, geile und gespannte Erwartung, die sich in mir breit machte.

Als sie mir die Tür öffnete, stand sie wieder engelsgleich vor mir. Ihre grauen Haare, die sie offen trug, bezauberten mich wie immer. Ihr hübsches pastellfarbige und durchsichtige Kleidchen gefiel mir auf Anhieb. Ich konnte ihre zarten Brüste genau sehen. Die Nippel zeichneten sich deutlich ab und die Vorhöfe waren durch den Stoff hindurch zu sehen. Anders war es mit ihrer Votze. Sie war, offenbar wie auch ich, frisch rasiert, so dass sich da keine Farbunterschiede erkennen ließen. Sie wirkte bezaubernd geil. Figurmäßig war sie einfach top, die bronze schimmernde Haut hatte eben diese charmante Alterspatina, die uns von den jungen Frauen unterscheidet.

Wir küssten uns kurz zur Begrüßung. Als ich dabei über ihre Schultern hinweg schaute, bemerkte ich Adonis und Rundboy. Das wollte sie also! Jetzt war es mir klar. Sie wollte von Adonis gefickt werden. Sie wollte erleben, was ich erlebt hatte. Sie wollte sich fallenlassen und sich im Mittelpunkt einer gierigen, verruchten Geilheit erleben. Sie wollte nicht zufällig in eine solche Situation kommen, sondern sich bewusst kontrolliert hingeben und sich dabei verausgaben. Sie wollte das Gefühl, benutzt zu werden, weidlich auskosten, wie sie es bei den

Gang-Bang Spielen gesehen hatte. Ja, sie wollte stolz darauf sein, endlich mal aktiv eine geile Spielerei organisiert zu haben.

Adonis begrüßte mich herzlich und Rundboy lobte meine Pünktlichkeit. „Schön, wenn sie zum Treff alle pünktlich kommen, dann muss ich nicht so lange mit einer Latte rumlaufen", säuselte er. „Ach du Armer", scherzte ich und gab ihm erstmal einen Begrüßungskuss auf seinen Schwanz. Dabei sah ich in sein rundes Gesicht. Seine lichte, weit nach oben gezogene Stirn, ließ seine Haare wie einen Heiligenschein erscheinen. Seine kräftige Statur signalisierte Durchsetzungsvermögen und seine rundliche Erscheinung viel Güte, Toleranz und Gemütlichkeit. Ja, dieser Mann konnte eine Frau beglücken.

Dann ging alles ganz schnell. Kira hatte sich bereits hinter mir an Adonis zu schaffen gemacht, der gerade seinem Penis in ihren Lustkanal reindrückte. Es war genau das gleiche Spiel, welches er auch mit mir gespielt hatte. Er ging weiter in die Tiefe. Kira sah mich an und verdrehte schon die Augen. „Da muss sie durch", dachte ich mir. Adonis begann sein Zitterspiel in der Tiefe und erhöhte dabei ständig den Druck. Es kam, wie es kommen musste. Nach zwei Minuten japste Kira begierig nach Luft. Sie war auf dem Wege zum Orgasmus. Aber den wollte sie jetzt doch noch nicht. Sie zog Adonis weit nach vorne und begrenzte somit seine Bewegungsfreiheit. Sie zwang ihn behende unter sich, um sich auf ihn setzen zu können. Nach vorne gebeugt gab sie ihm viel Raum, damit er von unten in sie rein stechen konnte. So konnte sie ihn zusätzlich sehr gut kontrollieren.

Jetzt dachte ich, es ist an der Zeit, mich mit Rundboy zu beschäftigen. Er wichste vorsichtig seinen Schwanz, um ihn aufrecht zu halten. Wie das Leben so schreibt, kam es anders. Als er die Pokerbe von Kira sah, schmierte er diese mit Gleitmittel ein und setzte blitzschnell seine Eichel auf Kira's Rosette. „Das haben die beiden doch bestimmt vorher so besprochen", fuhr es mir durch den Kopf. Der Schwengel von Rundboy war ja nun nicht gerade klein. Ich staunte und fühlte mit Kira mit. Sie schrie fürchterlich, weil Rundboy recht unwirsch in ihren Po eindrang. „Benutzt werden", fuhr es mir durch den Kopf. Die zwei zogen alle Register, um Kira gefügig zu machen. Sie wollten sie spüren lassen, was Männer fordern und geben können.

Rundboy hielt zwischendurch immer wieder inne. Er ließ aber auch keinen Zweifel daran, seinen Schwanz drinnen zu lassen. Er beharrte auf den Analfick und ließ Kira Zeit, sich seinem Rhythmus anzupassen. Einige Augenblicke später arbeiteten die beiden so gut zusammen, als ob sie nie etwas anderes gemacht hätten. Fasziniert schaute ich zu, wie Adonis jetzt von unten und Rundboy von oben in sie rein fickte. Der klassische Tandemfick eben. Mit der Zeit wurden alle drei etwas ruhiger, fickten dafür aber umso gleichmäßiger. Kira war auf dem Wege zum Orgasmus der besonderen Art. Und ich? Zuschauen, nur zuschauen, war das meine Rolle?

Ich griff in meine Tasche und legte meinen speziellen Strapon an, stopfte den Dorn in meinen Po und drückte die Kugel in meine Votze. Ich war nass genug. Alles ging so leicht rein. Dann sah ich den Hintern von Rundboy, ein lohnenswertes Objekt. So wie er Kira mit dem Arschfick überrumpelt hatte, war es mir jetzt ein höllisches Vergnügen, ihn meinerseits zu überraschen. Seine Pokerbe mit Gleitcreme einzustreichen, mit dem Außendildo auf seine Rosette anzusetzen und in diese reinzustechen, war in wenigen Sekunden vollbracht. Der Dildo hatte nicht den Durchmesser von Rundboy seinem Schwanz. Deshalb hatte er nicht so schwer daran zu knabbern, wie es Kira hatte. Ich gab ihm deshalb keine Zeit, sich auf irgendetwas einstellen zu können und fickte sofort drauflos. Ich fühlte, wie er den Takt mithalten wollte, bis die Wellen in mir hochschlugen, mich überwältigten und befriedigten. Rundboy hatte es jedenfalls genossen, von mir gefickt zu werden.

Nr. 25:Traumhaft geil, mit Kira im Café

Wir trafen uns im Café. Kira bestellte ihrer Figur wegen nur einen kleinen Salat zum Frühstück. Auf das Mittagessen wollte sie heute ganz verzichten. Wir ließen uns Zeit. Es war ein schöner Tag. Ich schlug vor, noch etwas durch die umliegenden Geschäfte zu gehen und auch ein paar Sachen anzuprobieren oder auch zu kaufen. Dabei hätten wir bestimmt großen Spaß. Ich dachte dabei auch daran, verführerische Reizwäsche oder aufreizend geschnittene Kleider anzuprobieren. Es macht uns Frauen doch immer Spaß, wenn wir unsere Reize präsentieren können. Kira hatte jedenfalls riesigen Spaß daran. Sie stand schon mal gerne halbnackt in einer geöffneten Umkleidekabine, um sich mir zu zeigen.

Kira hatte aber für heute andere Pläne. Wir plauderten, unterhielten uns über die kleinen, erlebten amourösen Abenteuer und zeigten uns gegenseitig die erotischen und manchmal auch liebevollen süßen Whats App Geschichten auf unseren Smartphones. Als Kira zwischendurch Prosecco für uns zwei „Schwarz-Weiß-Schwestern" bestellte, ahnte ich, dass sie was vorhatte. „Schwarz-Weiß-Schwestern" deshalb, weil wir überall, wo wir zusammen hinkamen, jedes Mal auffielen. Wir hatten in etwa die gleiche Figur. Der markanteste Unterschied zwischen uns war die Farbe unserer Haare. Ihre grauen fast weißen Haare lieferten einen nahezu perfekten Kontrast zu meiner schwarzen und deshalb sehr dunklen Haarfarbe.

Mir fiel während unserer Unterhaltung auf, dass sie nebenbei mit jemanden am Nachbartisch flirtete. Ihre Blicke gingen immer wieder dorthin. Ihre Pupillen weiteten sich, ihr Mund formte ein Lächeln und ihr Kopf hatte eine leichte Schräglage. Ich interpretierte das als eindeutiges Signal, der anderen Person mitzuteilen, dass es ja was werden könnte. Zu schade, dass ich mich nicht umdrehen durfte. Das wäre doch zu auffällig gewesen.

Als sie vom süßen Knackarsch des Unbekannten hinter mir zu schwärmen anfing und meinte, heute muss noch was passieren, schließlich hätte sie ja keinen Slip angezogen, schrillten bei mir die Alarmglocken. „Und ich habe deshalb schon mal vorsorglich einen Plug im Po stecken!", erwiderte ich zu ihr. Daraufhin machte Sie ihre Beine breit und zeigte mir ihre sorgfältig glattrasierte Muschi. Ich war erschrocken, nicht weil ich ihre Muschi sah, die kannte ich ja zur Genüge, sondern weil ich sicher sein konnte, derjenige am Nachbartisch konnte sie auch sehen. Hatte sie mir deshalb diesen grandiosen Einblick gewährt?

Jetzt war ich sicher, sie führte etwas im Schilde. Aber was? Dabei war sie ganz locker, plauderte munter weiter, richtete zwischendurch immer mal wieder ihren Blick auf diesen „Jemand" am Nachbartisch, lächelte dabei vielversprechend und sah dann wieder mich an. So als ob nichts gewesen wäre. Plötzlich erhob sie sich von ihrem Stuhl und sagte mir, sie müsse mal rausgehen. Es dauerte aber nur ungefähr eine Minute, bis sie wieder zurückkam. Sie bat mich die Rechnung zu bezahlen und danach auf das Zimmer Nr. 5 zu kommen.

Ich wusste gar nicht, dass es hier Zimmer gab und war dementsprechend ein wenig verunsichert. Natürlich bezahlte ich und machte mich sogleich auf den Weg, das Zimmer zu suchen. Ich klopfte leise an die Zimmertür, aber es machte keiner auf. Die Tür war nicht verschlossen. Als ich sie öffnete und in das Zimmer eintrat, lag Kira bereits mit einem, mir bis dato unbekannten, Mann auf dem Bett. Er fickte sie schon in vollen Zügen. Der Mann stieß sehr heftig und ungestüm in sie rein. Eigentlich völlig unsensibel, dachte ich mir, als ich mir das anschaute. Auf dem Nachttisch lag der Strapon von Kira, der gleiche, den ich auch hatte. Ihre Gestik war eindeutig. Sie wollte mir damit mitteilen, dass ich mit dem Strapon seinen Arsch bearbeiten sollte. Das war es also, was sie geplant hatte. Ich sollte ihm, wer auch immer das war, den Arsch ficken und ihr so ein Erlebnis der besonderen Art verschaffen. Hatte sie ihm das vorher gesagt oder wollte sie ihn damit überrumpeln? Wusste er Bescheid? Jedenfalls drehte er sich nicht um. Hatte er mich überhaupt wahrgenommen?

Ich schnappte mir also den Strapon und die vorausschauenderweise bereitstehende Flasche mit Gleitflüssigkeit und ging ins Bad. Die Wahl der Qual zu haben, war doch für mich so wunderbar. Ich spürte, dass ich jetzt handeln und mich in die Situation einbringen musste. Ich konnte ja Kira nicht im Stich lassen. Als ich in seinen Arsch eindrang, schien er nicht im Geringsten überrascht zu sein. Im Gegenteil, er öffnete willig seinen Arsch und stemmte sich gegen mein Eindringen, bis ich den Strapon in ihn versenkt hatte. Kira krabbelte unter ihm durch, bis sie seinen Schwanz erreichte und im Mund verschwinden ließ.

Als ich dann gleichmäßig fickte, stöhnte er mächtig. Kira nahm jeden Tropfen von seinem austretenden Samen begierig auf. Ich stieß kräftiger zu und er rammte ihr seinen Schwanz in den Hals, so dass sie würgen musste. Er begann, sie regelrecht in den Mund zu ficken. Ich nahm etwas Rücksicht und stellte meinen Rhythmus darauf ein. Kira ließ ihn nun tief in ihre Kehle vordringen. Er pendelte regelrecht zwischen uns beiden hin und her. Mit seiner aufkommenden Geilheit näherte er sich dem Orgasmus und beschimpfte uns mit „Bitch" und „Schlampe". Er liebte wohl den DirtyTalk. Kira setzte jetzt zusätzlich ihre Zähne ein und ich fickte ihn noch tiefer und ruckartiger. Er fluchte, kam dann aber und beglückte sie mit einer vollen Ladung.

Ich atmete deutlich schneller und rollte mich zur Seite. Jetzt sah ich zum ersten Mal das Gesicht des Mannes. Er hatte ein freundliches, hübsches Gesicht. Ja doch, der dürfte mich auch gerne ficken, dachte ich noch, als er mir die Beine hochnahm. Kira huschte dazwischen und begann mich zu lecken. Dann wechselten sich die beiden ab. Er leckte mich und sie küsste mich und stimulierte meine Nippel. Er aber drückte mir die Beine höher, bis meine Rosette frei zugänglich war und begann, sie heftig zu lecken. Ich konnte mich nicht mehr beherrschen. Ich versank im Nebel. Meine Votze pochte heftig und lief aus.

Als ich wieder klar denken konnte, war er verschwunden. Kira lag bei mir, strich mir über die Votze, als ob sie es bei mir ausklingen lassen wollte. Ich lächelte sie an. „Jetzt hast du meinen Stecher mal kennengelernt. Ich kenne ihn schon sehr lange. Er wollte immer mal den Arsch gefickt bekommen und mich gleichzeitig dabei ficken", erklärte sie mir.

„Das war also auch Kira!", sinnierte ich. Eine Kira, die ich so noch nicht kannte. So lange hatte sie sich dieses Geheimnis bewahrt, um es mir dann auf diese Weise mitzuteilen. Sie hatte mich damit überrascht und mir offenbart, wie sie auch noch tickt. Ich zog ihren Kopf näher zu mir heran und küsste sie mit den Worten: „Danke, dass du mich in deine Welt gelassen hast."

Nr. 26: Traumhaft geil, Kira's Freunde

Eigentlich war ich mit Kira verabredet. Wir wollten uns mal wieder im Café treffen und danach noch ein wenig durch die Stadt bummeln. Sie war schon eine halbe Stunde überfällig und auch per Handy nicht erreichbar. Ich machte mir schon etwas Sorgen, als eine mir unbekannte Frau mich fragte, ob sie sich zu mir an den Tisch setzen dürfe.

Ich war völlig verwirrt. Nicht wegen der Frage, sondern weil die Frau sich etwas nach vorne gebeugt hatte und ich Einsicht in ihren Ausschnitt bekommen hatte. Diese Frau besaß ziemlich große Brüste, mit Sicherheit Körbchengröße D. Da sie aber nicht vollschlank war, wie es ja immer so liebevoll genannt wird, sondern eher schlank, wirkten die Brüste überproportional groß und waren deshalb auch entsprechend auffällig. „Nicht nur die Oberweite, sondern die ganze Person ist ein Hingucker", ging es mir durch den Kopf. „Hingucker für Männer", dachte ich, ertappte mich aber bei dem Gedanken, dass ich solch eine Frau bisher noch nicht kennengelernt hatte. Ich stotterte: „Ja natürlich", ohne meinen Blick von ihr zu nehmen. Sie wirkte mit den halblangen, dunklen Haaren äußerst sympathisch auf mich. Die Bluse war nicht zu eng, die Jeans standen ihr gut und diese offen getragene Weste kaschierte ein wenig die großen Brüste. Insgesamt war die Frau ziemlich attraktiv, nicht nur für die Männerwelt. Als sie Platz nahm, bemerkte ich den Mann, der auf der anderen Seite stand und sich nun auch zu uns setzte.

Er, wie es sich dann herausstellte, war ihr Mann, so um die 50 Jahre alt. Er trug noch volles, braunes Haar und hatte kleine Geheimratsecken. Gekleidet war er recht jugendlich. Er trug Hemd, Lederjacke und Jeans. „Typisch Mann!", dachte ich deshalb. Er lächelte lieb und seine Augen blitzten etwas verschmitzt. Ich hatte ein merkwürdiges Gefühl bei den beiden. Aber das Gespräch über Wetter, Urlaub und Hausarbeit war relativ unverbindlich und deshalb auch recht locker. Beide erzählten, dass sie gerne Kreuzfahrten machten, weil das so spannend und auch interessant sein kann.

So lenkte die Frau das Gespräch, wie rein zufällig, eben auch auf kleine und auch oftmals erotische Begebenheiten. Als ich dann zu erkennen gab, dass solche Erlebnisse auch für mich das Leben ausmachen würden und ich, obwohl Single, auch über Ähnliches zu berichten weiß, bestellten wir uns eine Runde Prosecco. Die Frau sagte mir, ihr Name sei Tanja. Ihr Mann stellte sich auch vor: „Und ich bin der Frank." Die Stimmung wurde lockerer. Ich muss gestehen, dass die beiden auf mich eine gewisse Anziehungskraft ausübten, weshalb ich mich gedanklich schon in eine kleine erotische Erwartung hineinsteigerte. Ich wusste jetzt nicht genau, ob ich mich mehr zu Tanja mit den großen Titten oder zu Frank mit dem charmanten Lächeln und seiner sympathischen Art hingezogen fühlte.

Tanja ahnte das wohl. Sie hatte wohl ein sehr feines Gespür dafür. Als sie dann unvermittelt fragte, ob ich mir denn vorstellen könne, ihren Mann zu ficken, antwortete ich etwas naiv mit „Ja". Ich dachte, es war wohl mehr eine rhetorische Frage. Tanja aber beugte sich weiter vor und verwirrte mich abermals mit dem Anblick ihrer Titten. Frank neigte sich mir ebenfalls zu und gestand mir unverhohlen, dass er mich auch sehr attraktiv findet. Als Tanja dann noch bemerkte, dass sie unbedingt dabei sein wolle, ahnte ich, dass die beiden es ernst meinten.

Tanja stand auf und ich dachte, sie ginge zur Toilette. Mir ging noch durch den Kopf, was für eine geschickte Art sie doch hatte, Menschen für sich einzunehmen und zu beeinflussen, ja sie sogar schnell zu demaskieren und sie ihre Gedanken äußern zu lassen. Als Tanja zurückkam, konnte ich ihre ganze Figur bewundern. Ihre Titten wippten. Die meisten der anwesenden Männer konnten nicht anders und mussten ihr nachschauen. Am Tisch sagte sie dann nur kurz: „Ja es klappt, Zimmer 8 ist gebongt!" Das erinnerte mich wieder an Kira. Ging es mir mit ihr nicht ebenso? Und wo war sie wohl jetzt in diesem Augenblick?

Jetzt aber wollte ich Tanja erleben. Ja, ich wollte mich von Frank ficken lassen und Tanja dabei beobachten, wie sie sich dabei aufgeilte. Im Zimmer angekommen, ging ich schnell ins Bad und zog mich aus. Tanja war bereits schon nackt, als sie das Zimmer betrat. Ihre schweren Brüste standen nicht nach vorne, fielen aber auch nicht schlaff nach unten. Es war durchaus eine nett anzuschauende Brust. Ich wollte mich irgendwie der Situation entziehen und umarmte sie einfach. Sie war ja auch etwas unsicher, aber wir hielten uns fest und beruhigten uns wieder ein wenig.

Sie war genauso wie ich, auch aufgeregt und war keinesfalls eine Frau, die in jeder Situation ihre Fassung behält. Ich küsste sie einfach. Das entspannte die Situation und erleichterte uns natürlich die körperliche Annäherung. Als sich Frank dann dazustellte, war es selbstverständlich, dass wir uns alle umarmten und uns streichelten. Meine Hände waren damit beschäftigt, die beiden zu erkunden. Ich massierte zuerst

Tanja's Brüste, um ihre Nippel zu aktivieren. Dann ihren Po und den aufsteigenden Schwanz von Frank.

Ich spürte Lust und aufkommende Geilheit. Tanja drückte mir einen Umschnalldildo in die Hand und zog Frank zum Bett. Ich war ein wenig ratlos. Wollte Frank mich nicht ficken? Nein, er begann in Tanja einzudringen. Ich sah das Rein und Raus in Tanja's glatt rasierter Votze. Sie war bereits sehr saftig und tropfte schon. Urplötzlich aber robbte sie unter Frank, griff zur Flasche mit der Gleitcreme und schmierte sich damit die Brüste voll. „Fick sie mir feste!", bettelte sie Frank an und stützte ihre schweren Titten von der Seite ab und drückte sie zusammen, damit Frank dazwischen ficken konnte. Die beiden waren perfekt aufeinander eingespielt. Schon nach wenigen Stößen rutschte Frank weiter nach vorne, bis sein Schwanz in ihrem Mund verschwand. Es waren lange Züge, die Frank da machte. Er war gut durchtrainiert. Tanja stöhnte und röhrte und kommentierte somit jeden Stoß.

Dann nahm ich mir die nasse Votze mit den dick geschwollenen Schamlippen von Tanja vor. Ich drang mit diesem Umschnalldildo, den ich eigentlich nicht mochte, in sie ein. So wie Tanja reagierte, ihre Laute, ihre Bewegungen und der Arsch von Frank vor mir, das alles machte mich unglaublich geil. Ich stieß voll in Tanja rein, so tief wie es eben mölglich war. In Größe und Weite stand ihre Votze ihren gewaltigen Brüsten in keinster Weise nach. Ich dachte einen Moment daran, wie es wäre, sie auch mal zu fisten. Ich bekam sofort einen Orgasmus und meine Votze lief schmatzend aus.

Die Berührung auf meiner Schulter kam wie ein Blitz aus heiterem Himmel. Ich zuckte erschreckt zusammen. Dann spürte ich eine Umarmung und nahm die sanfte Stimme von Kira wahr: "Sind sie nicht bezaubernd geil?" Ich begriff es nicht sofort, aber Kira hatte das eingefädelt, um mir so weitere Fickpartner zuführen zu können. Aber darüber nachdenken konnte ich jetzt natürlich nicht. Kira drückte mir einen Strapon in die Hand, den ich gewohnt war und zog selbst einen an. Ich entfernte den anderen Umschnalldildo und legte auch den neuen von Kira an. Ich war bereits mehr als nass. Es lief mir schon richtig die Beine runter.

Mit dem Strapon und meiner Geilheit geriet ich fast in Ekstase. Ich rammelte mich heftig in die Votze von Tanja rein. Dieser Strapon war dicker als der vorherige Umschnalldildo. Tanja reagierte heftiger und Frank verlor deshalb seinen Rhythmus. Aber das nur vorübergehend und er fand schnell wieder zu ihm zurück. Dann griff Kira in das Geschehen ein. Sie wollte mich völlig k.o. machen, sagte sie mir später. Ich spürte ihren Strapon in meinem Arsch, aber ich fickte wie wild weiter in Tanja's Votze.

Als Frank plötzlich stillhielt, war mir klar, er spritzt in Tanja's Mund ab. Entsprechend sah ich seinen Schwanz zucken. Er kniete über Tanja, weit nach vorne gebeugt. Sein Arschloch befand sich in meiner Reichweite. Es war eine schnelle Entscheidung von mir und ich sprang förmlich auf ihn drauf. Mein Strapon versank im Nu in seinem Arsch. Er schrie fürchterlich, aber ich ließ nicht locker und fickte unvermindert weiter, so wie davor in Tanja's Votze. Kira hatte mich beim Übergang auf Frank verloren. Sie fickte jetzt Tanja's Votze weiter. Ich weiß nicht mehr, wie lange ich Frank bearbeitete. Orgasmen spürte ich auch nicht mehr. Es war eine so starke Reizung in meiner Votze, dass ich den Orgasmus jetzt auch nicht mehr wollte. Ich war fix und fertig und kippte zur Seite.

Wenig später lag auch Kira neben mir. Frank ging gleich ins Bad und Tanja wendete sich mir zu: „Danke meine Süße, das wird eine wunderbare Zeit mit dir werden. Nur schade, dass niemand mehr da ist, der mir den Arsch ficken könnte." Dabei lachte sie und ihre Titten wippten dabei heftig.

Nr. 27: Traumhaft geil, der Tantramann

Kira erzählte mir von dem Tantramann. Er würde so unglaubliche geile Massagen verabreichen. In der heutigen Zeit, in der Sexualität so allgegenwärtig ist, kann es schwerfallen, den eigenen Zugang zur Sexualität zu finden. Solche Tantramassagen sind keine Thaimassagen. Aber man könne sich bei ihm nicht einfach so zur Massage anmelden.

Das könne nur jemand machen, der ihm bereits bekannt ist. Also meldete Kira mich an. Sie gab mir die Adresse und den Termin. Dort angekommen, las ich das Schild an seiner Praxistür. Darauf stand geschrieben: „Massage, nur nach Voranmeldung".

Der Tantramann war mir mehr als sympathisch. Wenn er „Lass uns Ficken" gesagt hätte, hätte ich sicherlich zugestimmt. Er führte mich in einen Raum mit einer großen ebenerdigen Massagefläche, wie sie auch bei Thaimassagen üblich sind. Das hat den Zweck, dass sich der Therapeut und der Patient auf der gleichen Ebene befinden und ein Ganzkörperkontakt möglich ist. Er kniete neben der Massagefläche und forderte mich nun auf, mich nackt darauf zu legen. Er begann mit langen streichelnden Bewegungen seiner Hände die Anwendung. Ich konnte mich entspannen und wurde etwas schläfrig. Außerdem wurde mir richtig wohlig warm dabei.

Ich lag auf dem Rücken. Mein Hinterkopf lehnte an seiner Brust. Meine Schenkel waren weit geöffnet. Ich spürte seine zärtlichen Hände, die in gleichmäßigen Bewegungen von meiner Brust ausgehend, sanft den Körper runter und an meiner Muschi vorbei zu den Innenseiten der Schenkel glitten. Immer wieder und wieder. Wenn er doch nur mal durch die Muschi gegangen wäre.

Er drehte mich auf die Seite, so dass ich ein Bein anwinkeln und aufstellen konnte. Er zog meine Schamlippen auseinander und berührte mit kreisenden Bewegungen die erogenen Zonen meiner Vulva. Ich genoss das Spiel seiner Finger. Meine Erregung steigerte sich so weit, bis die pure Lust in mir aufloderte. Ich konnte mich trotzdem fallen lassen und spürte nur noch mein Innerstes. Ich schwebte auf einer Wolke aus geilen Gefühlen.

Meine Augen hielt ich geschlossen. Mein Kopf lag auf meinem ausgestreckten Unterarm. Mein rechtes Bein war immer noch angewinkelt und mein linkes Bein hochgestellt. Ich spürte ganz sanft seinen Mittelfinger tief in meiner Scheide, da wo es mir so gut tat. Schön nass glitt dieser immer wieder in mich rein und wieder raus. Automatisch machte ich mich eng und meine Muschi fing innerlich an zu lodern.

Mit dem Daumen strich er dabei an meinen Pobacken entlang. Mit sanften Bewegungen seines Zeigefingers berührte er nun die rechte Seite meines Oberschenkels. Meine Gefühle hatten mich jetzt vollends in ihren Besitz genommen. Ich spürte seine andere Hand mit kreisender Bewegung an meinen Schamlippen und meiner Klitoris. Die Sehnsucht der Lust ließ mich einfach treiben.

Er drehte mich auf den Bauch. Ich sah seinen aufgerichteten Schwanz vor mir. Mit großer Lust umspielte ich mit meiner Zunge seine Eichel. Ich nahm seinen Schwanz in meinen Mund und schmeckte seine ersten Lusttröpfchen. Gleichzeitig stieß er mit leichten rhythmischen Stößen und sanft fickenden

Bewegungen rein und raus. Die Sehnsucht des Wollens und Genommenzuwerdens wurde in mir immer stärker. Ich begab mich in Doggy Style und er begann sein Werk von hinten mit einem gleichbleibend beständigem, dabei nicht zu schnellen, Rhythmus. Ich fühlte in mir nur noch die pure Lust und ich genoss jeden lang andauernden, ja geradezu liebevollen Stoß, den er fast wie in Zeitlupe ausführte.

Er legte sich auf den Rücken und ich setzte mich völlig intuitiv auf ihn. Mein Rücken war seinem Gesicht zugewandt. Ich ritt ihn mit gleichbleibendem sanftem Rhythmus rauf und runter. So langsam, wie er mich vorher gefickt hatte. Ich wechselte die Stellung, drehte mich, ohne ihn zu verlieren. Ich sah ihn in seine liebevoll dreinblickenden Augen und fickte ihn dabei immer weiter. Ich konnte ihn genießen und fühlte mich als begehrende und gleichzeitig begehrenswerte Frau. Wir drehten uns auf die Seite. Ich winkelte das linke Bein bis zu meiner Brust an. Er hielt nun mit seinem linken Arm meine rechte Hüfte und presste so meinen Oberschenkel gegen meinen Körper.

Beständig fickte er weiter von der Seite aus in mich hinein. Jetzt hatte er mich voll im Griff. Jetzt konnte er jede meiner Regungen deutlich spüren. Mein Nacken lag auf seinem rechten Arm. Ich ergriff seine Hand und unsere Finger verschränkten sich ineinander. Mit der linken Hand strich ich über sein Gesicht. Er aber war tief in mir. Er spürte jede meiner Erregungen und reagierte sanft darauf. Er verstand es, meine Lust aufrecht zu halten, ohne dass ich kommen wollte oder konnte. „Nein, so soll es bleiben. Ewig! Immer!"

Dann aber ging es mir zu schnell. Er konnte sich wohl selber nicht mehr zurückhalten. Als er seinen Schwanz aus meiner Scheide zog, ergoss sich sein Samen auf meinen Schamlippen. Sein warmer Saft lief mir zwischen meinen Pobacken hinunter. Ich spürte in mir eine so tiefe Ausgeglichenheit, wie ich es noch nicht kannte.

Er verließ den Raum und ließ mich jetzt allein zurück. Es dauerte lange, ehe ich mich wieder gesammelt hatte. Ich wollte mich nicht anziehen. Ich wollte, dass er wieder zurückkommt. Aber die Realität holte mich ein. Der Traum war zu Ende. Als ich aus dem Zimmer kam und den Flur betrat, saß Kira dort und sprach mit einer Frau. Ich begriff das irgendwie nicht. Wieso Kira? Kira lächelte und stellte mir die Frau vor: „Das ist die Frau des Tantramannes. Ich war bei ihr in Therapie."

Nr. 28: Traumhaft geil, die Tantrafrau

Als ich Aglaia das erste Mal sah, war ich sehr von ihr beeindruckt. Sie sah mich mit einem sehr freundlichen Blick an. Sicher hatte sie schon von Kira etwas über mich erfahren können. Sie musterte mich von oben bis unten. Mir war in dem

Moment nicht ganz klar, musterte sie mich in ihrer Eigenschaft als Therapeutin oder als Sexpartnerin. Immerhin durfte es ihr nicht entgangen sein, was sich gerade vor ein paar Minuten zwischen ihrem Mann und mir abgespielt hatte.

Ihre Hände waren sehr sehnig und die Arme muskulös. Ihr ganzer Oberkörper kam mir sehr beweglich vor. Als sie mich zur Begrüßung umarmte, konnte ich kein Gramm Fett an ihr fühlen. Ihre Brüste waren sehr fest und ihre Nippel bohrten sich förmlich in meine Brust. Die Art, wie sie mich berührte, war eindeutig mehr als nur eine Umarmung! Als sie dabei über meinen Rücken strich, erkundete sie sicher meinen Körper. Ihre Signale, mit mir zusammen den Weg zur höchsten Lust gehen zu wollen, waren eindeutig. Ich denke, wenn ich sie in diesem Moment geküsst hätte, es wäre sofort mehr daraus geworden.

Kira schlug Aglaia vor, einen gemeinsamen Termin zu dritt festzulegen. Als sie ihr das vorschlug, strahlten die Augen von Aglaia förmlich. „Mit zwei Frauen mache ich gerne Tantra", sagte sie begeistert und hielt meine Hände dabei. „Ich weiß auch schon, was ich euch zeigen werde", meinte sie geheimnisvoll, „wir werden uns tief ineinander verlieren, da bin ich mir ziemlich sicher."

Als wir uns dann zum Termin auf den Weg machten, erzählte Kira mir, dass Aglaia sehr lange im Ausland gelebt hatte. Sie hatte ganz Asien bereist und dort viel über die Menschen gelernt. Jetzt mit über 60 Jahren war sie reifer geworden und kostete alles aus, was sich in den Tantrakursen mit Paaren oder in Einzelsitzungen so ergab. Es war wohl Kira, die bei einer Massage mehr wollte und Aglaia ins Höschen griff. Als sie feststellte, dass Aglaia sehr nass war, sich also an ihr aufgegeilt hatte, hatte sie sie kurz entschlossen ausgeschleckt. Dabei sei Aglaia merkwürdig abwesend gewesen und hatte lange gebraucht, aus ihrem Orgasmus herauszukommen und wieder ansprechbar zu sein.

Es war aufregend. Ich hatte in der vergangenen Nacht nicht fest schlafen können. Die Aufregung wegen dem bevorstehendenTermin war einfach zu groß. Kira lächelte mild. Sie spürte meine Anspannung. Aber als Aglaia uns dann nur mit einem Nichts von durchsichtigem Tuch, welches sie um die Brust geschlungen trug, begrüßte, war es um mich geschehen. Ich musste sie einfach sofort überall berühren. Ihr erging es auch nicht viel anders und sie erwiderte meine Berührungen. Wir spürten eine Vertrautheit, als ob wir uns schon sehr lange kennen würden. Kira umarmte uns beide. Sie hatte den Moment genutzt, sich schon auszuziehen. Sie kuschelte sich an uns und nahm Aglaia das Tuch ab. Dann zogen die beiden auch mich aus. Wir brauchten diesen Körperkontakt, um die Gefühle des jeweils anderen erfühlen zu können.

Aglaia zeigte uns auf dem Bett die beste Art, sich gegenseitig lustvoll streicheln zu können. Stets an den intimen Zonen vorbei zu streichen. Immer im Kopf haben, dass sich dadurch die großartige Gefühlswelt eröffnet, ohne direkt zu stimulieren oder einen Orgasmus anzugehen. Mit der Zeit waren wir komplett eingeölt, wohlig durchblutet und entspannt. Es herrschte eine spirituelle Ruhe im Raum. Wir brauchten uns untereinander nicht mit gesprochenen Worten mitteilen. Wir teilten uns ausschließlich über eine, von allen verstandene, Körpersprache mit.

„Fickt mich jetzt bitte", sagte Aglaia, „ihr könnt das bestimmt sehr gut. Ich weiß, ihr seid in der Anwendung eines Strapon erprobt. Das brauche ich jetzt. Das habe ich immer mal gewollt, aber nie hat sich eine so harmonische Situation ergeben." Ich muss sagen, so ähnlich fühlte ich auch. Es war einzigartig. Keine von uns wollte zu diesem Zeitpunkt einen Orgasmus. Es lag uns in diesem Moment mehr daran, unsere Körper neu zu erfahren. Es wäre zu schade gewesen, diesen Weg einem Orgasmus zu opfern. Körper und Geist zusammenzubringen war unser Wunsch und Ziel. Wow, ich begann zu ahnen, was es wohl wirklich bedeuten könnte.

Als Kira ihren Strapon angelegt und den Innendildo eingeführt hatte, legte sie sich mit dem Rücken auf das Bett. Aglaia schaute sie eine Weile lang an. Man sah Aglaia an, wie sie sich mental auf das kommende Ficken einstellte. Ganz langsam, wie in Zeitlupe kroch sie neben Kira auf das Bett, küsste sie zärtlich, als ob sie sagen wollte „Schluss mit Tantra, ich will ficken!". Dann aber drehte sie sich mit dem Rücken zu Kira, setzte den Strapondildo auf ihren Arsch und ließ ihn langsam in die Rosette eintauchen. Dann spreizte sie ihre Beine. Dadurch öffneten sich ihre Schamlippen wie eine Blüte im Zeitraffer. Ihr rosa Schlitz zog mich in seinen Bann. „Komm jetzt, fick mir die Votze!", lockte sie mich und ihre Stimme hatte etwas Forderndes.

Diesen Wunsch konnte ich ihr nicht abschlagen. Schnell legte ich meinen Strapon an und drang also in sie ein. Es fühlte sich sogleich an, als ob sie meinen Strapon einsaugen wollte. Dabei gelang es ihr, sich einer   tiefen Entspannung hinzugeben. Sie stützte sich nun mit den Armen nach hinten ab, damit ihr gesamtes Gewicht nicht auf Kira lastet und ihr etwas Freiraum blieb. Jetzt konnte Kira sie ficken und ich sie ebenfalls. Wir fanden einen angenehmen Rhythmus, den wir lange aufrechterhalten konnten. Kira stieß rein, ich zog raus und umgekehrt. Es war ein ruhiges Ficken mit gefühlvollen Stößen in langen Zügen. Dann bat Aglaia uns, zwischendurch immer mal wieder kurz innezuhalten. Was bezweckte Aglaia damit? Was fühlte sie in diesem Augenblick? Sie wollte dadurch ihren Orgasmus gezielt verzögern, oder besser gesagt, steuern. Sie wollte ihren Höhepunkt, so lange wie es ihr eben möglich war, gezielt herauszögern. Ich begann die Art und Weise, wie sie ihre Gefühle steuern konnte, zu bewundern. Da wir ruhig und langsam fickten, fiel Kira und mir es nicht schwer, ihr diesen Wunsch zu erfüllen. Wir waren sehr konzentriert bei der Sache. Sie wollte ständige abklingende und wieder ansteigende Reize, ohne dabei zu kommen. Sie hatte es gelernt, sich gezielt zurückzuhalten.

Dann veränderte sich unerwartet die bislang so harmonische Situation. Sie beschimpfte uns plötzlich, wie aus heiterem Himmel, mit „Hurenschwestern". Wir sollten sie doch ficken, ausgiebig und schnell ficken, mächtig in sie reinstoßen, ihr den Arsch und die Votze aufreißen. Ich war entsetzt, fickte sie aber so stark und so schnell, wie ich es vermochte. Kira gelang es ebenfalls. Von gleichmäßigem Rhythmus konnte man jetzt nicht mehr reden.

„Ihr Schlampen, ihr könnt das noch viel besser!", trieb sie uns weiter an. Jetzt kam richtig Wut in mir auf. Aber das wollte sie wohl damit erreichen. Sie wollte, dass wir ihr alles geben. Aber es reichte ihr wohl nicht. Sie begann ihre Hüfte zu kippen, um eine wirksamere Stimulierung ihrer Lustpunkte zu erreichen. Aglaia übernahm ab sofort den aktiven Part und wir, Kira und ich, hielten tapfer dagegen. Aglaia machte es sich jetzt sozusagen selber. Ich habe noch nie jemanden gekannt, geschweige denn erlebt, der seine Hüften so locker, in so einen weiten Winkel, bewegen konnte. Sie fickte sich gewissermaßen selber den Arsch und die Votze gleichzeitig.

Dann wurde sie noch wilder und scheinbar unkontrollierter in ihren Bewegungen. Sie atmete kaum noch. Ihr Gesicht lief rot an und sie schrie und schimpfte unentwegt in einer Tour dabei. Ihre Bewegungen waren jetzt nicht mehr koordiniert. Sie wurden ruckartiger. Dann befreite sie sich von uns. Sie rollte sich weg von uns, zog die Knie ruckartig an und drehte sich wieder auf den Rücken. Ihr Becken zuckte unkontrolliert und sie ruderte dabei wie wild mit den Armen. Kira und ich waren vorsichtshalber längst in Deckung gegangen, um von ihren herumwirbelnden Armen nicht getroffen zu werden.

Aglaia beruhigte sich langsam. Die Anstrengung war ihr anzusehen. Sie atmete schwer und ihr Puls schien zu rasen. Kira und ich legten unsere Strapons, die wir ja nicht mehr brauchten, ab und legten uns jetzt auch entspannt auf den Rücken. Wie selbstverständlich fingerten wir uns dabei gegenseitig unsere Votzen. Wie gerade gelernt, hielten wir zwischendurch immer mal wieder inne, um nicht sofort zum Orgasmus zu kommen. Immer wieder ein kleiner Tipp auf den Handrücken, als Zeichen zum Innehalten. Dann machten wir meistens nach zwei Minuten weiter.

Aglaia hatte sich mittlerweile wieder aufgerichtet. Sie saß jetzt in einer Art Schneidersitz und beobachtete ziemlich genau, was wir beide gerade so trieben. Ihre Votze glänzte nass. Nichts störte die Situation. Aglaia schien mit uns sehr zufrieden zu sein. Kira und ich besorgten es uns gegenseitig auf unsere Art. Dann aber krabbelte sie zwischen unsere Beine und leckte uns aus. Jetzt begann sie, uns beide zu stimulieren und pausierte zwischendurch ebenfalls, um unser Kommen zu verzögern. Sie schien mit ihrer Zunge genau zu fühlen, was sich in unseren Körpern abspielte. Irgendwann kam ich dann doch und wurde von wunderbaren Wellen durchflutet. Wie machte sie das, so gezielt den Orgasmus zu beeinflussen? Und jetzt machte ich die Erfahrung, dass es ihr zusätzlich auch noch gelang, meinen Orgasmus erheblich zu verlängern.

Dann sah ich zu, wie sie es anschließend auch mit Kira machte. Wie sieht es aus, wenn jemand auf den Orgasmus vorbereitet wird? Kira's Gesicht verzog sich erst zur Grimasse. Aglaia schien das zu spüren und beruhigte sie dementsprechend wieder. Kira entspannte sich mehr und mehr. Dabei hob sie ihr Becken langsam an und präsentierte ihre Votze dabei unmissverständlich. Dann richtete sie ihr Becken, mithilfe ihrer Beine, dabei immer noch auf dem Rücken liegend, noch höher auf. So konnte Aglaia Kira's Vulva noch leichter bearbeiten. Aglaia leckte ganz ruhig weiter, bis der Atem von Kira stockte. Jetzt machte Aglaia kaum noch was. Nur mit der Zungenspitze bewegte sie ein wenig Kira's exponierte Klitoris. Dann entwich Kira dieser Urlaut. Eine Art Grunzen oder Stöhnen, seit Millionen von Jahren treuer Begleiter von besonderen Orgasmen. Aglaia ging schnell in Deckung. Kira zog ihre Knie bis an ihre Brust heran und verharrte dort so eine ganze Weile.

Als sie sich wieder regte, lachte Aglaia sie an: „Na, heute hast du aber noch intensiver als sonst gefühlt." Die innige Vertrautheit der beiden wurde mir in dem Moment klar. Dennoch fühlte ich mich nicht ausgegrenzt. Im Gegenteil. Zu diesen Menschen konnte ich grenzenloses Vertrauen haben. Ich fühlte mich zu beiden gleichermaßen, besonders hingezogen. Es war, als ob jeder genau spürte, was der andere in diesem Moment braucht, um noch besser darauf reagieren zu können. Das Erlebte noch schöner werden zu lassen.

„Ich zeige euch mal was", sagte Aglaia und krabbelte zwischen uns, so dass wir alle drei nebeneinander lagen. Aglaia lag rechts neben mir. Dann nahm sie meine linke Hand, lutschte am Zeige- und Mittelfinger, spreizte den Ringfinger und kleinen Finger ab und führte die Hand zu ihrer Votze. Das Gleiche machte sie mit Kira's rechter Hand, so dass sich unsere Fingerrücken in Kira's Votze berührten. Kira und ich drehten uns ein wenig auf die Seite, um entspannt liegen zu können.

Aglaia zog ihre Vaginal Muskeln zusammen. Mit der Zeit wurde daraus eine Art Melken. Sie melkte unsere vier Finger, die in ihrer Votze steckten. Sie übte dabei soviel Kraft aus, als ob sie unsere Finger noch weiter reinziehen wollte. Es dauerte so noch lange an. Sie schaukelte ihre Erregung hoch und verzögerte sie wieder gekonnt. Sie wollte noch einen weiteren Orgasmus. Sie wollte es uns zeigen, wie es ohne das Stoßen eines Penis oder eines Dildos geht. Mir schlief fast die Hand ein und ich hatte Sorge, dass sie wieder um sich schlägt. Aber als ihr Blick sich verklärte und ihre Augen glasig wurden, hielt sie unsere Arme wie in einem Schraubstock fest und presste unsere Finger noch mehr rein.

Dann spürten wir, wie hart sie in ihrer Grotte werden konnte und wie unglaublich fest sie unsere Finger halten und somit dirigieren konnte. Als sie kam, schlang sie ihre Arme um uns und drückte uns ganz fest an sich. So fest, dass wir kaum noch atmen konnten. So erlebten wir hautnah ihren Orgasmus mit und fühlten, wie ihr ganzer Körper zuckte und mit einbezogen wurde. Es dauerte wundervoll lange, das alles fühlen zu dürfen.

Als der Druck ihrer Arme nachließ, mochte ich mich dennoch nicht von ihr trennen. Es war, als ob es in mir immer wieder zuckte und ich einen eigenen Orgasmus in meinem Körper spürte. Es war, als ob er mir "Hallo hier bin ich! Genieße mich, ich bin doch für dich da!" sagen wollte.

Nr. 29: Traumhaft geil, mit Kira

„Bitte komm zu mir, ich brauche dich sofort, weil ich dich jetzt will, ohne Tabus!" Kira war am Telefon recht ungehalten und zugleich auch noch ungeduldig. Sie wollte, dass ich schnellstmöglich zu ihr komme. So kannte ich sie nicht. Ich fand keinen Grund, warum sie sich mir gegenüber so verhielt. Ich war jetzt auch nicht auf ein Treffen mit ihr vorbereitet und ging deshalb ins Bad, um mich frischzumachen.

Wie immer sah sie attraktiv und bezaubernd aus, als sie mir die Tür öffnete. Sie begrüßte mich mit einem leidenschaftlichen Kuss. Sie trug nur ein durchsichtiges Babydoll mit geschlitzten Cups, die ihre Brüste reizvoll in Szene setzten.

Sie kam schnell zur Sache und fickte mir die Votze mit einem 5 cm dicken Dildo. Warum das alles und so überfallartig? Ich hatte keinerlei Ahnung, warum. Ich sah ihr in die Augen. Lust empfand ich dabei kaum. Dann fickte sie mir den Arsch damit. Ich schrie, es tat weh. Sie schlug mir auf meinen Arsch, um mich abzulenken. Es half nicht, so ein Ding hatte ich noch nie im Arsch. Der Schmerz machte mich unempfindlich gegen Reize. Was war nur los mit Kira?

Ich war aufgrund der Schmerzen total erschöpft. Sie aber nahm den Gurkendildo und rammte ihn mir brutal in meine Votze und drückte nochmal feste nach. Ich hatte immer noch keine Ahnung, warum sie sich so verhielt. Dann nahm sie jede Menge Gleitcreme und drückte mir ihre Finger in meine Votze rein. Sie ließ nicht locker.

Sie schaffte es, die ganze Hand in meine Votze zu drücken. Mein Mund stand vor Schreck offen. Noch nie hatte ich eine komplette Hand in der Votze. Ich war wütend. Dann merkte ich, wie sie mir fest auf die Blase drückte. Meine Pisse sprudelte nur so heraus und Kira hielt ihren Mund solange in den Strahl, bis sie den Mund voll hatte. Dann sprühte sie prustend alles auf meinen Bauch. Ich war wehrlos mit ihrer Hand in meiner Votze. Sie wühlte, sie drehte, sie fickte rein und raus. Sie wollte mich locker machen, das spürte ich. Dann aber fand und bearbeitete sie meinen G-Punkt. Es kam Lust in mir auf. Ich wollte auf einmal doch einen Orgasmus.

Ich schloss die Augen und Kira deutete das als Signal meines Einverständnisses. Sie stimulierte mir zusätzlich die Klitoris. „Was kommt da auf mich zu? Was ist das? Ein Orgasmus vielleicht? Doch ein Orgasmus? So einen Orgasmus gibt es auch?" Dieser war nicht nur vaginal, anal oder auch beides zusammen, sondern so unvorstellbar massiv überall in meiner Votze. Er überflutete mich, machte mich unfähig, darauf zu reagieren. Ich war ihm willenlos ausgeliefert. Ich ließ mich vollends fallen. Es blitzte vor meinen Augen und ich spürte fast schmerzhaft meine Vaginalmuskeln zucken.

Als sie ihre Hand wieder aus meiner Votze zog, brauchte ich mehrere Minuten, um mich wieder zu fangen. „Warum machst du das Kira?", fragte ich sie. „Ich weiß es auch nicht. Es war wie ein Zwang in mir, ich musste es meinetwegen machen", antwortete sie mir.

Nach Monaten gestand sie mir, sie brauchte damals das Gefühl, sexuelle Gewalt über jemanden zu haben. Ich lächelte sie an. Lieb von ihr, sich mir gegenüber so offen und ehrlich zu bekennen.

Du und Ich, das sind Wir

du hast mich

du berührst mich

du willst mich

du spürst mich

du steigerst dich

ich wollte dich

ich habe dich

ich berühre dich

ich spüre dich

ich steiger mich

ich eroberte dich

ich lasse mich fallen

ich berausche mich

ich bin vollkommen für dich

wir spüren zusammen

wir sind eins

wir machen es wieder

wir spüren unser Glück

ich war ganz nackt

ich fühlte mich wohl

ich ließ mich fallen

ich brauchte dich

du hast mich bekommen

du gabst mir das zeitlose Gefühl

du hast die Uhr angehalten

du gabst mir das Gefühl Mensch zu sein

Nadine

Sie ist eine junge Frau und war sexuell bisher nur auf Zweisamkeit fixiert. Dann aber erfährt sie, dass ihr Mann sich, darüber hinaus, neu orientieren will. Er ist fest entschlossen, neue Wege zu gehen und sich dabei auszuprobieren. Sie ist bereit, ihm dabei zu folgen, aber er will sich zuerst alleine versuchen. Seine Sehnsucht-Wünsche werden ihr nun bewusster. Dann ergibt sich die Gelegenheit, dieses Vorhaben direkt in die Tat umzusetzen. Sie bekommt ebenfalls Lust auf Neues, wie zum Beispiel andere Praktiken und die damit verbundenen neuen Erfahrungen und Gefühle.

Sie lernt schnell und gestaltet selbst aktiv das Ziel, die Befriedung ihrer Lust und nimmt sich ungezwungen, was geboten wird und bezieht ihren Mann dabei mit ein. Ihr Mann ist begeistert über die Initiative seiner Frau.

Nr. 30: Traumhaft geil, zwei Kitesurfer

„Ich kann sie einchecken und die Koffer annehmen, aber das Sportgepäck müssen sie schon am Sonderschalter abgeben", hörte ich von der Frau am Check-in-Schalter. Vor mir standen zwei durchtrainierte Männer beim Einchecken. Sie sahen sehr sportlich, schlank und muskulös aus. Zwei richtig geile Knackärsche.

Beim Boarding trafen wir wieder aufeinander. „Aber bitte nach ihnen", sagte mir einer der Zwei beiden, „so was Hübsches muss man doch besser betrachten können." „Dann müsste ich aber hinter Ihnen gehen", gab ich das Kompliment zurück. Die beiden waren mir sympathisch. Ich hatte bereits meinen Sitzplatz gefunden und eingenommen und schaute in meinem Handgepäck nach meiner Zeitung. Die beiden Knackärsche gingen an mir vorbei und bekamen nicht mit, dass ich in der Reihe vor ihnen saß. „Na die war doch süß", hörte ich, „die möchte ich mal zwischen uns haben. Ich glaube, die hätte auch Spaß daran."

So ging es eine kleine Weile hin und her und ihr Gespräch ließ meine Gedanken nur so ausschweifen. Der Flug verging deshalb für mich gefühlt umso schneller. „Das war ja schon ein Urlaubseinstieg", dachte ich, „na mal sehen, was noch so kommt." Die zwei geilen Typen könnten ja die perfekte Urlaubsgesellschaft für mich sein. Aber wer weiß es schon vorher so genau? Als wir dann gelandet waren und sie bemerkten, dass ich direkt in der Reihe vor ihnen saß, schauten sie schon ein wenig unsicher drein. „Wer weiß, was kommt", sagte ich zu ihnen, „man kann nie wissen."

Ich sah sie dann in den gleichen Bus einsteigen. Sie waren wegen des Sportgepäcks die letzten, die einstiegen. Im Hotel sah ich sie dann wieder, aber sie waren intensiv mit ihrem Gepäck beschäftigt. Dann aber am Buffet stand einer von ihnen hinter mir. „Schön, Sie hier zu sehen", sagte er, „wollen Sie nicht mit uns an einem Tisch sitzen?" Ich wollte! Das war mir klar. Ich dachte schon viel zu viel an die beiden. Und seine Nähe am Buffet war mir sehr angenehm. Fast berührten wir uns schon. Es war prickelnd. Und deshalb bejahte ich seine Frage recht schnell. Triumphierend registrierte ich ein verräterisches Aufflackern in seinen Augen.

Am Tisch begann dann das übliche Flirten. Wir machten uns gegenseitig bekannt. Am Tisch passierten immer wieder kleine Berührungen beim Anreichen von Speisen und auf dem gemeinsamen Weg zum Buffet. Es war ein gegenseitiges Austesten, wie weit man gehen konnte. Ein wundervolles Spiel. Mal war der eine, mal der andere bei mir. Ich holte immer kleinere Portionen, um es auszunutzen. Immer wieder neue Berührungen. Mal ein Streichen mit dem Oberschenkel, mal ein Vorbeistreichen mit den Brüsten. Ich nannte die beiden für mich „Boy" und „Toy".

Ich ging erst gegen 23:30 Uhr an die Bar. Ich hatte zwischendurch etwas geschlafen und war richtig gut drauf. Boy und Toy standen sofort bei mir, als ich mich auf einen Barhocker setze. Wir stießen an. Natürlich hatte ich meinen Prosecco bestellt. Die Stimmung stieg und beide drängten sich immer näher an mich ran. Mal legten sie ihre Hände auf meinen Rücken oder auf meinen Oberschenkel. Ich berührte sie dann schon mal an den Unterarmen. Wir tasteten uns langsam ran.

Beim Tanzen wurde es sehr eng. Ich konnte kaum meine Brüste an Boy reiben. Ich spürte seine Hand auf meinen Po, wie er mich an seinen Oberschenkel drückte. Ich gab nach. Ich rieb mich an ihm. Ich genoss seine aufkommende Geilheit und sog sie in mich auf. Das blieb auf Boy auch nicht ohne Wirkung. Ich spürte seinen Schwanz in der Hose und deutete das als Zeichen, dass er mich begehrte.

Boy löste sich von mir und übergab mich an Toy. Es war so etwas wie eine Fortsetzung. Toy fing nicht wieder von vorne an, sondern machte da weiter, wo Boy aufgehört hatte. Er küsste mich, hatte seine Hand zwischen uns an meinen Titten und streichelte provozierend über meine Votze. Er machte mich geil. Und ich wollte es. Die anderen Gäste waren zu sehr mit sich selbst beschäftigt und bekamen deshalb von unseren Annäherungen überhaupt nichts mit. Dann kam auch Boy dazu und wir tanzten zu dritt. Es war eng, es war geil. Ich wurde nass und hatte zwei Schwänze vor mir, die mich bedrängten.

„Fickt mich! Ihr könnt mich haben, ich will euch jetzt", hörte ich mich sagen und war darüber sogleich erschrocken. Boy und Toy reagierten schnell. Boy zog mich zum Lift. Toy regelte das Bezahlen an der Bar. Als er dann etwas später ins Zimmer kam, lagen Boy und ich schon auf dem Bett. Ich begann Boy zu blasen und brachte mich in Position, um seinen Schwanz in meine Votze aufzunehmen. Dann begann Boy zu ficken und Toy wichste sich seinen Schwanz hart.

Die beiden waren eingespielt. Ehe ich mich versah, lag ich auf der Seite. Toy brachte seinen Schwanz in meinem Arsch unter. Die beiden fickten mich nach allen Regeln der Geilheit. Mal stießen sie zusammen rein, mal abwechselnd vorne in die Votze oder hinten in meinen Arsch. Ich ließ mich fallen. Ich war willenlos. Kein Muskel spannte sich mehr an. „Sollen sie machen, was sie wollen." Und dann kam dieses Berauschen, dieses Versinken ins Bodenlose. Das Abtauchen ins Schwarze. Diese wundervollen Gefühle, das Glücklichsein, das Frausein. Sich zu spüren. Das Leben spüren

Nr. 31: Traumhaft geil, als Spielball

Boy und Toy waren den ganzen Vormittag mit ihren Kiteboards beschäftigt. Ich bewunderte ihre Kraft und Eleganz, wie sie über das Wasser flitzten und ihre Luftsprünge machten. Der

Wind frischte zur Mittagszeit auf. Es wimmelte über der Wasserfläche nur so von Segeln, die alle durcheinander zu wirbeln schienen. Völlig erschöpft lagen Boy und Toy jetzt seit zwei Stunden träge auf der Decke. Wir redeten kaum. Es war einfach Zeit zum Chillen.

„Ich gehe mal ins Wasser", sagte ich und zog meinen BH und Bikinihöschen aus. Es war das Synonym für Pinkeln gehen. „Ich gehe mit", sagte Toy. „Also Boy, los, komm auch mit!", forderte er Boy auf. Die beiden entledigten sich auch schnell ihrer Badehosen. Der Wellengang war ruhig. Ganz wenige Schaumkronen, und wenn, dann nur ganz nah am Strand. Zusammen pinkeln? „Na, das wird was", ging es mir durch den Kopf. Aber Boy und Toy schienen darüber gar nicht nachzudenken.

Im flachen Wasser nahm mich Boy auf den Arm. Er hatte seinen Spaß daran, mich zu necken. Er warf mich einfach zu Toy herüber, der mich auffing. Und prompt warf Toy mich zurück zu Boy. Dann warf Boy mich hoch in die Luft. Ich drehte mich und er fing mich geschickt wieder auf. Ich landete mit dem Bauch nach unten wieder in seinen Armen. Dann wirbelten sie mich gemeinsam durch die Luft und ich fühlte ihre Hände überall an meinem Körper, auch zwischen den Beinen und an den Titten.

Toy hob mich hoch und ließ mich so weit runter, bis ich seine Taille umfassen konnte. So hatte ich seinen Schwanz direkt vor mir, der sofort in meinem Mund verschwand. Boy eilte dazu und schob mich vor und zurück, so dass ich dabei Toy automatisch fickte. Boy legte sich rücklings ins flache Wasser und begann sich mit seiner Zunge an meiner Votze auszulassen. Er leckte mir einfach durch die Kerbe.

Dann drehten sie mich. Toy hob mich an und hielt mich von hinten unter den Armen fest. Boy schnappte sich meine Beine und legte sie über seine Schulter. Jetzt hatte er meine Votze zum Lecken vor sich. „Na warte!", dachte ich, ich musste doch pinkeln! Ich ließ los und spritzte ihm meinen warmen Pipistrahl mitten ins Gesicht. Er lachte nur, öffnete den Mund und ließ ihn voll laufen, um mir dann alles auf den Bauch zurück zu spritzen.

Beide begannen zwischendurch mit Finger und Daumen in meinem Po und in meiner Votze zu spielen. Aber immer nur für kurze Zeit. Dann schmissen sie mich wieder hoch in die Luft oder wirbelten mich umher. Das Spiel wiederholte sich einige Male. Ich versuchte einmal, den beiden an ihren Arsch zu packen oder an den Schwanz und ihre Eier zu gelangen. Aber es war unmöglich. Bei so viel Action hatte ich keine Chance. Ich kam einfach nicht dran. Aber nach einer Weile waren beide von den Anstrengungen erschöpft. Wir standen eng zusammen. Das Wasser ging uns, je nach Wellengang, maximal bis zum Knie.

Boy und Toy gingen noch ein paar Schritte nach vorne, hielten mich aber vor sich in der Mitte. Als wir dann alle etwas breitbeinig standen, um den Wellen etwas entgegensetzen zu können, nahmen Boy und Toy ihre Schwänze in die Hand, so eben typisch männlich, weil sie pinkeln wollten. Sofort übernahm ich das. Links und rechts hatte ich jetzt einen Schwanz in der Hand, je einen Schlaffi, der nur pinkeln wollte.

Dann strafften sie sich vom Druck des Pipistrahls. Ich konnte fühlen, wie die Pisse durch die Harnröhre jagte und dirigierte den Strahl nach vorne. „Wer spritzt jetzt weiter?", fragte ich scherzhaft die beiden. Und die Jungs drückten nach. Es war verrückt und faszinierend für mich zugleich. Ich konnte den Strahl lenken und quietschte dabei vor Vergnügen wie ein kleines Mädchen, das ein neues Spielzeug ausprobieren durfte.

Ich gab die Schwänze so schnell nicht wieder frei. Ich begann sie beide zu wichsen. Natürlich reagierten sie darauf. Sie wuchsen in meinen Händen. Ich streichelte ihnen die Eier und wichste immer weiter, und das beidseitig, links und rechts. Diesen Kraftakt hielt ich nicht lange durch. Meine Handgelenke schmerzten. Die beiden lachten und nahmen ihre Luststangen selber in die Hand. Boy hielt mich eisern an der Hüfte fest und Toy hatte seinen Arm um meinen Kopf gelegt, um an meine Titten zu kommen. Er ging ruppig mit meinen Nippeln um. Ich spürte das bis in meine Votze. Als die Männer schneller wichsten, masturbierte ich einfach auch. Einen Arm drückte ich nach hinten durch und kam an meinen Po. Jetzt hatte ich die Finger vorne und hinten im Spiel.

Jetzt waren die letzten Schranken gefallen. Ich hörte dieses Schniekern, wenn die Vorhaut über den Schaft glitt. Ich spürte, wie die beiden sich anspannten, wie ihre Oberschenkel hart wurden und sie den Arsch zusammenpressten. Mir erging es ähnlich. Ich wollte den Orgasmus und wühlte gewaltig in meiner Votze. Dann hatte ich den Punkt erreicht. Ich spürte diese Grenze kommen, die zum Orgasmus führt und hielt mich etwas zurück.

Es war zwischen uns Dreien wie ein gegenseitiges Anpassen. Jeder wartete auf die Anderen, bis alle so weit waren, gemeinsam zu kommen. Ich gab mich meinen Gefühlen hin und ließ meinen Orgasmus zu. Noch nie befand ich mich in so einer Situation. Ich wollte gemeinsam mit den Zweien kommen. Boy und Toy legten sich ins Zeug. Es war schon hart für die beiden. Sie spannten sich an, legten die Köpfe zurück und stießen ein unverständliches Knurren aus, was im Rhythmus des Onanierens verzerrt wurde. Dann spritzten beide gleichzeitig ab, wie auf Kommando.

Nr. 32: Traumhaft geil, am Strand

Es war ein wunderschöner, sehr langgezogener Sandstrand. Er wurde oft auch von Sonnenanbetern genutzt, die ihren Aufenthalt dort gerne auch mal völlig nackt verbringen wollten. Bis zu den nächstgelegenen Orten waren es immerhin gut 5 km. Auch die Breite dieses Sandstrandes war enorm. Bei Flut waren es 50 Meter Breite und bei Ebbe etwa 100 Meter. Hier konnte man stundenlang laufen, ohne jemanden zu nahe zu kommen. Direkt an diesen Strand schloss sich aber noch ein Dünengelände an. Zur Zeit der Mittagshitze war der Strand meistens einsam und verlassen. Die wenigen, die dann noch dort verweilten, badeten ohnehin oft im Meer, um sich die notwendige Abkühlung zu verschaffen.

Ich saß mit Boy und Toy auf den Stranddecken. Wir hatten sie zusammen mit den Sonnenschirmen, für eine geringe Gebühr, ausgeliehen. Auf Stühle hatten wir verzichtet, weil wir sie denn doch zu weit hätten tragen müssen. Faul im Schatten zu liegen, verleitete zum Träumen. Ab und zu gingen ein paar Leute an uns vorbei, die vorsichtig zu uns herüberschauten, weil sie uns unbekleidet sahen. An diesem Strandabschnitt war das durchaus üblich, auch wenn es kein besonders ausgewiesener FKK Abschnitt war. Albern lästerten wir immer ein wenig über unsere scheinbar ahnungslosen Zuschauer. Manchmal gingen wir spaßeshalber aber auch provozierend zum Wasser. Na ja, es musste eben sein, das Pinkeln. Ich hatte dann immer den

Eindruck, die Leute liefen dann ein wenig schneller weiter, weil es ihnen peinlich war.

Nach einer Weile ergab es sich, dass wir alle drei schläfrig auf den Decken lagen. Boy robbte sich immer näher an mich ran. Mal spielte er mit meinen Nippeln und ließ mich nicht einschlafen. Mal strich er mir durch die Votze und leckte sich provozierend die Finger ab, um meine Lust anzukurbeln. Ich drehte mich deshalb ein wenig zur Seite und zog schützend die Beine an. Ich hoffte, dass er dann von mir ablassen würde, damit ich einschlafen konnte. Aber Boy ließ sich nicht abwimmeln und machte einfach weiter.

Meine Seitenlage nutzte er voll aus. Bald spürte ich nicht nur seine Finger, die er mir durch die Kerbe zog, sondern auch seinen Schwanz. Erschrocken drehte ich mich um und sah seinen voll ausgefahrenen Prachtständer. Die Sonne machte ihn eben geil. Ich schaute den Strand entlang. Es war niemand zu sehen. Kurzentschlossen ergriff ich seine Lustrübe, setzte sie auf meine Schamlippen und kuschelte mich in Löffelchenstellung an ihn. Eigentlich machte ich weiter gar nichts. Boy tauchte anfangs nur ganz leicht in mir ein. Seine Bewegungen, rein und raus, waren eher als zaghaft, wenn nicht sogar als zärtlich einzustufen. Mich wunderte es wirklich, wie nass ich in meiner Votze jetzt schon war. Machte er es aus einer Laune heraus oder war es Berechnung? Egal, mir war es so recht. Es war aus meiner Sicht eher so ein Einschlaftempo, mehr oder weniger ein gemütlicher Strandfick. Bei jedem neuen

Hineintauchen nahm er einen etwas längeren Anlauf, um immer tiefer in meine feuchte Höhle einzudringen. Bei jeder Bewegung nahm ich ihn tiefer auf.

Meine Lustgefühle steigerten sich langsam aber sicher immer weiter. Ich spürte, wie ich immer empfindlicher wurde. Dieser lange Reiz und die traumhafte Umgebung übten ihre Wirkung auf mich aus. Ich strich über meine empfindliche, hoch aufgerichtete Klitoris. Sie wuchs fast über sich hinaus. Boy hatte meine Titten schön passend in der Hand und spielte sanft mit meinen Nippeln. Ich streichelte sachte und gleichmäßig über meine Klitoris. Dazu das Rauschen der Meereswellen und ein sanfter Wind. Einfach der Gipfel der Geilheit.

Irgendetwas störte diese Harmonie und ich schaute mich um. Es war nicht Boy, der störte, es war Toy, der wohl geschlafen hatte und jetzt aufgewacht war. Als er merkte, was da bei uns so lief, hatte er sich an Boy ran gekuschelt und begann ihn zu ficken. Jetzt lagen wir wie ein Sandwich zu dritt in der Seitenlage. Es dauerte eine Weile, dann spürte ich sehr deutlich die Stöße von Toy in Boy seinen Arsch.

Es war ein sehr langes Ficken. Boy und Toy konnten sich lange zurückhalten. Dennoch spürte ich es leicht sämig in der Votze. Boy seine Prostata wurde von Toy's Fickbewegungen regelrecht ausgequetscht. Der Druck vom Arschfick auf die Prostata ließ ihn ständig kleine Mengen von Samenflüssigkeit abgeben. Ich überlegte noch, ob ich ihn blasen sollte, aber beließ es dabei, gefickt zu werden.

Dann wurde Toy heftiger und Boy dadurch wilder. Der Fick machte ihn an. Ich spürte mal Stöße, mal Stillhalten. Es wurde spannender. Ich fühlte mit den beiden, wie sie sich fickten. Ich war ja fast von ihnen vergessen worden. Aber gerade das machte mich jetzt noch geiler und wilder. Ich musste mich jetzt unbedingt hochschaukeln und meine Finger auf der Klitoris wurden schneller. Als Toy „Jetzt" sagte, wurde ich furios und holte mir kurzentschlossen meinen Orgasmus.

Ein wenig atemlos wurde ich dabei aber schon. Boy gab mir einen Klaps auf den Po und sagte: „Aufgepasst, es gibt was zu sehen!" Verwundert schaute ich hoch. Am Strand war doch keiner, der uns hätte zuschauen können. Dann sah ich in Richtung der Dünen. Keine fünf Meter von uns entfernt sah ich Sacha und Nadine. Sie hatten wohl die ganze Zeit zugeschaut. Nadine kniete vor ihm und blies ihm den Schwanz.

Nr. 33: Traumhaft geil, mit Nadine

Ich ging ganz gerne in diese Hotelbar. Die Theke war meistens immer gut besucht. Ich fand noch einen Platz neben der jungen Frau, die am Strand ihren Partner einen geblasen hatte, als Boy und Toy mit mir fickten. „Ich bin die Nadine", stellte sie sich mir vor. Hinter ihr unterhielten sich Boy, Toy und ihr Mann Sacha.

Ich bestellte meinen fast obligatorischen Prosecco, hob mein Glas in Richtung der jungen Frau, die daraufhin mit mir anstieß. „Männer", meinte sie, " sind in Gedanken immer nur mit Sex beschäftigt. Ich glaube, Sacha will mal von den Zweien gefickt werden." Sie war noch ziemlich jung, so um die 25 Jahre schätzte ich. Sie erzählte mir, dass sie davon träume, es mal mit einer Frau zu machen. Sie steigerte sich richtig rein und meinte wohl, in mir eine Vertraute und potenzielle Partnerin für ihren Plan gefunden zu haben.

Sie fügte hinzu, dass ihr Mann sie heute Nacht alleine im Hotelzimmer zurücklassen würde, um mit den zwei Männern etwas anzufangen. Das Gleiche möchte sie auch mal mit einer Frau erleben. „Komm lass uns einfach unbemerkt gehen", flüsterte ich und tat so, als ob ich mal an die frische Luft müsste. Sie folgte mir auf der Stelle. So gingen wir beide zum Fahrstuhl und ich fragte nach ihrer Zimmernummer.

Ihre Augen wurden groß, ungläubig sah sie mich an. Ihren Mund bekam sie gar nicht zu. Ich nahm sie einfach in den Arm, bis sich die Fahrstuhltüren öffneten. Im Zimmer zitterte sie ein wenig. Sie zu beruhigen, gelang mir nicht so recht. Erst als ich mich auszog, entspannte sie sich wieder etwas. Nadine sah mich abermals mit großen Augen an. Ich half ihr bereitwillig beim Ausziehen und setzte mich zusammen mit ihr auf das Bett. Sie begann sofort, mich zu lecken. Ich empfand das eher als störend, so mit der Tür ins Haus zu fallen. Sie war eben jung und scheinbar noch sehr unerfahren.

Ich ergriff ihre Hand und zog sie deshalb erstmal ins Bad. Ich stellte den Duschkopf in einer etwas tieferen Position fest, damit der warme Wasserstrahl, welcher uns beiden gut tut, uns an den richtigen Stellen erreichte. Wir benutzen Cremeseife, um uns erst einmal gegenseitig einzuseifen. Dadurch erlangten wir so eine Art Vertrautheit. Ich konnte sie anfassen, ohne dass sie es als unangenehm empfand. Sie stand mit dem Rücken zu mir, mit der linken Hand griff ich an ihre Vulva, drückte diese etwas zusammen und zog sie etwas hoch, um sie sogleich wieder loszulassen. Das machte ich ein paar mal hintereinander so. Meine rechte Hand streifte mit den Fingern durch ihre Pokerbe und über die Rosette. Überall war sie sehr sensibel. Ich merkte das an ihrem leichten Zucken, wenn ich eine besonders empfindsame Stelle von ihr berührte. Dann drehte sie sich zu mir. Ihre Nippel standen empor und wurden hart. Sie war schon sichtbar erregt. Ich forderte sie auf, das gleiche Spiel bei mir zu wiederholen.

Dann küsste ich sie auf den Mund. Unsere Zungen berührten sich. Ich zog sie einfach unter der Dusche weg direkt auf das Bett. Jetzt war sie schon ruhiger und entspannter als vorhin. Sie schien sogar ein wenig in ihren Gedanken versunken. Sie lag auf dem Rücken, noch nass von der Dusche, vor mir. Meine Küsse wurden intensiver. Ich saugte an ihren Nippeln, dann mit den Fingern weiter zu stimulieren. Meine Zunge verwöhnte jetzt ihre Muschi. Sie reagierte darauf heftiger. Jetzt hatte ich leichtes Spiel. Ihre Beine waren weit gespreizt. Ich leckte abwechselnd ihr Poloch, welches sie mir mit angehobenem

Becken präsentierte, ihre Muschi und ihre Klitoris, die ich dabei etwas ansaugte. Sie war dabei zu kommen. Sie musste es sich wohl unzählige Male erträumt haben. Sie konnte sich dabei fallen lassen und überließ mir alles Weitere.

Dann nahm ich meinen Strapon aus der Handtasche. Ich hatte ihn eigentlich immer als Geheimwaffe für die Männerwelt mit dabei. Das macht doch mehr Spaß, als nur mal eben schnell zu ficken, ihn kommen zu lassen und vorbei ist es. Einen Mann den Arsch zu ficken ermöglicht es mir, eine ganze Nacht Sex mit dem Mann zu haben, weil er durch diese Stimulation immer wieder weiter ficken will.

Nadine staunte, als ich die innenliegenden Dildos vom Strapon in meinen Po und Votze einführte. „Oh Gott, auch in den Po?", staunte sie. Dann drückte ich den äußeren Dildo in ihre Votze. Sie war bereitwillig und offen. Sie wollte gefickt werden. Sie war geil drauf und parierte jeden Stoß. Sie spürte, das ist kein Schwanz der spritzen will, sondern ein Dildo, der ihr gut tat. Da ist kein Ziel vorgegeben, es sei denn, sie zum Orgasmus zu bringen.

Und wie sie kommen konnte! Es kündigte sich mit lautem Stöhnen an. Nadine konnte ihre Reaktionen nicht mehr kontrollieren. Sie zuckte, hob das Becken und bäumte sich auf. Immer begierig, jeden Stoß von mir mit allen Sinnen zu genießen. Ich fickte sie schneller. Dann sank sie in sich zusammen und atmete dabei unüberhörbar heftig.

Ihre Augen glänzten, als sie mich wieder ansah. „Danke, du hast es mir richtig schön gemacht", sagte sie und richtete sich auf, um mich zu küssen. Ich bat sie, sich wieder auf den Rücken zu legen. Mit dem Strapon fickte ich ihre auslaufende Votze langsam weiter, um ihr den Orgasmus nochmal zurückzuholen und zu verlängern. Ich zog den Dildo raus und drehte sie um auf den Bauch. Mit dem Daumen kreiste ich anschließend auf ihrer Rosette und sie streckte sich mir noch mehr entgegen. Nadine war nass genug und ich strich von ihrem Schleim einfach etwas über ihr Poloch.

Sie wusste natürlich, was kommt und erwartete es zitternd. Sie öffnete sich, verbiss sich den Schmerz und spürte alsbald diese wohlige Wärme, diese Taubheit, die den Schmerz ablöste. Sie wollte es wissen und hob das Becken. Ein wundervoller Arsch war das, in den ich da rein stieß. "Das ist gut, das mag ich. Das ist geil!", feuerte sie mich an.

Ich spürte, wie es in mir kochte. Dann verloren sich meine Sinne im Nebel. In mir ein Gefühl, wie ein Schweben auf Wolken. Ich kam gewaltig. Diese junge Frau hatte es mir angetan. Sie hatte mich in süße, geile Gefühle geschickt, indem ich sie ficken durfte. Ich hatte um mich herum nichts mehr wahrgenommen und nicht bemerkt, dass Sacha neben mir stand. Er staunte, lächelte, sah mich fragend an. Er war verwirrt. Ich deute ihn an, seinen Schwanz raus zu holen und meinen Part zu übernehmen.

An der Hotelbar bestellte ich mir einen neuen Prosecco. Nadine und Sacha kamen viel später wieder in die Bar. „Er bleibt jetzt doch bei mir", flüsterte sie, „er will mir jetzt öfter mal den Arsch ficken."

Nr. 34: Traumhaft geil, auf hoher See

Sacha überraschte uns zum Frühstück damit, dass er ein Motorboot gemietet hatte. Er lud uns ein, einen Tag auf hoher See zu verbringen. Natürlich war das eine Überraschung und jeder hatte wohl den Gedanken, dass wir da ja ganz allein unter uns sind. Wir fuhren etwas weiter raus, ließen uns von der Geschwindigkeit berauschen und genossen die Sonne. Es gab kaum Wind. Es war kaum ein Wellengang zu spüren, als Sacha den Motor abstellte und das Boot treiben ließ.

Natürlich waren wir alle nackt und jeder war gespannt, was wohl passieren wird. Jedem war klar, wir wollen ficken, aber wie wird es wohl ablaufen? Nadine hatte wohl ähnliche Gedanken. Als ich mich an die Reling stellte und meine Beine breit machte, begriff Nadine sofort, was ich wollte. Sie stellte sich dazu und machte es mir nach. Wir pinkelten einfach drauflos. Die Männer sahen von uns nur die Ärsche und den Strahl, der auf das Wasser klatschte.

Sacha stand hinter mir und griff mir sofort zwischen die Beine. Seine Hand war sofort nass, dennoch fickte er mich mit den Fingern. Er wechselte zu Nadine und machte mit ihr das Gleiche. Nadine und ich ließen uns darauf ein. Er fickte sie mit der linken Hand, mich mit der rechten Hand. Wir streckten unsere Ärsche nach hinten und erleichterten ihm den Zugang zur Votze und auch zum Arschloch. Ich musste ihn aber ermuntern, den Daumen und Finger in beide Löcher gleichzeitig zu stecken. Das gelang ihm dann auch. Nadine quietschte in ihrer unnachahmlichen Art. Sie erlebte ihren Sacha mit zwei Frauen. Ja, es geilte sie auf. Wir spürten beide unsere aufkommende Nässe.

Boy und Toy haben lange zugesehen und derweil an sich rum gespielt. Aber so geil, dass sie eingreifen mussten, war es wohl für sie nicht. Also bliesen sie sich gegenseitig die Schwänze hart. Nadine schrie nach einen Fick. Sie brauchte es jetzt. Sie war einfach von dieser Situation auf dem Meer sehr angeregt. Sacha machte sich über sie her und fickte ihr die Votze. Er nahm sich Zeit, wechselte das Tempo. Mal stieß er tief, dann wieder mal flach in sie rein. Nadine kam deutlich in Fahrt. Boy und Toy wichsten schon kräftiger. Jeder von uns war geil und zu mehr bereit. Vor allem aber war es ein Gedicht, diese jungen Leute ficken zu sehen.

Als Sacha abgespritzt hatte, lief es Nadine die Beine runter. Boy und Toy waren jetzt am Ende ihrer Geduld. Sie konnten nicht mehr warten. Beide gingen jetzt auch zur Reling. Wir drehten ihnen unsere Ärsche zu und hielten uns an der Reling fest. Die beiden waren schnell bei der Sache. Ohne Umschweife drangen sie in unsere Ärsche ein und fickten los. Die beiden waren jetzt außer sich. Das Warten und dann zwei weiche Frauenärsche für sich nebeneinander zu haben, nutzten sie weidlich aus. Sie dachten wohl mehr an sich und ihre eigenen Gefühle. Nadine und ich kamen ins Schwitzen. Wir versuchten uns eng zu machen und die beiden zu melken.

Das gelang wohl auch. Boy und Toy spritzten ab. Sie waren völlig verausgabt. Aber dementsprechend brummte mir auch der Arsch. Ich richtete mich auf und streckte mich, als mir der Arsch blubberte. Dann ging es Nadine ebenso. Uns floss der Samen aus dem Arsch an den Beinen herunter. Wir lachten uns zu. Ich sah Nadine an, dass sie glücklich war. Sie hatte alles mitgemacht und dabei ihre anfängliche Scheu verloren. Ich nahm sie in den Arm und sie küsste mich zaghaft. Als ich den Kuss erwiderte, wurde sie richtig leidenschaftlich. Genussvoll rieben wir uns den Samen und den Votzensaft gegenseitig durch die Pokerbe und Votze. Im Nachgang unserer Fickerei genossen wir uns so gegenseitig an den Stellen, wo es uns besonders gut tut.

Irgendwie hatte uns das alles geschlaucht. Vielleicht auch deshalb, weil wir die ganze Zeit der Sonne ausgesetzt waren. Um uns aufzumuntern, warf Sacha eine Leine nach Achtern aus. Boy, Toy, Nadine und ich sprangen ins Wasser und hielten uns an der Leine fest, um nicht abgetrieben zu werden. Herrlich, das kühle Wasser, wie es unsere Lustlöcher kühlte.

Nr.35: Traumhaft geil, in der Sauna

Sacha hatte an der Rezeption einen Raum in der Sauna reserviert. Da gingen locker 6 Personen rein. Sie war abschließbar und nur für uns. Nadine malte sich schon in ihren Kopf aus, was wohl alles so passieren würde. Sie wollte noch mehr und noch geilere Sachen erleben. Ich empfand die Idee mit der Sauna als eine „reizende Einladung". Ein Saunabesuch reizt immer zu gewissen Vorstellungen. Dieses gewisse Kribbeln war sofort spürbar, als Sacha uns das mitteilte.

Bevor Boy und Toy dazu kamen, hatten Nadine, Sacha und ich, uns schon von unseren Klamotten befreit. Sacha präsentierte mir seinen halb steifen, dicken Schwanz mit einem fast schüchternen Grinsen. „Den können wir nicht so lassen", stellte ich fest und nahm ihn in die Hand. Ich zog seine Vorhaut zurück und sah, dass seine Eichel glänzte. Mit meiner Zunge nahm ich seine Lusttröpfchen auf und erntete dafür ein wohliges Stöhnen von ihm. Nadine schaute mir mit lüsternen Augen zu. Aber so schnell wollte ich ihn nun auch nicht absahnen.

Als Boy und Toy eintrudelten, genossen wir gemeinsam nach kurzem Duschen, das angenehm temperierte Wasser im Pool. Da wurde schon mal hingelangt und die Eier getestet, wie voll sie waren. Nadine und ich waren doch verantwortlich dafür, dass sie am Ende alle leer sind.

Zurück in der Sauna, lag Nadine auf der unteren Bank auf dem Bauch, mit dem Gesicht nach unten und ihren reizvollen Knackarsch bewegte sie provokativ rauf und runter. Mit der Zeit wurde ein feuchtes Schimmern zwischen ihren Schamlippen erkennbar. Ich leckte mit Hingabe ihre nasse Pussy. Es war so geil, dass ich ihr zwei Finger in ihre Muschi und zwei in den Po steckte. Ihr Po war gar nicht eng. Sie hatte in der letzten Zeit offenbar mit dickeren Sachen probiert, denn ihr Schließmuskel setzte mir kaum Widerstand entgegen. Er war eher angenehm weich und geschmeidig.

Das blieb bei den Männern nicht ohne Wirkung und sie beklagten sich, dass sich niemand um sie kümmere. Also setzten wir uns den Männern gegenüber, streckten beide unsere Beine aus und berührten dabei jeweils nicht nur die Schenkel, sondern massierten und verwöhnten ihre Schwänze mit unseren Füßen. Meine langen Beine waren weit gespreizt. Meine Spalte sollte die Männer doch wild auf mich machen. Sacha hielt es nicht mehr aus und leckte genüsslich meinen Kitzler. Vielleicht wollte er sich bei mir revanchieren.

Aber ich kam nicht zum Orgasmus. Es war einfach zu heiß und wir gingen nach draußen. Boy und Toy waren jetzt voll erblüht. Ihre Schwänze standen hart und fickbereit. Nein, das durfte nicht unbeantwortet bleiben. Ich breitete ein Handtuch auf dem Tisch aus, beugte mich vor und legte mich nur mit dem Oberkörper darauf. Nun konnten alle auf meinen Hintern blicken. Nadine schaute interessiert zu, was das wohl werden würde. Und Sacha hielt seinen Schwanz fest, als ob er ihn schützen müsste. Boy und Toy verstanden sofort. Boy drang ohne Umschweife direkt in meine Votze ein. Dann kam Toy dazu und drängte seinen Schwanz ebenfalls rein. „Oh nein, jetzt waren beide drin!" Ich war mehr als ausgefüllt.

Aber das Ficken klappte nicht so richtig. Ich bedeutete Boy, sich auf eine Liege zu legen. Ich setzte mich mit dem Po in Richtung zu seinem Gesicht auf ihn und vergrub seinen Schwanz in ganzer Länge in mir. Dann lehnte ich mich zurück und lag jetzt mit dem Rücken auf Boy. Toy drehte fast durch, als er das sah. Meine Votze war für ihn jetzt frei zugänglich und er zwängte sich tief rein. Die empfindlichen Harnröhren der beiden lagen jetzt direkt aneinander. Zwei solche Prachtknüppel so tief in der Votze zu haben, war wundervoll. Ich jubelte innerlich.

Aber zusammen rein und raus ficken, gelang ihnen nicht. Erst als Boy stillhielt und Toy allein fickte, kamen Gefühle in mir auf. Toy's Schwanz glitt schön an Boy seinen vorbei Richtung Bauchdecke. Sie fickten sich ja irgendwie selber. Als Toy still hielt, fickte Boy von unten. So wechselten sie sich ab. Sie stimulierten sich so automatisch gegenseitig und das machte mich umso geiler. Ich konnte nicht beurteilen, ob sie bei der immensen Dehnung meiner Vagina, meinen Orgasmus gespürt hatten. Aber ihre Orgasmen, erst Toy seiner, dem ich ja gut ins Gesicht sehen konnte, dann Boy's, hinterließen wundervolle Ladungen in mir.

Nadine und Sacha hatten unserem Treiben fast die ganze Zeit zugesehen. Dann hatte Nadine ihm einen geblasen, ohne ihn kommen zu lassen. Der arme Sacha, hatte er sich doch mit der Reservierung der Sauna solche Mühe gegeben. Ich war erst mal k.o. und atmete tief durch. Dann kam mir eine Idee. Ich holte aus meiner Spielzeugtasche einen Strapon mit Innen- und Außendildo raus und legte ihn gewissenhaft an. Nadine war neugierig geworden. Sie schaute sich das ganz genau an. Dann nahm ich den zweiten Strapon aus der Tasche. Dieser war aber zusätzlich mit einem Arschdorn versehen.

Nadine war ganz aufgeregt. Sie wollte den Arschdorn Strapon unbedingt anlegen. Ich half ihr dabei. Erst den Arschdorn in das Poloch, dann die Kugel in ihre Votze und das Ganze fest reindrücken, so tief es geht, damit er schön klemmt und die Klitoris intensiv von den Bewegungen gereizt wird. Ich zeigte ihr, wie sie ihn unter der Dusche zum Masturbieren, durch Bewegung nach vorne und hinten, nutzen konnte. Je nach Bewegung wirkt das dann mehr auf den Arsch, Votze oder auf die Klitoris. Nadine war völlig aufgeregt an betracht dieser Möglichkeiten.

Nadine und ich machten uns über Boy und Toy her. Sie lagen nebeneinander mit ihren Oberkörpern auf dem Tisch und ihre prachtvollen Ärsche machten mich wild. Ich drang tief in Boy ein und Nadine nahm sich Toy vor. Wir verausgabten uns völlig. Sacha, der jetzt alleine war und merkte, dass das Wichsen ihn nicht zum Orgasmus führen wollte, erkannte, dass mein Arsch ja noch nicht ausgefüllt war. Übereifrig und ausgehungert, donnert er mir seinen Schwanz in den Arsch. Dann fickte er wild drauflos und steigerte sich dabei noch weiter. Es dauerte nicht lange, dann spritzte er in mir ab.

Boy und Toy waren von unserem Dildo Arschfick k.o. und ausgelaugt. Sie winkten ab. Es reichte ihnen. Ja, so ist es. Dildos haben eben eine unendliche Standzeit. Ich war völlig fertig. Aber Nadine wurde immer wilder und geiler. Sie wollte mehr. Sie wollte die Gunst der Stunde nutzen und Sacha den Arsch ficken. Ich gab ihr meinen Dildo ohne Arschdorn, damit sie dabei selbst nicht so stark stimuliert wird und ihn deshalb länger ficken konnte. Als Sacha sich seinem Schicksal ergab und sich auf den Bauch legte, drang Nadine in ihn ein. Er jammerte eine Weile, bis sein Arsch sich an den Dildo gewöhnt hatte.

Nadine kostete dieses Spiel genussvoll aus. „Endlich habe ich einmal Macht über Sacha und kann ihn mal so richtig rannehmen und auch verwöhnen. Endlich kann ihn mal selber ficken." Das waren wohl Nadine's Gedanken. Schließlich hatte ich ihr den Strapon ohne Arschdorn nicht ohne noch mehr Hintergedanken gegeben. Ich führte meine Hand am Strapon vorbei und fickte ihr mit meinen Fingern jetzt den Arsch. Sie befand sich jetzt in der Mitte zwischen Sacha und mir und wurde durch den Innendildo und meiner Hand grenzenlos verwöhnt. Sie drehte fast durch. Sie fickte und wurde gefickt. Eine völlig neue Erfahrung für sie. Sie seufzte und stöhnte. Ihr Becken hob und senkte sich immer hektischer.

So erreichte sie ihren Höhepunkt. Und zum ersten Mal sah ich, wie sie mit kräftigen Spritzern squirtete. Boy und Toy hatten zugeschaut und ließen sich mitreißen. Ihre Schwänze waren wieder voll erblüht. Sie ergriffen Nadine und zwängten abwechselnd ihre Schwänze in ihr Arschloch. Sie schrie und ich schlug kräftig auf ihre Arschbacken, um sie von den Schmerzen abzulenken. „Nicht aufhören", schrie sie, „schlagt zu, fickt mich doch schneller, ihr geilen Stecher! Rammt mir eure Schwänze rein, macht mich fertig!" Sie war in anderen Sphären und ließ sich von ihren geilen Gefühlen antreiben.

Schön langsam kann es sein

schön langsam geht er rein

schön langsam bewegt er sich

schön langsam steigern sich meine Gefühle

schön langsam werde ich feucht

schön langsam gehe ich dahin

schön langsam genieße ich das Küssen

schön langsam bewege ich mein Becken

schön langsam umschließe ich deinen Schaft

schön langsam werde ich schwindlig

schön langsam spüre ich dich kommen

schön langsam genieße ich die Wellen

schön langsam spritzt du mich voll

Sarah

Ich lernte Sarah in einer Bar kennen. Sie organisierte öfters Sexpartys. Sie wollte mehr als nur ihren Mann erleben. Sie wollte auch zuschauen und sich so aufgeilen. Sie hatte das Gefühl, dass sie in ihrem bisherigen Leben etwas verpasst hatte, obwohl es ihr an nichts mangelte und sie es gewohnt war, in Luxus zu leben. Sie war in der Lage, schnell mal eine Sexparty oder ein Treffen zu organisieren und war auch bereit, dafür Geld ausgeben.

Normalerweise hatte sie zu klassischen Sexpartys immer einige Paare eingeladen. Dann aber ergeben sich Möglichkeiten, es umfassender und wilder zu gestalten. Männer im Überfluss oder Frauen, die nicht voneinander lassen können, ist ihre neue Variante zu planen. Sie probiert alles aus und erfüllt sich damit ihre Träume. Nie hätte sie gedacht, dass das alles möglich wäre. Aber dann erkennt sie doch, welche tiefen und sensiblen Beziehungen zwischen den Menschen bestehen.

Nr. 36: Traumhaft geil, im Tanzlokal

Ich wollte mal wieder gefickt werden. Mein Dildo und auch die Gurkenspiele hatten mich nicht befriedigt. So ging ich noch spät abends in eine Tanzbar, um mich abschleppen zu lassen. An der Bar saßen noch drei Pärchen. An den hinteren Tischen wurde bereits abkassiert.

Zwischen zwei Pärchen fand ich noch einen Platz an der Bar und bestellte mir einen Prosecco. Neugierig wurde ich beäugt. Ich trug ein schwarzes Kleidchen, hatte BH und Höschen drunter an und dazu schicke, süße Stilettos. Der Ausschnitt vom Kleid war nicht übermäßig weit und hinten am Rücken befand sich ein Reißverschluss.

„Schau mal, ich habe fast das gleiche Kleid", hörte ich von links. Sie schielte in meinen Ausschnitt, was mir aber nicht unangenehm war. „Schön zum Spielen, wenn sie nicht hängen", meinte sie. Dabei strahlte sie mich an und blickte mir direkt in die Augen. Sie sah lieb aus und war jünger als ich, viel jünger, aber ebenso schlank. „Ich bin die Sarah", stellte sie sich vor und das ist mein Mann Daniel. Komm, wir beide tanzen mal zusammen."

Ich tanzte mit Sarah sehr eng. Sie führte gut und ich spürte jede ihrer Bewegungen. Ich lehnte meinen Kopf an ihre Schulter und spürte eine Erregung in mir, genau so, als wenn ich mit einem Mann tanzen würde. Die Gefühle gingen mir durch und durch. Es war, als ob ich einen Schub bekomme. Sie drückte mich unverhohlen an sich. Dann öffnete sie mir den BH durch das Kleidchen. Ich lachte, als sie ihn unter dem Kleid hervorzog.

„Dann will ich auch deinen haben!", entgegnete ich und sie gab ihn mir. Sie schlang ihre Arme um mich und küsste mich sehr intensiv. Es war ein so fordernder Kuss, der mich veranlasste, sofort ihre Brüste zu drücken und ihre Nippel zu streicheln. „Gib mir dein Höschen", flüstert sie mir zu. „Dann gibst du mir aber auch deins", war meine Antwort. Wir zogen uns beide die Slips aus und hängten sie uns gegenseitig über den Arm.

Als ich ihren Slip sah, war er mit einem feuchten Streifen durchzogen. Sie war also erregt. Enger und enger rieben wir unsere Körper beim Tanz aneinander. Mein Kleidchen streifte über meine Nippel, sie standen Kerzengerade empor. Regelrecht steif fühlten sie sich an. Es war so ein wunderbares Gefühl, sich fallen zu lassen.

Daniel kam dazu. Sarah und ich küssten uns weiter heftig, geil und fordernd. Unsere Hände glitten über unsere Körper und ließen nichts aus. Ich hätte sie auf der Stelle lecken können. Sarah's Hand ging in die Hosentasche von ihrem Mann. Sie wichste ihn. Ich griff in die andere Tasche und stellte fest, dass das gar keine Tasche war. Ich fasste Sarah's Hand an. Es war genug Platz in Daniels Hose, um ihn unter die Eier zu gehen und Sarah beim Wichsen zu unterstützen.

Dann kam Bewegung in die anderen Paare. Wie auf Kommando kamen sie zu uns auf die Tanzfläche. Die zwei Frauen schoben sich zwischen Daniel und uns. Beide knieten vor ihm hin. Sie öffneten seine Hose und sein prächtiger Schwanz wurde abwechselnd von den beiden geblasen. Ja, er fickte sie regelrecht in den Mund.

Sarah ließ nicht locker. Sie küsste mich noch geiler, zog den Reißverschluss an meinen Kleidchen im Rücken auf und streifte es nach vorne. Einer der Männer öffnete auch ihr Kleid und wir standen beide nackt da. Eigentlich wollte ich Sarah jetzt fingern, aber die Männer machten sich von hinten an uns zu schaffen. Und ehe ich mich versah, hatte ich einen Schwanz in der Votze. Sarah erging es ebenso. Die Männer beugten uns nach vorne über und fickten drauflos. Jaaaa, das wollte ich! Das brauchte ich jetzt. Ich griff nach Sarahs Händen, denn wir beide mussten uns gegen die Stöße stemmen.

Es kam so, wie es kommen musste. Mein Orgasmus kündigte sich an und begann schnell und heftig. Ich hatte lange zuvor keinen Sex mehr gehabt. Er spritzte ab und aus meiner Votze lief es nur so heraus. Die anderen Frauen hatten wohl Daniel abgesahnt und kamen jetzt, um Sarah und mich zu lecken. Sie machten es gut und gekonnt. Es war ein wundervolles, geiles Gefühl, zärtlich gesaugt, gefingert und geleckt zu werden. Ein harmonischer Ausgang eines Ficks.

Sarah und ich schauten uns an. Wir verstanden uns ohne Worte. Kurzerhand zogen wir den zuschauenden Frauen die Höschen aus, beugten sie vor und schleckten und leckten was das Zeug hielt. Es ist doch was Wunderbares, wenn aufgegeilte Menschen zuschauen, wichsen und am liebsten selber ficken wollen. Die Männer waren erschöpft, aber wir Frauen boten ihnen noch eine prachtvolle, geile Show, die ich in vollen Zügen auskostete.

Dann suchte ich meine Klamotten zusammen und verschwand erst mal, um mich frisch zu machen. Auf der Toilette trafen wir uns alle wieder. Jeder machte sich irgendwie etwas sauber oder musste mal. Küsschen wurden verteilt und einer sagte zu mir: „Ein Rasseweib bist du, ein geiles Luder und durch und durch fickbar." Diese Komplimente zu hören, war Balsam für meine Seele.

Zurück an der Bar, sah ich gerade noch, wie die Bedienung die Türen wieder aufschloss und jeder Mann 50 € über die Theke schob. Fragend sah ich Sarah an? „Ja, meine Süße", sagte sie,: "wir hätten auch ohne dich gefickt. Aber mit dir, so einem geilen Luder, macht es noch mehr Spaß. Das hat uns allen was gegeben."

Nr.37: Traumhaft geil, drei Frauen

Sarah war geil. Sie hatte Appetit bekommen und schlug mir vor, nur mal was mit Frauen zu machen. Natürlich dachte ich sofort an Kira. Wer sonst wäre bereit, alles mitzumachen und eine geile Orgie außerdem noch voranzutreiben. Sarah war einverstanden, dass ich Kira anspreche. Sie war deshalb schon unheimlich aufgeregt. Ich glaube, sie hatte es sich erstmal selber gemacht.

Als ich Kira davon erzählte, verhielt sie sich merkwürdig ruhig. Sie war nicht abgeneigt, mitzumachen. Irgendwas lag da in der Luft und ich hakte nach. Ich wollte eigentlich nur wissen, wie sie dazu steht. Kira erzählte mir, dass sie sich schon seit Tagen so etwas erträumte. Sie wollte einfach mal unter Frauen tabulos ausflippen und es erleben. Sie wollte es mal fühlen, wie eine Frau sich unter ihren Händen aufgeilen lässt und zum Orgasmus kommt.

Dann stimmten wir uns ab, welches Spielzeug wir am liebsten dabei haben wollten. So ist es nun mal mit Frauen. Männer haben es da einfacher, sie wichsen ihren Schwanz oder ficken ihre Ärsche. Das geht alles ohne Spielzeug, es sei denn, sie wollen ihren Schwanz zum Beispiel mit einer Vakuumpumpe traktieren. Also einigten wir uns auf Strapon und Dildos in allen Ausführungen, die wir beide vorrätig hatten.

Als wir dann bei Sarah ankamen, war auch ich ein wenig aufgeregt. Nur mit Frauen ficken, ist eigentlich nicht so meine Sache, war aber bereit, zum Gelingen beizutragen. Als Sarah die Tür öffnete, hatte sie eine leichte Bluse an. Ihre Brüste schimmerten durch den dünnen Stoff. Ich sah, dass sie keinen BH trug und auch kein Höschen. Sie begrüßte uns herzlichst mit zärtlichen Küssen.

Sie hatte alles gut vorbereitet. Inmitten des Wohnzimmers hatte sie eine Spielwiese eingerichtet, die aus zwei Oberbetten, die mit einer großen Decke und einer Kunststofffolie abgedeckt waren, bestand. Ich spürte, dass alle meine Hemmungen wie weggeblasen waren und fühlte mich unendlich wohl. Sarah hatte sich schnell ausgezogen und lag schon auf der Spielwiese. Ihre Beine waren weit geöffnet. Was war das für ein geiler Anblick. Ihre rosa Spalte leuchtete uns entgegen. Als sie dann noch ihre Schamlippen mit den Fingern weit auseinander zog, spürte ich dieses wohlige Ziehen in mir. Schnell zog ich mich auch aus und ich merkte, wie ich langsam, aber sicher, feuchter wurde.

Auch Kira stand nackt da und schaute wie gebannt auf Sahra's Spalte. Kira ging mit ihren Fingern sofort an ihre eigene Klitoris. Kira und ich hatten jetzt beide Feuer gefangen. Und mich überkam ein gewaltiger Schauer, so dass ich mich schütteln musste. Wir saßen im jetzt Kreis und es war wunderbar so. Jede beobachtete die anderen, fühlte mit ihnen und erlebte, wie sie sich aufgeilten. Wir strichen uns an den Schamlippen entlang, rieben über den Kitzler und tauchten tief in die Möse. Gegenseitig leckten wir unsere Finger ab und schmeckten den Votzensaft.

Dann war der Bann zwischen uns gebrochen und wir konnten alle Hemmungen fallen lassen. Wir kuschelten, schmusten, leckten, streichelten, was das Zeug hielt. Ich hatte es so noch nie vorher getan. Es gab gefühlvolle Momente. Eine andere Frau so intim zu genießen, ihre Regungen aufzunehmen, zu sehen, wie ihre Votze feucht wird, wie sie ausläuft und begierig ausgeschleckt wird, war einfach wundervoll. Und dann Sarah, die mit ihren geilen Küssen alle verzaubern konnte. Ihre Zunge würde ich auch mit verbundenen Augen, unter hundert anderen, wiedererkennen. Das Wasser lief uns aus dem Mund. Als Kira mich leckte und Sarah mir die Nippel zwischen den Fingern rieb, hatte ich meinen ersten Orgasmus.

Kira schnallte sich den Strapon um. Einer dieser Umschnallpenisse, der auch der Trägerin selbst mit einem zweiten, innenliegenden Dildo die Votze ausfüllt. Sie würde also beim Ficken ihre Votze damit stimulieren und Spaß daran haben. Ich schaute den beiden zu. Sarah nahm den Penis voll auf und Kira machte ihre Sache sehr gut, indem sie ihn langsam über die ganze Schaftlänge rein drückte und genauso langsam wieder rauszog. Das zeigte Wirkung. Sarah warf ihren Kopf hin und her. Dann aber drehten sie sich und Kira lag jetzt unten. Jetzt rammte sich Sarah selbst den Außendildo tief in ihre Votze. Sie war wie in Ekstase.

Das war meine Chance. Ich fuhr mit meiner Zunge von hinten durch Sahra's Pokerbe, leckte ihr den Damm und am Arschloch entlang. Sarah fickte immer weiter und Kira unterstützte sie, obwohl sie unten lag, so gut es ging. Ich drückte Sarah nach vorne. Ich wusste nicht, was sie erwartet hatte. Einen Finger oder einen Dildo? Mein Strapon war da aber ein anderes Kaliber, dicker als ein Penis. Mit Gleitcreme schmierte ich unter kreisenden Bewegungen ihr Poloch ein, um dann vorsichtig mit meinem Strapon in sie einzudringen. Sie wurde immer geiler und ich spürte ihre aufkommenden kleinen Orgasmen. Sarah schrie, als ich eindrang und ich drückte ihn schnell ganz rein. Dann aber gewann ihre Lust wieder die Oberhand. Ihr Poloch öffnete sich und wurde weich. So konnte Kira und ich sie, von vorne und hinten, ohne großartigen Widerstand ficken.

Dann kam das Unvermeidliche. Sie schaukelte sich regelrecht zum Orgasmus auf. Ich kannte es ja, beidseitig gefickt, spielt sich im Körper viel mehr ab. Alles raubt einem die Sinne und man weiß nicht mehr, was da abläuft. Und dann hielt Sarah ganz still. Sie schrie ihren Orgasmus laut hinaus, immer und immer wieder. Die Wellen durchfluteten ihren ganzen Körper in immer wiederkehrenden, heißen Schüben. Ihre Säfte liefen nur so aus ihr raus. Dann wurde sie ruhiger.

Erschöpft sank sie in unsere Arme. Wir drückten, kuschelten, küssten und liebkosten sie. Es war eine wundervolle Gemeinsamkeit, die wir erlebten und auskosteten. Dann bestand Sarah darauf, in die geräumige Dusche zugehen, die zur Sauna im Keller gehörte. Es wurde geseift, gefingert und kein Loch ausgelassen. Alles zuckte in uns, alles wurde so eng, da kam noch ein Orgasmus.

Kira stellte sich plötzlich breitbeinig zwischen Sarah und mir. Dann umarmte sie uns. Eng umschlungen genossen wir das warme Wasser der Dusche. Ich spürte dann aber, wie ein warmer Urinstrahl an meinen Beinen hinunterlief. Sarah und ich brauchten nicht lange, auch wir ließen es einfach laufen. Wir genossen dieses gemeinsame Pinkeln. Wir waren eine eingeschworene Gemeinschaft.

Nr. 38: Traumhaft geil, von allen gefickt zu werden

Sarah schien wie im Rausch zu sein. Sie versuchte Kira und mich, zu weiteren Sexspielen zu überreden. Was genau aber passieren sollte, wollte sie mir nicht sagen. Sie meinte, ich würde schon auf meine Kosten kommen. Eine Party, ähnlich einem Blind Date. Nicht zu wissen, wer dazukommt, was passiert und dann noch ficken. Kira war begeistert.

Wir überlegten, was denn da so geschehen könnte und auf was man sich eventuell vorbereiten müsste. Eines war uns klar, wir brauchten unsere Strapons. Ohne einen Strapon könnten wir ja nicht ficken. Ich entschloss mich, den fester sitzenden einzupacken, den mit dem Dorn im Arsch und der Kugel in der Votze. Damit kann ich nicht nur fester zustoßen, sondern werde auch geiler, weil die Reize zusätzlich vorne und hinten kommen.

Als wir bei Sarah eintrafen, waren außer ihr noch zwei weitere Frauen, Hanna und Laura, anwesend. Hanna und Laura kannte ich ja schon von der Nacht in der Bar. Alle drei hatten ihre Männer dabei. Sarah machte uns klar, dass hier alle ficken dürfen, nur nicht wir zwei, also Kira und ich. Wir seien heute die Matratzen, die von jedem einmal oder mehrmals gefickt werden, tabulos in alle Löcher.

„Gang Bang", schoss es durch meinen Kopf. Du wirst gefickt ohne Ende, bis du k.o. bist. Die Männer brachten einen Tisch herein, auf dem eine Matratze befestigt war. Die Tischbeine waren in der Höhe verstellbar und stark nach außen gerichtet. Darauf mussten wir, Kira und ich, uns mit dem Oberkörper legen. Ich war aufgeregt. Mein Herz schlug wie wild. Als ich mich da drauf legte, war es sogar ein wenig entspannend.

Kira und ich mussten wohl ein Bild für die Götter abgegeben haben. Zwei Ärsche, mit sorgsam rasierten Votzen. Die Beine zogen sie uns auseinander, so dass unsere Arschlöcher für jeden sichtbar waren. Es waren Laura und Hanna, die sich zuerst an uns zu schaffen machten. Sie leckten unsere Votzen, spuckten uns auf die Polöcher und leckten auch diese ab. So machten sie uns liebevoll geil und es versprach, wundervoll zu werden.

Dann spürte ich den Strapon. Es war Laura, die sich anschickte, mich zu ficken. Ein wenig unbeholfen stieß sie tief in meine Votze rein, fast tiefer, als ich aufnehmen konnte. Die anderen spornten sie klatschend an. Neben mir stöhnte Kira, die von Sarah gefickt und gleich auf „Betriebstemperatur" gebracht wurde. Laura fickte jetzt meinen Arsch. Besser fühlte sich es dann von Hanna an. Sie zog gekonnt durch. Schön lang rein und sehr lang wieder raus. Das mochte ich und bekam jetzt den ersten kleinen Orgasmus.

Dann kamen die Männer an die Reihe, einer nach dem anderen. Das war schon was anderes, schnell, heiß, tief und kräftig. Ich schrie vor Lust. Kira schlug mit den Händen auf die Matratze, stemmte sich gegen den Ficker. Sie war voll dabei. Sie schrie nur immer: „Fick mich, fick mich, du Sau, mach mich fertig!" Damit kurbelte sie meine Lust noch mehr an und ich ging so richtig mit. Ich kreuzte die Beine und drückte den Männerschwanz fester, noch tiefer in mich rein. Er jubelte und rief mir zu: „Du geile Schnecke, ich ficke dich durch!"

Es war ein Ansporn für alle. Die anderen Männer hatten sich wohl abgestimmt, uns beide gleichzeitig zu ficken, um nicht vorzeitig nur in einer von uns beiden zu kommen. So kam es dann aber, dass mich alle drei Männer nacheinander nahmen und erst der letzte kam in mir. Die anderen beiden fielen deshalb auch noch über Kira her, um sich in ihren Löchern zu entleeren. Mir lief alles so schön die Beine runter. Es war Hanna, die sich bei mir ans Lecken machte. Also auch so eine süße, geile Frau, die sich nichts entgehen lässt.

Als die Frauen zu ihrer zweiten Runde starteten, war deutlich zu spüren, wie sensibel sie waren. Ja, sie fickten, aber diesmal fickten sie auch ihrer selbst Wegen. Sie geilten sich am Ficken auf. Die Strapons reizten sie ungemein in der Votze, während dieser noch längeren Zeit. Laura stöhnte jedenfalls mächtig. Auf einmal waren alle anderen ganz still, jeder gönnte ihr den Orgasmus. Dann war da dieses lange Ausatmen, dieser Urlaut, diese unkontrollierte Ankündigung des Höhepunktes. Sekunden später lag sie halb auf meinem Rücken und stöhnte laut und schwer. Langsam, ganz langsam wurde sie ruhiger. Es dauerte bestimmt zwei Minuten, die wir gespannt abwarteten, ehe sie wieder die Augen öffnete.

Als Laura den Dildo aus mir rausnahm, richtete ich mich auf und nahm sie in den Arm. Ich küsste sie zärtlich und strich ihr über die Brüste. Laura reagierte sensibel. „Fick mich, bitte fick mich jetzt!", forderte sie mich auf und legte sich auf die Matratze. Alle anderen klatschten Beifall!

Mit dem Strapon ging ich tief in sie rein. Sie stemmte sich sofort dagegen. Ich fickte sie ausgiebig in Votze und Po. Dann zog ich ihr den Strapon wieder raus und begann ein neues Spiel mit meinen Fingern. Zuerst nur den Daumen in den Po, dann zusätzlich zwei Finger. Sie schrie nach mehr. Bevor aber meine drei Finger richtig drin waren und ich den Po richtig aufgeweitet hatte, kam sie schon zum Orgasmus. Sie durchlebte dabei ihre Lust, zusammen mit uns allen.

Ja und dann? So etwa eine Woche lang, hatte ich Null Bock auf Sex. Wie viele Schwänze oder Dildos es waren? Wer hätte das schon gezählt?

Nr. 39: Traumhaft geil, im Sexshop

Sarah gab keine Ruhe mehr. Unsere gemeinsamen Erlebnisse hatten sie umgekrempelt. Sie wollte unbedingt in diesen Sexshop mit mir. Wir gingen dann zusammen dort hin. Ich wusste jedoch nicht, was genau sie dort suchte. Als wir beide uns im Sexshop ein wenig verlegen umschauten, sprach uns die süße Verkäuferin an. Mit ihrer netten Art half sie uns, unsere anfänglichen Hemmungen abzulegen.

Wir ließen uns jeden Dildo genau erklären. Wie er funktioniert und welche Vorteile er hat. Sie zeigte uns zuerst einen besonders geformten Minivibrator, der sehr leise arbeitet und mit weichem Silikon überzogen ist. Er wird G-Punkt-Zerhacker und Klitoris -Stimulator genannt. Aber mit 1,8 cm Durchmesser ist es wohl mehr was für den Po. Dann holte sie einen ganz großen Dildo mit etwa 5,5 cm Durchmesser, der 40cm tief eingeführt werden kann. Puh, bei der Vorstellung fing ich an zu schwitzen.

Dann sahen wir ein Gerät, welches wie eine Salatgurke aussah. Das war so eine Art Partyartikel und wurde als „Besonders geiles Gemüse" angepriesen. Die Gurke war 25 cm lang und 5,5 cm im Durchmesser dick. Das Besondere daran war aber, dass die Gurke sich öffnen ließ. Darin befand sich ein zusätzlicher Dildo von 16,5 cm Länge und 4 cm Durchmesser. Wie praktisch, sich damit gleich vorne und hinten bedienen zu können.

Und dann meine Lieblingsspielzeuge. Strapless Strap-On-Dildo, also ein Dildo ohne Bänder, was ja ein Widerspruch zum Namen bedeutet. Dieser besteht aus einem U-förmigen Doppeldildo mit Analkette oder Analdorn und wird bei der Trägerin in beide Löcher gesteckt, so dass die andere Hälfte des Doppeldildos zum Ficken einer weiteren Votze oder eines Arschloches rausschaut.

Die Leute, die uns über die Schulter schauten, bewunderten dieses Exemplar besonders. Sie verwickelten uns in Gespräche. Ein Mann wollte gleich von uns beiden damit gefickt werden. Und eine Frau meinte, sie suche jetzt eine Freundin, weil dieser Strapon ja dauernd steht, ohne schlaff zu werden. Sarah wurde ganz unruhig dabei. Auch ich spürte eine aufkommende Lust in mir.

Dann aber wunderte ich mich über einen langen 50 cm und 5 cm dicken Dildo. Ein Doppel-Dildo, den sich zwei Frauen einführen und sich damit verbinden. Alleine die Vorstellung machte mich nass. Die Verkäuferin meinte noch, dass auch Männer ihn verwenden können. Wow. Ich sah es im Kopfkino vor mir. Zwei verbundene Männerärsche! Also auch wie bei Frauen in dieser Art. Aber dann 5 cm Durchmesser? Na, da bin ich doch wohl eher eine Anfängerin.

Bei den Fickmaschinen blieb uns endgültig die Luft weg. Sarah und ich hätten sie am liebsten gleich ausprobiert. Ein Stoßpenis mit frei variierbarer Positionierung für vaginalen oder analen Einsatz. Immerhin ein Dildo von 20 cm Länge, einem Durchmesser von 4 cm und mit einer Stoßtiefe von 10 cm. Soweit rein und raus, stoßen doch normalerweise die wenigsten Männer. Und dann stand noch drauf: „Kraftvoll, stufenlos regelbar". So was mal im Bett zu haben, muss doch geil sein.

„Ihr könnt euch das auch in der Peepshow ansehen", meinte die Verkäuferin. „Aber eine Peepshow ist doch mehr was für Männer", meinten wir. „Gehen Sie hin und schauen Sie, ob Kabinen frei sind", lächelte sie uns milde an. Sarah sah mich an, nickte und war nicht abgeneigt. Wir zwängten uns in eine Kabine. Sie küsste mich wie wild. Die Frau, die sich von der Fickmaschine ficken ließ, beachteten wir kaum. Wir verschafften uns beide erst einmal einen kleinen Orgasmus. Das war nötig.

Als wir die Kabine verließen, kam die Frau, die sich eben noch ficken ließ, aus einer Seitentür. Sie verschloss die Tür aber nicht. Sarah und ich schlüpften hinein und zogen uns blitzschnell aus. Wir fanden den Eingang zur Bühne und wurden beide mit Begeisterung empfangen.

Ich mimte die Assistentin für Sahra, die bereits mächtig stöhnte, als die Fickmaschine anlief. Sie wurde immer geiler und schrie, dass sie mehr wolle. Ich stellte die Maschine auf Maximum und sie flippte völlig aus. Diese Liebesmaschine, den langen Dildo mit dickem Durchmesser und mit variabler Stoßtiefe, war schon ein Hammer. Sie bäumte sich auf, als ob sie die ganze Maschine in sich aufnehmen wollte. Dann sackte sie völlig zusammen.

Als Sarah den Maschinendildo bei mir ansetzte, war ich ein wenig unruhig, konnte mich aber dann fallen lassen. So gleichmäßig und vehement bin ich noch nie gefickt worden. Und dieser Fickhub von 10 cm ist etwas ganz besonderes und macht wohl jede Frau verrückt. Es war ein wundervolles Erlebnis und der Orgasmus war schon was Besonderes und wieder eine neue Erfahrung. Ich war fertig und ausgelaugt.

Als wir die Bühne verließen, schimpfte uns die Verkäuferin aus: „Das dürfen Sie doch nicht machen. Das gibt doch Ärger mit der Gewerbeaufsicht." Wir lachten nur und nahmen sie einfach in die Arme. Natürlich entschuldigten wir uns für unsere „Nichteinhaltung der Vorschriften". Wir küssten sie aber auch zärtlich auf den Mund und ließen sie anschließend einfach sprachlos stehen.

Nr. 40: Traumhaft geil, Weibersex

Sarah war auf den Geschmack gekommen. So einiges hatten wir ja auch zusammen erlebt. Aber Sarah war unersättlich und wollte noch viel mehr. Sie schlug mir eine Weiberparty vor. Sie wollte nur Frauen, und davon möglichst viele dabei haben. Ich dachte sofort an Sabrina und Kira. Als ich Kira anrief, jubelte sie gleich los und wollte ihrerseits Herta und Laura ansprechen, die ich beide neulich in der Hotelbar kennen gelernt hatte.

Sarah organisierte die Party perfekt. Alle Frauen hatten zugesagt und waren bereits voller Erwartungen eingetroffen. Im Wohnzimmer hatte Sarah eine Spielwiese aufgebaut, bestehend aus einer Schaumstoffunterlage und darauf lagen vier große Oberbetten, die mit einer Plastikfolie abgedeckt waren. Darüber hatte sie noch eine Riesendecke gelegt, die aus mehreren kleineren Teilen zu einer großen Decke zusammengenäht war. Das Ganze maß ungefähr 2 mal 4 Meter.

Um diese Spielwiese herum, standen mit Laken umhüllte Bänke einer Biertischgarnitur. Auf einer der Bänke lagen alle verfügbaren Dildos, darunter auch die Modelle, die wir im Sexshop gesehen und gleich vorausschauend für die Weiberparty gekauft hatten. Darunter war natürlich auch die Partygurke mit den 5,5 cm Durchmesser in deren Innenfach sich ein kleiner Analdildo befand. Es standen außerdem viele Vibratoren und stoßende Dildos zur Verfügung. Von jedem Typ hatte Sarah dort auf der Bank zwei Stück bereitgelegt.

Ausgiebig wurde jeder Dildo neugierig von allen Frauen genau untersucht und begutachtet. Zur Begrüßung machte Sarah eine Flasche Champagner auf und es dauerte nicht lange und es fielen alsbald alle Hüllen. Sarah füllte stets, fast unauffällig, die Champagnergläser eines jeden geschickt nach, so dass wir gar nicht mehr genau wussten, wieviel wir bereits getrunken hatten. Jede von uns nahm sich einen Dildo von der Sitzbank. Alle Frauen wollten selbstverständlich möglichst jeden Dildo ausprobieren. Die Stimmung begann zu steigen. Es machte uns gar nichts aus, dass jeder jeden dabei genau zuschauen konnte. Wir zeigten uns ungeniert, geil voller Begierde und verschafften uns den Orgasmus. Jede von uns wollte den anderen ein besonderes Lustgefühl geben.

Dann gingen wir hinunter in den Keller in Sarahs Saunaparadies. Es war eine tolle Saunaanlage, die zusätzlich über drei Duschen verfügte. Kira und ich kannten sie ja schon. Wir hatten doch dort schon einmal mit Sarah gemeinsam Pinkelspiele gemacht. Wir huschten erst einmal alle unter die Dusche, die wir auf die halbe Höhe einstellten. Das gegenseitige Einseifen ließ nun auch die letzten Hemmungen fallen und wir fingerten uns gegenseitig überall. Natürlich mehr zwischen den Beinen als an den Brüsten oder sonstwo. Wir rieben uns gegenseitig aneinander und bückten uns schon mal dabei. Wir fickten uns gegenseitig mit den Fingern in die Votzen und auch in die Polöcher. Es war eine sich ständig steigernde Geilheit. Übermütig und aufgeheizt, wollte jede von uns es noch wilder, noch härter haben.

Ich verteilte etwas Lotion auf meine Finger und knöpfte mir Sarah vor. Ich näherte mich ihr von der Seite und steckte ihr vorsichtig jeweils zwei meiner Finger in ihren Po und in die Votze. Ich fingerte sie nicht, sondern hob sie so hoch. Sie folgte der von mir vorgegebenen Richtung, indem sie sich auf die Zehen stellte und somit die Spannung, die durch das Ziehen entstand, selber bestimmte. Dennoch war der Zug an ihren, von mir zum Anheben benutzten, Körperöffnungen enorm. Sie schrie, als sie kurz schwebte, ruderte mit den Armen und hielt sich dann an meinem Hals fest. Als ich sie wieder absetzte, erstarrte sie wie eine Salzsäule. Dann gab sie mir geile, wilde Küsse als Dankeschön.

Jetzt probierten es alle anderen auch. Ich zeigte es ihnen nochmal. Zuerst sich seitlich nähern. Finger vorne und hinten rein und etwas krümmen. Dabei die Arme lang lassen und den eigenen Oberkörper ein wenig nach hinten legen, um das Anheben nicht mit der Armmuskulatur allein machen zu müssen. „Und die Finger schön in den Löchern lassen!", lachte ich. Wir fühlten doch alle gleich. Es wurde ein Spiel. Wir machten es rhythmisch und erlebten die Geilheit ohne jedes Tabu. Ärsche und Votzen glühten und wir waren wild entschlossen, einen Orgasmus zu erleben. Die Angehobenen wurden sofort nass und kamen sehr schnell zum Orgasmus, als sie ihre Gefühle spürten und von ihrer Geilheit mitgerissen wurden.

Und dann wurde es für alle spannend. Wir waren alle die ganze Zeit nicht zur Toilette gegangen und unsere Blasen waren dementsprechend gut gefüllt, besser gesagt, prall gefüllt. Sarah gab das Kommando, dass wir uns alle im Kreis aufstellen sollten. Dann begann Sarah, es laufen zu lassen. Neben mir stand Laura, die ordentlich Druck machte und es so richtig rausspritzen ließ. Jede von uns pinkelte auf ihre eigene Art. Es schaffte eine unglaubliche Nähe und Vertrautheit unter uns.

Ein wenig ermattet gingen wir wieder nach oben. Schranken oder Hemmungen gab es nicht mehr. Zweierspiele wurden nun von Sarah angekündigt. Also alles ausprobieren können, was da so auf der zweiten Sitzbank ausgebreitet lag. Strapons mit oder ohne Gürtel, mit oder ohne innenliegenden Dildo für die eigene Votze der Trägerin. Lust sollte aufkommen. Lange andauernde, geile Lust, die alle Grenzen sprengen können sollte. Wir wollten es alle unbedingt fühlen. Sarah hatte die Party sehr gut organisiert.

Ich schnappte mir den langen Doppeldildo mit 50 cm Länge und 5 cm Durchmesser und zog Sarah zu mir auf die Spielwiese. Wir steckten uns die Enden gegenseitig in die Votzen. Wir bewegten uns sehr vorsichtig, damit sie uns nicht wieder rausrutschten. Sarah küsste mir die überempfindlichen Nippel, was meine Muschi sofort zum Laufen brachte. Ein angenehmes und nasses Gefühl zwischen den Beinen brachte mir eine große Befriedigung aber keinen Orgasmus.

Diese langen Doppeldildos sind einfach wunderbar. Keine eigene Regung bleibt dem Partner verborgen. Es ist ein ständiger Reiz und ein sanftes Genießen. Nicht nur die eigene Lust und Geilheit machen es zum Erlebnis der besonderen Art, sondern auch das Spüren und Mitfühlen der Erregungen der jeweiligen Partnerin.

Sarah wurde ganz still und ihr Blick verlor sich in der Ferne. Fast schläfrig sagte sie: „Es ist nicht Liebe, es ist dieses gemeinsame Erleben des gegenseitigen Empfindens und der Geilheit. Es ist wie eine Art Seelenverwandschaft."

Kopfkino

Sexfantasien und Sexabenteuer spielen sich in ihrer Vielfalt zuerst im Kopf ab. Erst danach suche ich sie mir zu erfüllen.

Carona:

Sie arbeitet als Bedienung im Hotel. Ihr wird dabei so einiges gewahr, was ihre Kollegen mit den Gästen treiben. Wenn sie spricht, fällt sofort ihr liebenswerter Akzent auf. Im Hotel hat sie gelernt, dass es manchmal von Vorteil ist, zu wissen, was hinter den Kulissen so vor sich geht. Sie verschafft sich einen persönlichen Lustgewinn, während sie anderen beim Ficken zuschaut. Bei jedem, ihr bekannt gewordenen Sextreffen, musste sie unbedingt, zumindest als Zuschauerin, mit dabei sein.

Sie hat ein gutes Gespür, zu erkennen, wenn zum Beispiel Hotelgäste zu Sex bereit sind. Um diese Gäste miteinander verkuppeln zu können, arrangiert sie im Hintergrund die entsprechenden Treffen. Sie selber nimmt dabei nie aktiv teil. Aber sie schaut fast immer zu, um sich aufzugeilen, sich zu befriedigen und sich dann anschließend von ihrem Mann ordentlich ficken zu lassen.

Ihr Wunschtraum ist es, diese Perspektive endlich einmal zu wechseln. Sie möchte den bisher passiven Teil als Zuschauerin mit dem aktiven Teil der am Geschehen Beteiligten liebend gerne tauschen und selbst von jemand anderen beim Ficken beobachtet werden. Dabei setzt sie auf meine Hilfe.

Nr. 41: Traumhaft geil, der Kellner

Ich machte Urlaub in Spanien. Das Hotel und mein Zimmer waren sehr ansprechend. Das Frühstücksbuffet war reichhaltig und abwechselnd gestaltet. Der Service war stets immer sehr zuvorkommend. Ich fühlte mich hier vom ersten Tag an äußerst wohl. Der Ober bot mir zum Beispiel an, ein frisches Rührei in der Pfanne zuzubereiten. Außerdem erklärte er mir am Kaffeeautomaten, welche Kaffeesorten ich mir damit zubereiten könne. Er war auf diesem Gebiet eine wahre Koryphäe und erläuterte mir bis ins kleinste Detail die Unterschiede der einzelnen Geschmacksrichtungen. Er war mir gegenüber sehr nett und aufmerksam. Ich hatte den Eindruck, er mochte mich. Denn er kümmerte sich mehr um mich, als er eigentlich vom Job her müsste.

Am Strand mietete ich mir eine Liege, die unter einem Sonnenschirm stand. Endlich hatte ich meine wohlverdiente Ruhe. Die Erholung konnte beginnen. Dieser Abschnitt war weniger gut besucht. Man konnte sich deswegen auch schon mal etwas freizügiger geben. Einige Leute lagen hier und da bereits auf ihren Badetüchern. Von weitem sah ich einen Mann in meine Richtung gehen. Er hatte nur einen kleinen Rucksack dabei. Im knappen Bikinihöschen begab ich mich oben ohne ins Wasser. Das Wasser war etwas kühl und ließ deshalb meine Brustwarzen Kerzen grade stehen. Danach ging ich zurück, zog mein nasses Höschen aus und döste eine Weile vor mich hin.

Eine Stimme neben mir sagte plötzlich wie aus dem Nichts: „Ein schöner Tag heute, kaum Wind." Es war der Ober von heute früh. Er stellte seinen Rucksack neben meiner Liege ab. Seine Badehose schien eine Unterhose zu sein, die mehr zeigte, als sie verhüllen konnte. Sein Glied schien gut entwickelt zu sein und zeichnete sich, deutlich querliegend, in der Unterhose ab.

Er ging alleine ins Wasser, um sich vom Marsch abzukühlen und ich schlief wieder ein. Auf einmal hörte ich Geräusche neben mir. Ich schaute kurz hoch und sah ihn direkt neben meiner Liege im Sand sitzen. Seine schneeweiße Unterhose war noch nass. Durch die Nässe zeichnete sich sein Schwanz deutlich darin ab. Besonders, wenn er temperamentvoll redete, konnte ich jede seiner Regungen genau beobachten.

Sein bestes Stück wuchs langsam aber sicher ins Unermessliche. Er wollte mich wohl zu gerne ficken. Ich wich etwas zurück und hielt eine Hand schützend vor meine Votze. Er lächelte mich in seiner einzigartigen Weise einfach nur lieb an. Meine innere Stimme sagte spontan zu mir: „Keine Angst. Du wirst es wollen!" Ich spürte, meine Klitoris war bereits deutlich erregt. Ich war trotzdem am Zweifeln. „Señora, ich sehe Sie dann heute Abend an der Bar." Erschreckt fuhr ich hoch. Ich hatte geträumt. Ich fühlte meine Hand auf meiner Spalte. Er lachte nur: „Weiterhin süße Träume."

Ich überlegte noch kurz, wie alt er wohl sein mochte, vierzig oder fünfzig? Seine kleinen Lachfältchen verrieten den fröhlichen Menschen, der das Leben zu genießen weiß. Seine Gesellschaft war mir eigentlich doch sehr willkommen. Dann war er aus meinen Augen verschwunden. Er ging mir trotzdem nicht aus dem Sinn. Wie hatte er mich doch zuvorkommend bedient. Mir war so, als ob er sich mir anzunähern versuchte, ohne mir dabei zu nahezutreten.

Sollte es so gewesen sein, war seine Rücksichtsnahme ein Beweis dafür, das er noch ein richtiger, echter Kavalier der alten Schule war. Ich hatte nichts dagegen, wenn er mir doch näherkommen würde. Im Grunde genommen wünschte ich es mir sogar. So, wie ich es am Strand, im heißen Sand bei einem Sonnenbad, im Traum erlebt und empfunden hatte. Ich beschloss also, selbst etwas mehr die Initiative zu ergreifen. Vor dem Fahrstuhl im Hotel huschte ich absichtlich ganz nah an ihm vorbei und sah ihm, mit einem Blick über die Schulter, einen Moment lang in die Augen. Ein Lächeln umspielte dabei meine Lippen. Ich suchte mein Hotelzimmer auf, um mich frisch zu machen.

Ich wollte es wissen und fuhr anschließend mit dem Fahrstuhl hinauf zur Bar auf der Dachterrasse. Es war mittlerweile sehr windig geworden und außer meinem Kavalier, war niemand mehr anwesend. Ich lächelte ihn wieder an und wir tranken ein Glas Wein zusammen. Er suchte dauernd den Körperkontakt. Er legte entweder eine Hand auf meinen Arm oder er legte seinen Arm auf meine Schulter. Er streichelte meine Wange. Er war durch und durch Caballero, was mir sehr an ihm gefiel.

Mein Wickelrock hatte sich etwas hochgeschoben und den Blick auf meine Knie freigegeben. Ich war mir sicher, dass meine Knie seine Blicke anziehen würden. Er sah auf meine gebräunte Haut. Ich presste meine Knie eng aneinander und spürte, wie mir das Blut durch meine Schamlippen strömte. In mir breitete sich ein Wohlbehagen aus. Ich spreizte ein wenig meine Beine. Da ich kein Höschen anhatte, war es praktisch um ihn geschehen. Jetzt zeigte er sein leidenschaftliches Temperament, welches sich stürmisch, aber doch liebevoll entfaltete. Im Nu stand ich fast nackt vor ihm. Ich hatte nur noch meine Bluse an. Er hatte einfach, ohne dass ich es bemerkte, meinen Wickelrock gelöst. Er drückte mich eng an sich und ging dann mit mir die Treppe runter in ein freies Zimmer. Hier suchte er direkt das Bad auf und machte sich ebenfalls frisch. Nur mit einem weißen Badetuch um den Hüften, kam er zurück, ging zum Kühlschrank und schüttete uns einen spanischen Sherry ein.

Aus dem Radio ertönte ein typischer Flamenco. Sehr eng tanzend hielt er mich in den Armen und zog mir die Bluse aus. Da ich auch keinen BH trug, stand ich jetzt völlig nackt vor ihm. Meine Schamlippen glänzten bereits und meine Brustwarzen fingen an, größer und auch viel fester zu werden. Bei jeder, auch noch so leisesten Berührung von ihm, wurde meine Scheide feucht und feuchter. Er ließ sein Handtuch fallen und ich erblickte seinen bereits aufrecht stehenden Schwanz. Was war das für ein Prachtstück! Seine heißen Küsse machten mich verrückt. Als er meine Erregungen spürte, zog er mich auf das Bett.

Ich schmeckte die ersten Tröpfchen, die aus seiner Eichel hervortraten. Er verstand es geschickt, sich zurückzuhalten. Aber ich lief nur so aus und er schleckte einfach alles weg. Wir hielten uns innig in den Armen. Meinen ersten Orgasmus konnte ich nicht bremsen. Mein Körper wölbte sich ihm entgegen. Ich drehte und wendete mich. Ich wollte seinen Körper ganz nah an meinen spüren. Es nahm kein Ende, diese Ausdauer von ihm war enorm. Immer wiederkehrende Reize bereiteten mir den Weg zum Gipfel der Leidenschaft. Sein extrem harter Lustdolch bohrte sich zwischen meine Schamlippen. Es war ein heißblütiger, großer Schwanz. Als er in mir eindrang, war ich im siebten Himmel der Gefühle angekommen. Ich fühlte diesen gewaltigen Schwanz, wie er mich aufweitete, sich in mir bewegte und seine Erfüllung suchte, bis er sich in mir entlud.

Danach schliefen wir beide direkt ein. Nach einer Weile spürte ich ihn wieder. Er suchte Zugang, mich erneut zu ficken. Ich war heiß, ich war nass. Er rutschte nur so in meine weit offene Votze. Ich ließ ihn, ohne mich zu bewegen, gewähren. Ich wollte ihn einfach nur genießen, ihn und diesen Augenblick. Ich spürte meinen Orgasmus erneut kommen und ließ ihn einfach wieder sein Sperma in mir abspritzen. Dieser erneute Samenerguss macht mich glücklich und ich schlief nochmal ein.

Etwa zwei Stunden später wurde ich wach. Ich sah ihn neben mir schlafend auf dem Rücken liegend. Ich betrachtete seinen Schwanz. Ich musste es einfach tun. Ich küsste ihn auf die Eichel und begann zu lutschen. Er reagierte, er wurde wach. Er spannte seine Beinmuskeln an. Dann blies ich ihm den Schwanz. Ich ließ ihm keine Chance, zu entkommen. Er spritzte ab und ich schluckte gierig alles runter.

Ich blieb bis zum frühen Morgen mit ihm auf dem Zimmer. Es waren immer wieder neue Erektionen bei ihm spürbar. Es war schon lange her, dass ich das so erlebte. Davon hatte ich so manches Mal geträumt. Ficken, Ficken und einfach ins Bodenlose fallen lassen.

Nr. 42: Traumhaft geil, sein Kollege

Am nächsten Morgen begrüßte mich am Buffet eine Bedienung. „Ich bin die Carona", stellte sie sich vor. Ihr hübsches Gesicht war gepflegt und sie war von zarter Statur. Sie ließ mich wissen, dass sie sich für mich freute, denn Alfonso hatte geplaudert. So war sie immer auf dem neuesten Stand der Dinge.

Irgendwie war ich deshalb sauer. Als sie wieder kam, sagte sie mir, dass ich doch hungrig nach Sex wäre und nicht böse sein solle. Später verriet sie mir, Enrico würde mich auch ficken wollen. Ich antwortete: „Aber das geht doch nicht!" Aber sie meinte, es ginge alles und noch viel mehr und die Männer wären bei der Erfüllung meiner Wünsche gut drauf. Sie würden einfach alles machen, auch von hinten.

Ich lachte sie an: „Bist du immer so offen?" „Wenn du willst, ja", entgegnete sie. „Also Enrico! Wie geht das? Ich sage dir eine Zimmernummer. Dort wirst du ihn heute Abend antreffen."

Was ging mir nicht alles durch den Kopf, denn ich konnte es kaum erwarten, diesen Enrico kennenzulernen. Nein, ich wollte nicht nur träumen, schließlich wollte ich meinen Traum auch ausleben. Am Abend an der Hotelbar, bestellte ich mir ein Glas Wein. Neben mich setzte sich ein eleganter Herr von kräftiger Statur, der etwas schüchtern wirkte. Er verlor kein Wort, sah mir nur hin und wieder in die Augen, aber mit einem Blick, bei dem man dahinschmelzen konnte.

Wir prosteten uns zu, lachten und hatten Spaß. Er rückte immer näher. „Ich bin Enrico", stellte er sich vor. Das war also Enrico. Carona war weit und breit nicht zu sehen. Dachte ich es mir doch. Er steckte mir seinen Schlüssel, welcher mit der

Zimmernummer versehen war, in meine Tasche. Ich nickte ihm zu und ging Richtung Aufzug.

Er folgte mir gleich, hielt mich fest in seinen Armen. Im Zimmer angekommen, küsste er mich heiß und stürmisch. Zwischen meinen Beinen tobte ein Vulkan. Ich war ein Spielball in seinen Händen. Er stellte Musik an. Nein, er fickte nicht sofort los, sondern er schob ihn nur etwas in meine Votze rein. Dann hob er mich an. Ich hing an seinem Hals. Er ließ mich langsam wieder runter, bis sein Schwanz voll und ganz drin war. Ich schlang meine Beine um seine Hüften.

Er begann mit mir zu tanzen, ohne dass ich seinen Schwanz dabei verlor. Wir genossen die Musik und unseren Tanz. Er machte es lange. Ich ließ mich fallen und genoss die Bewegung und fühlte mit ihm. Meine Brüste rieben sich an ihm und meine Nippel waren gereizt. Ich spürte eine geile Lust in mir. Wir schmusten und geilten uns immer mehr auf.

Ich ließ mich runter und tanzte selber. Ich hob ein Bein, legte meinen Fuß auf seine Schulter und ließ ihn meine Votze und meinen Arsch sehen. Meine Schamlippen waren geöffnet und seine Finger drangen sofort ein. Ich drehte ihm den Po hin, zeigte ihm meine Rosette und machte sie auf und zu. Ich präsentierte ihm meine Geilheit. Er verstand und steckte mir auch dort seine Finger rein.

Dann zog ich ihn aufs Bett. Er saß mir nun gegenüber. Ich nahm meine Beine hoch und setze seinen harten Schwanz auf meine Rosette. Er drehte fast durch. Er fickte göttlich. Dann spürte ich die Wellen, die durch unsere Körper rauschten. Gefühle und Geilheit rissen uns mit. Das ging eine ganze Weile so weiter. Ich hatte jeden Augenblick, zusammen mit Enrico, in vollen Zügen genossen und war deshalb hinterher völlig ausgelaugt.

Mancher Traum bleibt ein Leben lang nur ein Traum. Aber manchmal sind wir selbst daran schuld, wenn es nur ein Traum bleibt. Hier ging jedenfalls für mich ein Traum in Erfüllung.

Nr. 43: Traumhaft geil, zwei Stecher.

„Na, du machst mir die Männer ja richtig fertig", sagte Carona am Morgen. „Enrico schwärmt von dir. Einen Arsch hat er noch nie gefickt. Ich glaube für dich rassige, schwarzhaarige, spanisch aussehende Lady, muss ich mal mehr tun. Wie wären es denn mit allen beiden?"

„Bringen Sie mir einen Mojito, Alfonso?" „Oh, nicht so förmlich Señora, schließlich kennen wir ja einige Details voneinander." Ich lebte auf und wurde mutiger. Ja, ich genoss es und flirtete heftig mit ihm. So eine schöne Zeit hatte ich noch nie in meinem Leben. Ich bewunderte seinen knackigen Arsch und seinen Waschbrettbauch. Er war wohl so um die 30 Jahre alt. Mit Sehnsucht denke ich an das Bild seines Schwanzes in der weißen durchscheinenden Badehose zurück.

Enrico war etwa 40 Jahre alt. Lachend sagte er zu Alfonso: „Was machst du da? Diese Señora steht unter meinem Schutz." Hinsichtlich Größe und Knackarsch stand Alfonso dem Enrico ja nichts nach, nur Enrico war kräftiger. Wie wird es wohl mit den Beiden werden?

Die Bar füllte sich, die Musik und auch die Gespräche wurden lauter. Die Mojitos verfehlten ihre Wirkung bei mir nicht. Einige Paare tanzten zur Musik. Ich ließ mich vom Barhocker gleiten und bewegte meine Hüften zum Rhythmus der Musik. Sofort wurde ich angesprochen. Oh, tat das gut! Fast jeder spendierte mir einen weiteren Mojito. Das blieb bei mir nicht ohne Wirkung. Enrico trank derweil ein Glas Wein. Dabei geschah es. Enrico fiel sein Weinglas um, direkt auf mein Kleid. Ich spürte die Nässe. Er entschuldigte sich: "Kommen Sie mit mir, Señora, das bekommen wir wieder hin."

Er ergriff meine Hand und führte mich in einen Raum hinter der Bar. Er nahm ein Handtuch und schob es mir unter das Kleid, was ich als sehr angenehm empfand. Dabei streifte er eine meiner Brüste und legte seine Hand auf meinen Bauch, so dass mir heiß und kalt zugleich wurde. Wellen der Erregung durchfluteten mich und ich spürte, wie ich feucht wurde.

Enrico tat so, als merke er überhaupt nichts. Immerhin wurde das Kleid auf diese Art wieder trocken, so dass ich mich nicht umziehen musste. Seine Hände wurden frecher und lagen auf meinen Brüsten. Er forderte einen Kuss von mir. Ich gab nach und küsste ihn leidenschaftlich. Ja, ich genoss seine Nähe, seine Wärme, griff an seine Hose, wo es sich bereits regte. Er entgegnete aber: „Nicht hier Señora, nicht jetzt, warten wir noch bis später, wenn die Gäste gegangen sind."

Ich ging an die Bar zurück, tanzte weiter. Manchmal kam Alfonso vorbei und tanzte mit mir. Auch Enrico tanzte mal kurz mit mir. Die anderen waren alles Hotelgäste. Als die Bar sich langsam leerte, machte Enrico das Licht ein wenig dunkler und legte ruhigere Musik auf. Alfonso hatte nichts mehr zu tun, die Gäste hatten bereits alle gezahlt, als er mich nochmal zum Tanzen aufforderte.

Er hatte mich fest im Griff, ich spürte bald sein Bein zwischen meinen. Ich hielt dagegen und bot ihm mein Knie an, sich daran zu reiben oder sein Schwanz zu wetzen. Er war zärtlich und ich begann ihn zu küssen. Wir geilten uns auf. Dann spürte ich zwei Hände an meinem Po, die nicht von Alfonso waren. Alfonso drehte mich und Enrico nahm mich in die Arme. Es begann wieder das Spiel der Knie und das Drücken der Brüste und das Küssen.

Nur jetzt war Alfonso hinter mir! Er hatte die Hände nicht am Po, sondern legte sie um meinen Körper, zwischen Enrico und mir, und suchte den Weg zu meiner Muschi. Alles in mir sagte mir: „Genieße es, lass' dich ficken, lass' dich darauf ein." Ich drückte meinen Po in den Schoß von Alfonso, suchte nach seinem Schwanz und fand ihn. Vor mir aber spürte ich auch Enrico. Ich machte den Reißverschluss seiner Hose auf und nahm seinen Lustschwanz in meine Hand. Ich stellte ein Bein hoch, um ihn an meine Muschi ranzuführen.

Alfonso aber schob kurz entschlossen meinen Rock hoch und griff nach meiner Muschi. So schnell hatte ich das nicht erwartet. Es traf mich wie ein Blitz. Siedende Gefühle kamen auf, als er die Muschi streichelte. Enrico aber drehte mich zu Alfonso um und ließ mich fallen. Enrico fing mich auf und ich küsste ihn. Nachdem er eine Weile meine Schamlippen rauf und runter strich, mehr oder weniger meinen Kitzler fand, aber dann den Weg ins Innere suchte, wurde ich schwach. Mein Gott, wann und wo fickt er mich endlich?

„Komm mit", kam dann endlich als erlösende Antwort, „komm wir gehen auf ein Zimmer." Im Fahrstuhl holte ich seinen ansehnlichen Schaft aus der Hose und nippte schon mal dran. Das Zimmer befand sich gleich neben dem Fahrstuhl. Alfonso machte heute nicht viele Umstände. Er ließ die Hose fallen und schubste mich aufs Bett. Jetzt hatte ich seinen Schwanz vor mir und begann sofort, ihn zu blasen.

Er aber drückte mich nach hinten und setzte den Schwanz gleich auf meine Muschi. Oh Gott, er drückte ihn gleich rein.

„Ich habe ihn", jubelte ich innerlich, „er fickt mich wieder." Es war ein geiles Gefühl, seinen Schwanz aufzunehmen und ihn zu fühlen. Alfonso wartete allerdings eine Weile und gab mir Zeit, mit ihm mitzukommen. Ich schlug die Beine zusammen und quetschte ihn ein. Mein Kitzler feuerte. Ich war dabei, einem Orgasmus zu bekommen.

„Nicht so schnell", hörte ich Enrico, „ich bin auch noch da!" Es dauerte eine Weile, bis ich begriff. Dann sah ich den Schwanz von Enrico auf mich zukommen. Er steckte ihn mir ohne Vorwarnung in den Mund. Also blies ich ihn. Aber Enrico stieß mir auch tief in den Rachen. Ich aber nahm den Schwanz von Enrico und führte ihn nach hinten zum Po. „Ja komm", ermutigte ich ihn, „das hast du doch gestern auch gemacht."

Enrico stieß zögernd zu, spuckte ein paar Mal auf seinen Schwanz. Es dauerte eine Weile, bis er eindrang. Alfonso pfiff laut, als er spürte, wie das sich für ihn anfühlte. Und als Enrico zu ficken begann und alles prima rutschte, fing er auch an zu stoßen. Ich verhielt mich ruhig. Ich wusste ja, dass es schnell gehen würde, bis mir die Sinne schwinden und ich einen Orgasmus nach den anderen bekommen werde.

So war es dann auch. Ich schwebte und bekam von den Gesprächen nichts mehr mit. Dass ich mehrmals kam, ging an den beiden vorbei. Enrico stieß heftig rein. Alfonso ging dann mit. Es war wie ein Wettficken. Ich ließ sie sich austoben, wechseln wollten sie nicht. Einfach abspritzen denke ich, war ihr Ziel. Ich war in Hochstimmung.

Als die beiden ihre Sahne in mir abgeladen hatten, brauchte ich unbedingt eine Intimdusche. Also ging ich schnell ins Bad, nahm die Dusche und schraubte den Kopf ab, um alle meine Löcher auszuspülen. Dabei lachte ich in mich hinein und jubelte. Ich hatte beide bekommen. Ich hatte beide befriedigt. Sie wollten mich und hatten mich bekommen, nur mich.

Als ich aus dem Bad kam, hörte ich die Zimmertür leise ins Schloss fallen.

Nr. 44: Traumhaft geil, mit ihrem Mann

Carona erzählte mir am nächsten Tag, dass sie zugeschaut und sich auch im Zimmer aufgehalten hatte. Sie gestand mir, dass sie dabei gewaltig gekommen war. Sie hatte die ganze Nacht nicht geschlafen. Sie verriet mir, dass sie eine unendliche Lust dabei empfindet, anderen zuzuschauen. Dabei liefe sie regelrecht aus und könne ihre Geilheit kaum bremsen. Sie bat mich, mit ihrem Mann zu ficken, während sie selbst dabei sein und zuschauen dürfe. Ein Wunschtraum, den sie immer schon hatte. Ein Traum, beim Ficken ihres Mannes mit einer anderen Frau, dabei sein zu können. Wir verabredeten uns, um ihren Wunsch erfüllen zu können, auf dem gleichen Zimmer wie gestern.

Ich fand beide bereits schon nackt im Zimmer vor. Was genau stattfinden sollte, wusste ich nicht. Dann wies Carona ihren Mann an, er solle mich ausziehen. „Streichel sie, ihre Votze, ihren Po, das Poloch. Leck ihr Poloch." Sie überschlug sich fast mit ihren Wünschen. Ich musste zugeben, ich war ein wenig verwirrt, bückte mich aber dennoch.

Ihr Mann erfüllte artig alle ihre Wünsche und ich fühlte dabei eine große Geilheit aufkommen. „Bitte setz dich auf das Bett, mach die Beine breit und ziehe deine Schamlippen auseinander." Ich folgte brav den Anweisungen und zeigte ihm meine Votze. „Leck sie", wurde er von ihr angewiesen, „leck ihre Nippel, saug an ihrem Kitzler, lass sie deinen Schwanz schmecken. Mach ihn hart für sie."

Dabei saß sie auf einem Sessel. Ihre Beine hatte sie weit auseinander und in ihrer Votze steckte ein großer Dildo. Sie wollte es wie ein Voyeur erleben, wie ihr eigener Mann die Haut einer fremden Frau berührt, streichelt, verwöhnt und seine Finger und Zunge über den fremden Körper, in dem langsam sichtbar Erregung aufsteigt, wandern. Dann fickte mich ihr Mann. "Langsam", befahl sie, „nicht abspritzen!" Ich muss zugeben, er fickte gut. Schöne lange Züge. Beständig lang rein und raus, ohne Hektik. Er hatte ein Gespür dafür und wusste genau, was ich fühlte und ob ich kommen würde. Er hielt sich entsprechend zurück.

„Stop, fick ihr den Mund!", rief sie plötzlich. Jetzt stand sie auf und wollte es ganz genau sehen. Ich ließ ihn bis in den Hals. „Nicht zu tief. Kraul ihm die Eier dabei. Wichs ihn! Wichs dir die Sahne in den Mund!" Na, da konnte ich ja helfen und ihn verwöhnen. Ich quetschte seinen Schwanz schön ein und reizte ihn.

Zuschauer sein, wie der Partner sich verwöhnen lässt, wie er es genießt und sich hingibt. Den Moment erleben, in dem die Lust über jegliche Hemmungen siegt, sich fallen lassen und so die Gier nach Befriedigung erleben. Diese Gier, den anderen zu schmecken und in sich zu spüren, steigt ins Unermessliche. In diesem Augenblick ist pures Zusehen allein nicht mehr möglich.

Carona fühlte sich vereint mit diesen bebenden, stöhnenden, erhitzten Körpern. Mit zärtlichen Berührungen wollte sie in das Spiel der Lust und Leidenschaft eingreifen und den Geschmack der Geilheit in sich selber aufnehmen.

„Nicht alles schlucken", bettelte Carona, „und bitte küss mich!" Als sie ihren Mann schmeckte und mich küsste, masturbierte sie nochmal heftig. Glücklich wie nie zuvor, erlebte sie ihren Traum zu Ende.

Nr. 45: Traumhaft geil, mit dem Ehepaar

Am Frühstückstisch saß ein Paar. Beide ca. Ende 50, schätzte ich sie ein. Sie hatte wirklich eine sehr üppige Oberweite, obwohl sie ansonsten von schlanker Statur war. Er war etwas untersetzt und hatte einen kleinen Bauchansatz. „Mic und Mac" taufte ich sie. Irgendwie ging von den beiden eine eigenartige und geheimnisvolle Ausstrahlung aus.

Am Kaffeeautomaten stand Mic neben mir. Sie hatte so ein Hängerkleidchen an, wie man es auch für den Strand mal schnell anzieht. Ihre Nippel standen darunter sichtbar hervor. Sie hatte keinen BH an, aber augenscheinlich auch kein Höschen. Es zeichnete sich nichts ab. Ich war wirklich versucht, in das Kleidchen zu sehen, um es bestätigt zu bekommen.

„Gefällt dir, was du siehst?", fragte sie. Ich fühlte mich ertappt. Das war mir ja schon peinlich. Aber sie lachte nur: "Ist doch schön, so mal beachtet zu werden." Sie war nett und gefiel mir. Dann waren nur noch wir zwei am Kaffeeautomaten, als Carona hinzukam und sagte: „Lass dich verführen von ihr. Sie kann das wunderbar." Carona verschwand alsbald wieder.

Mic lachte nur: „Die gute Carona. Sie hat ihre Augen und Ohren überall und ist stets bestens informiert." Mic flirtete ab sofort mit mir und fragte ihren Mann, der an einem der Tische saß, ob ich nicht eine bezaubernde Frau sei. Wir zeigten uns eindeutig, dass wir uns Sympatisch finden. Wir gewährten uns gegenseitige Einblicke unter unsere Bekleidung, indem wir uns schon mal, wie rein zufällig, vorbeugten oder wir berührten unsere Arme oder Hüften bewusst, wenn wir vor dem Kaffeeautomaten standen. Wir alle genossen diese Nähe und dehnten deshalb genießerisch das Frühstück aus.

„Zimmer 235", sagte Mic dann leise und fuhr fort, „jetzt gleich, das wäre schön, sehr schön." Etwas aufgeregt betraten wir in den Fahrstuhl und fielen dort sofort übereinander her. Ich wollte sie unbedingt haben. Ich war geil auf sie geworden und küsste sie heftig. Die Zimmertür war noch nicht geschlossen, da flogen auch schon die Klamotten vom Leib. Unverzüglich begaben wir uns alle drei unter die Dusche. Nicht um sofort loszulegen, sondern wegen der erforderlichen Hygiene. So nass wie wir waren, enterten wir das Bett.

Mic küsste mich wie wild. Sie lutschte mir an den Nippeln. Sie begann, mir ausgiebig die Votze zu lecken, zu saugen, mit den Fingern zu ficken. Mac kniete hinter sie, drang in sie ein und fickte sie. Je mehr er fickte, desto wilder wurde sie. Sie ließ nicht locker. Ihre Zunge wirbelte nur so. Sie konnte es wirklich sehr gut und ich bekam meinen Orgasmus. Aber die Situation war irgendwie schon merkwürdig. Sie leckte mich, er fickte sie. Obwohl wir uns erst seit dem Frühstück kannten.

Als er offensichtlich abgespritzt hatte, verschwand er im Bad. Sie aber drehte sich um und bat mich flehentlich, sie jetzt auch zu lecken. Ich tat ihr den Gefallen, leckte sie aus und schmeckte dabei Mac seinen Samen. Ich küsste sie und gab ihr sein Sperma in den Mund. Wir schmeckten ihn jetzt beide.

Wir lagen eine Weile nebeneinander. Die Tür klappte und Mac verließ das Zimmer. „Was nun anstellen, so ohne Mann?", fragten wir uns.? „Moment, ich bin gleich wieder da", sagte ich. Ich warf mir ihr Hängerchen über, ging in mein Zimmer und holte den Strapon. Als Mic den Strapon sah und zuschaute, wie ich ihn in den Po und in die Muschi einführte, gingen ihr die Augen über.

Sie sagte nichts. Legte sich aber automatisch in die richtige Position auf den Rücken. Ich fickte sie genüsslich und liebevoll. Sie steigerte sich, ließ sich fallen, war mir völlig ergeben und reagierte auf jeden Stoß, bis es aus ihr herausbrach. Als sie wieder ein wenig runter kam, hatte ich immer noch die feste Absicht, sie weiter zu ficken. Schließlich hatte ihr Mann mich ja nicht verwöhnt.

„Dreh dich um!", befahl ich ihr. Mic meinte wohl, ich ficke sie noch mal in ihre Votze. Aber dann steckte ich den Dildo vom Strapon ganz schnell in ihren Po. Sie schrie erst auf, atmete schwer, hielt dann aber dagegen. Sie bekam langsam Spaß daran und genoss diesen Fick. In Doggy-Stellung gab sie mir mehr Freiraum, um noch tiefer in sie rein gehen zu können. Als sie dann zusätzlich masturbierte, wusste ich, dass es sie beeindruckt hatte. Natürlich musste ich sie erneut schmecken. Ich zog meine Finger durch ihre feucht, nasse Schamlippen und steckte sie in ihren Mund zum ablecken. Sie schmeckte sich jetzt sozusagen selber.

„Das war wundervoll, das muss er mit mir auch mal machen!", hörte ich zur Bestätigung.

Nr. 46: Traumhaft geil, Carona und ihr Mann

„Waren die beiden nicht reizend und so schön geil?", hörte ich von Carona, „Ich habe auch schon eine Nacht mit ihnen verbracht." „Ich muss dir sagen, so langsam macht mir dein Zuschauen Spaß", erwiderte ich, "und ich kann verstehen, dass es dich um den Verstand bringt."

Dann ergab sich ein längeres Gespräch und sie verriet mir, dass sie es noch nie erlebt hätte, dass jemand bei ihr und ihrem Mann zuschaut. Davon träumte sie immer. Ja mehr noch, der Zuschauer solle sagen, was er sehen will und die Regie übernehmen. Sie und ihr Mann möchten sich so gerne wie zwei Marionetten fühlen, die die Anweisungen und Befehle ausführen müssen. Und wenn sie dabei spüren könnten, was den Zuschauer so richtig aufgeilt, dann wäre es besonders schön. Alleine wenn sie davon träume oder auch nur erzählte, war sie schon nass und hatte eine Sehnsucht danach, sofort gefickt und beobachtet zu werden.

Aus so einer Perspektive heraus habe ich das Zuschauen noch nie gesehen. Ich schlug ihr vor, einfach mal bei ihr und ihrem Mann zuzuschauen. In Gedanken hatte ich schon meinen Dildo in der Votze, wenn ich zuschaue und es mir dabei mache, so, als ob ich einen Porno anschaue. Die Pornodarsteller interaktiv mit meinen Anweisungen beeinflussen zu können, machte mich richtig geil.

Wenn es also bisher für Carona und ihrem Mann immer ein Lustgewinn war, anderen beim Ficken zuzuschauen, dann konnte ich getrost das Rollenspiel annehmen und sie beherrschen und bevormunden. Wir werden ja sehen, wie es geht und wie ihr Mann das empfindet. Meine Aufgabe ist es also, mit einem energischen Befehlston Anweisungen zu geben, damit sie machen, was ich von ihnen verlange.

Als sie in das Zimmer kamen, war ich schon ausgezogen. Ich hatte ein paar Dildos bereitgelegt, um zu testen, wie sie reagieren und ob sie bereit waren. Ich war also nackt, ganz nackt. Ich hatte mir vorgenommen, mitzuspielen und mich auch von den beiden anfassen zu lassen oder einfach nur mal meine Votze zu zeigen. Bevor es losging, herrschte ich die beiden an, warum sie noch nicht ausgezogen wären und schickte sie, nachdem sie sich ihrer Klamotten entledigt hatten, direkt unter die Dusche.

Ihr Mann folgt brav meinen Aufforderungen, sie einzuseifen und Carona hielt sich tapfer an das Verbot, ihn anzufassen. Keine männliche Hektik und Selbstbefriedigung, gab ich als Devise aus. Ich wollte, dass ihr Mann spürt, wie Carona reagiert und sich unter seinen Händen aufgeilt. Aber immer wieder erigierte sein Schwanz und sein Drang zu ficken wurde immer stärker. Ich verbot es ihm ausdrücklich und forderte die beiden auf, in der Dusche zu pissen.

Das war für Carona kein Problem, aber für ihn. Mit dem erigierten Schwanz hatte er da so sein Problem. Aber er meisterte es nach einer Weile. Er wollte seiner Frau in nichts nachstehen. „Piss ihr auf die Votze!", kommandierte ich und es gelang ihm vortrefflich. Carona drehte fast durch und fiel ihm um den Hals. Ihre Küsse waren heiß und fordernd. Ich ließ es zu und schickte sie dann beide, so nass wie sie waren, zum Bett.

Jetzt aber war es an Carona, die sich zurückhalten musste. Ich sagte ihr, sie solle liebevoll mit seinem Schwanz umgehen, ihn küssen, lecken und mit dem Mund ein paar Mal ficken. Sie kraulte seine Eier und kreiste mit ihren Fingern um seine Rosette. Dann fickte sie ihm mit einem Finger langsam den Arsch und lutschte dabei seine harte Lanze.

Als sie ihn genügend vorbereitet hatte, durfte sie sich auf ihn setzen. Zuerst mit dem Gesicht zu ihm gewandt. Sie kippte ihr Becken, um ihn abzumelken und ging dann in einen furiosen Ritt über. Sie donnerte ihr Becken auf ihn und sein Schwanz drang tief in sie ein. Dem Befehl, zu stoppen und sich umzudrehen, konnte sie nur schwer Folge leisten. Aber ich wollte damit erreichen, dass er jetzt ihren Arsch fickt.

Carona sah mich ungläubig an und ich drehte mich um, zeigte den Beiden mein eigenes Arschloch und bestand auf den Fick. Ich war mir sicher, wie gierig sie meine Votze betrachteten, dass es sie aufgeilte. Also steckte ich die Finger rein und gab ihnen zu kosten. Sie schleckten beide wie Hunde daran. Da Carona sich jetzt in der Doggy-Stellung befand, musste ihr Mann an den Arsch ran.

Er machte es sehr vorsichtig. Dabei war ich sicher, er hatte es noch nie gemacht. Aber mit dem Gleitgel, welches ich ihm reichte, und etwas Geduld, drang er schließlich in sie ein. Carona stöhnte mächtig. Sie kannte das offensichtlich nicht. Es war für die beiden sozusagen eine Premiere. Ihre Arschvotze wurde das erste Mal zum ficken benutzt. Sie wurde nach einer Weile ruhiger und stemmte sich ihm entgegen. „Kneif den Arsch zu und mache es ihm eng!", befahl ich ihr. Aber es reichte schon so. Ich sah, wie es zwischen seinem Arschloch und seinem Sack zuckte. Er spritzte ihr den Arsch voll.

Carona schnaufte lange. Ihr Mann schüttelte den Kopf. So eingeschnürt hatte er seinen Penis noch nie erlebt. Die beiden brauchten ein paar Minuten, um zu begreifen, was eigentlich geschehen war. Dann holte ich einen Umschnallpenis hervor, der innen einen Dildo für die Votze hatte. Als Carona den Umschnallpenis angelegt hatte und lachend meinte, sie solle jetzt mich ficken, hatte sie sich gewaltig geirrt. Als ich ihr klar machte, dass sie ihren Mann ficken müsse, war ihr Gesichtsausdruck unbeschreiblich. Als ob sie es nicht verstanden hätte, fragte sie noch zweimal nach.

Sie setzte den Dildo auf seine Rosette, ließ das Gleitgel darüber laufen und drang in ihn ein. Sie drehte fast durch und fickte ihren Mann schon nach kurzer Zeit wie wahnsinnig. Es war, als ob sie das immer schon mal machen wollte. Es war ein reizender Anblick und nichts hielt mich davon ab, ihr durch ihre Pokerbe zu streicheln, um sie dann mit zwei Fingern in ihren Arsch zu ficken. Jetzt spürte ihr Mann, wie wild und geil seine Frau war und auch sein wollte.

Aber das reichte mir nicht. Deshalb zog ich mir auch einen Strapon an und steckte mir den Innendildo in meine Votze, um Carona ihren Arsch zu ficken, den sie mir so schön präsentierte. Ich nahm sie bei den Hüften und drang in sie ein. Ich zog sie zu mir und schob sie dann auf ihren Mann. Mit der Zeit machte sie diese Bewegungen alleine, immer rhythmischer, immer harmonischer. Es war spürbar, wie der Orgasmus kam und sie mit Wellen überflutete. Ich ließ nicht locker. Wenn sie langsamer wurde, bewegte ich sie wieder vor und zurück.

Es waren mehrere Orgasmen, die Carona hierbei erlebte. Sie war völlig erschöpft und auch ihr Mann atmete heftig. Carona kippte ihr Becken, war wie in Ekstase. Ich wusste gar nicht mehr, ob sie noch weitere Orgasmen hatte. Sie war wie im Rausch, bis sie völlig fertig zur Seite kippte. Ich selber war selig beglückt, es miterlebt zu haben. Mein Votzensaft lief nur so aus mir heraus. Es aus dieser Sicht so zu erleben, bereicherte mich um eine neue Erfahrung.

Nr. 47: Traumhaft geil, allein mit Carona

Carona war völlig durcheinander. Der Fick mit ihrem Mann, ihn das erste Mal in den Arsch zu ficken und ihn dabei seine Sahne abzunehmen, hatte sie ein wenig mitgenommen. Sie war es bisher nicht gewohnt, gesagt zu bekommen, was sie zu tun hat. Aber daran, sich beim Zuschauen aktiv einzubringen, hatte sie nie gedacht. Jetzt aber spürte sie, wie es ist, wenn sie ihren Mann aufgeilt, um dann heiß von ihm gefickt zu werden.

Carona war so süß und immer noch ein wenig unsicher, wie sie sich mir gegenüber verhalten sollte. Irgendwie verspürte ich Lust, sie mal alleine zu ficken. Als ich ihr den Vorschlag machte, doch allein die Nacht mit mir im Hotelzimmer zu verbringen, leuchteten ihre Augen. Ihr Mund stand offen, dann lachte sie über das ganze Gesicht. Ja, sie war so richtig aufgekratzt, glücklich danach gefragt zu werden.

Jetzt wollte sie eben alles erleben, mehr als es ihr bisher möglich war. Ich dachte mir, wenn ich mit Carona alleine ficke, spürt sie, welche Gefühle in ihr überhaupt möglich sind. Als sie in mein Zimmer kam, hatte sie ein kurzes Kleidchen an. Sie sah damit viel jünger aus. Ihre Titten schimmerten mir entgegen. In der Hand hielt sie eine bereits geöffnete Flasche spanischen Wein vom Feinsten und strahlte mich dabei an.

Sie gab mir einen kurzen Begrüßungskuss und drückte sich an mich. Sie wollte mich spüren, mich erleben und fühlte sich offensichtlich äußerst wohl dabei. Wir tranken erst mal ein Glas Wein und zogen uns dabei gegenseitig aus. Mir wurde erst jetzt so richtig bewusst, dass ich auf dem besten Wege war, eine 20 Jahre jüngere Frau zu ficken, die händeringend ihre weibliche Identität sucht und noch nicht so richtig weiß, was sie will und was sie darf.

Dann aber erregte der Strapon, der auf dem Bett lag, ihre Aufmerksamkeit. „Damit hast du mir den Po gefickt?", fragte sie. Ich nickte nur und gab ihn ihr. Fast automatisch nahm sie die Penisspitze in den Mund und lutschte daran. Wir lachten beide und ich prostete ihr zu. Das machte uns lockerer. Carona wirkte so anziehend auf mich, wie selten eine Frau vor ihr. Ich beschloss, sie zu überreden heute Nacht bei mir zu bleiben. Ihr Mann wusste ja sowieso Bescheid.

Mit jedem Schluck Wein wurden wir vertrauter. Meine Hände berührten ihre samtweiche Haut. Ich ließ keine Stelle aus und fuhr immer tiefer hinunter, bis hin zu ihrem Schambereich. Carona stöhnte und schloss die Augen. Ein wohliger Schauer fuhr durch ihren Körper. Ihre Muschi war so schön feucht und ich konnte ihre Säfte bis zum Po streichen. Sie zuckte, als ich ihr ihren Po geschmeidig machte. Der Reiz nahm für sie zu und ich fühlte, wie sie den Anus bewegte, wie er atmete. Sie ließ sich darauf ein. Mehr noch, sie spürte ihren Po, ihre Rosette und ihren Arsch noch intensiver als es sonst der Fall war. Sie geilte sich unter meinen Händen auf, willigte ein, alles mitzumachen, was ich ihr anbieten würde. Wusste sie doch, vom gemeinsamen Ficken mit ihrem Mann, welche Gefühle beim Arschfick aufkommen können.

Wir verschränkten unsere Beine und ich drückte meine blank rasierte Votze auf ihre. Wir rieben uns gegenseitig. Wir wurden zunehmend wilder, geiler und ekstatischer. Ja, dann war ich so aufgegeilt, dass ich mir den Strapon schnappte und sie einfach auf den Bauch umdrehte. Sie wusste, was die Stunde geschlagen hatte. Vorsichtig und behutsam drang ich einfach in ihren Arsch ein. Stück vor Stück arbeitete ich mich hinein. Man merkte ihr an, dass sie erst gestern da rein gefickt wurde. Sie schrie und ich schlug ihr mit der flachen Hand auf ihre Arschbacken, um sie abzulenken.

Dann wurde bei ihr alles so weich. Ihr Arschloch war entspannt. Sie setzte mir keinen Widerstand mehr entgegen. Ich fickte sie immer tiefer und gleichmäßiger mit stärkeren Stößen. Sie ließ es willig geschehen und konzentrierte sich auf ihre Gefühle. Mit einer Hand fingerte sie sich über ihre Klitoris. Als ich das merkte, umfasste ich ihre Hüften und fickte sie härter und noch tiefer. Sie stöhnte und schwitzte. Ich spürte ihre Wellen fließen, da war er, ihr erster Orgasmus für heute.

Ich ließ von ihr ab, um sie zu küssen. Unsere Münder trafen sich zu einen innigen und langen Kuss. Unsere Zungen ließen nicht locker und wir spürten diese innere Wärme in unseren Körpern. Unzählige, immer wiederkehrende Lustwellen eroberten unsere Körper. Die Pausen dazwischen gaben uns die Ruhe und die innere Befriedigung. Dann wollte Carona den Strapon anlegen. Sie wollte mich ficken. Sie wollte sich versuchen, sich dabei erleben. Etwas anderes machen, als sie es kannte. Mal eine Frau ficken, eine ältere Frau ficken, die sie befriedigen wollte. Das war bisher für sie undenkbar gewesen.

„Kann ich das? Hilfst du mir?", bettelte sie. Aber sie traute sich trotzdem von selbst allein an diese Herausforderung heran. Und dann? Und wie sie mich gefickt hatte. Da war so viel Leidenschaft von ihr dabei. Sie wollte sich bei mir revanchieren und mir alles zurückgeben. Sie hatte es mit Bravour gemacht und heftig in mich hineingefickt. Sie wurde erst dann etwas ruhiger, als sie merkte, wie mein Körper in sich zuckte. Erst jetzt realisierte sie überhaupt, was sie und wie sie es gemacht hatte. Jetzt wurde ihr ihre Geilheit, ihr Drang, aber auch der Zwang, den sie spürte es tun zu müssen, bewusst. Sie war fix und fertig, völlig erschöpft und konnte sich deshalb total entspannen.

Dann aber legte sie sich auf ihren Rücken. Sie wollte wieder mehr. Sie wollte noch einen Orgasmus in sich erleben. Sie griff nach dem zweiten Dildo, der auf dem Bett lag, immerhin war er 25 cm lang und 5 cm dick. Sie steckte ihn tief mit auf und ab Bewegungen in ihre Votze. Ihre Augen verdrehten sich, es schien:?als wäre sie ganz weit weggetreten. Ich hielt sie mit meinen Armen innig und fest umschlungen. Sie schmiegte sich ganz nah an meinen Körper. Sie wollte mich an ihren Regungen teilhaben lassen und ich zeigte ihr, dass ich mit ihr fühlen konnte. Als sie ihren Orgasmus förmlich hinausschrie, war ich glücklich und freute mich für sie. Jetzt hatte sie jegliche Scheu verloren. Sie hatte Tränen in ihren Augen, Sie hatte es gemacht. Sie hatte mich gefickt. Sie war unendlich stolz darauf und lächelte mich an. „Danke", sagte sie zu mir.

Wir lagen die ganze Nacht eng umschlungen, angekuschelt nebeneinander und spürten immer wieder neue kleine Glückswellen. Als ich am Morgen aufwachte, war sie bereits verschwunden. Aber es lag ein Zettel auf dem Nachttisch. Es war ein süßes Herz darauf gemalt und darin stand geschrieben: „Bitte komme nächstes Jahr wieder. Du hast mir Gefühle möglich gemacht, die ich bisher nicht kannte."

Ich will

Ich will alles

Ich will mich erfüllen

Ich will dich erfüllen

Ich will geil sein

Ich will alles erleben

Ich will Weib sein

Ich will verführen

Ich will verrucht sein

Ich will Sehnsüchte befriedigen

Ich will mir Wünsche erfüllen

Ich will meine Löcher spüren

Ich will Fickloch sein

Ich will wild sein

Ich will alles dürfen

Ich will alles machen

Ich will alles erleben

Ich will leben

Ich will mich erleben

Ich will mich für dich ficken lassen

Ich will dir beim Ficken mit anderen gefallen

Ich will mich von dir verleihen lassen

Ich will alles für dich tun, was du verlangst

Ich will damit mich erfüllen

Laura

Laura ist eine junge Frau von 32 Jahren, die der Auffassung ist, sich bisher sexuell noch nicht ausgelebt zu haben. Sie meint, ihre wahren Grenzen noch nicht zu kennen und die sich ihr bietenden Möglichkeiten nicht vollends ausgeschöpft zu haben. Sie ist eigentlich sehr spontan und außerdem auch noch bildhübsch. Ihre jugendliche Ausstrahlung weiß sie gezielt einzusetzen, um potentielle Sexpartner für sich einzunehmen. Wenn sie in Erscheinung tritt, spielen nicht nur die Männer verrückt. Sie ist offen für die lesbische Liebe. Bisher hatte sie nur wenig Sex mit Männern gehabt. An Gelegenheiten mangelte es ihr sicher nicht, aber ihr würde es sehr gefallen, mit einer Frau wunderbaren Sex zu haben.

In ihrer Fantasie ist alles möglich. Sie kann sich so sehr in ihre Fantasie hineinsteigern, als ob sie es wirklich erlebt. Sie sucht die Nähe einer reifen Frau und will mit ihr zusammen alles erleben, was irgendwie möglich ist. Sie will sich ohne Tabus hingeben können. Manchmal redet sie mit sich selbst, weil es ihr dabei hilft, innere Konflikte zu bewältigen. Wie alle Frauen, besonders, wenn sie jünger sind, befürchtet sie, dass ihr familiäres und persönliches Umfeld von diesen Neigungen und Wünschen erfahren könnte. Sex zu haben und dabei von anderen Leuten beobachtet zu werden, sich einfach nur zu präsentieren und dominant oder devot zu sein, gefällt ihr besonders.

Nr. 48: Traumhaft geil, die Laura

Laura's Wunsch, sich mit einer älteren und erfahrenen Frau offen auszutauschen, kam ich gerne entgegen. Denn es ist doch für eine junge Frau aufregend und spannend zugleich, bisher unbekannte Spielarten der Erotik aus erster Hand zu erfahren. Wir hatten bereits den ganzen Nachmittag bei ihr zuhause mit angeregten Gesprächen verbracht. Nun lag es an mir, Laura in die Welt der Fantasien mitzunehmen. Ich stand ich auf und stellte mich ganz dicht vor ihr hin. Sie umarmte mich, ohne zuvor aufzustehen. Ihre Hände umspannten meinen Hintern. Sie zog mich nah an sich ran. Wortlos schob ich meinen Rock höher, um sie zu ermuntern, weiterzumachen. Sie verstand und zog langsam meinen Slip herunter. Ich ließ meinen Rock nun zu Boden fallen und stellte mich etwas breitbeiniger hin, damit sie es leichter hatte, alles genau zu betrachten. Insgeheim hoffte ich, dass sie gleich beginnen würde, mich zu lecken. Und richtig!

Ich spürte ihre Zunge, die sich langsam zwischen meinen Schamlippen ihren Weg suchte. Alles geschah zu meiner Zufriedenheit und wie ich es mir vorgestellt hatte. Sie zog meine Schamlippen mit beiden Händen auseinander, so dass meine Votze weit geöffnet war und ihre Zunge noch tiefer in meine Lustgrotte stoßen konnte. Mit ihrem Kopf drückte sie meine Beine noch weiter auseinander, so dass meine nasse Votze sich ihr in ihrer ganzen Pracht präsentierte. Ich konnte ein lautes Stöhnen nicht verhindern, so geil machte mich das.

Ich war gespannt darauf, was Laura noch alles anstellen würde, wenn sie sich mir gegenüber so richtig fallen lässt. Mein Kitzler wurde fester und mein Saft verteilte sich auf ihrem Gesicht. Wellen durchströmten mich, meine Votze wurde heißer und straffer. Das Blut pulsierte durch meine Schamlippen, die dadurch deutlich an Größe gewannen. Innerlich jubelte ich nur noch: „Sie wird die bisherige Grenze in ihrem Kopf überschreiten und wird mich ficken!"

Und genau das passierte! Sie sprang auf, entledigte sich ihrer Kleidung und stand nun splitternackt vor mir. Wir nahmen uns keine Zeit mehr, uns gegenseitig zu betrachten. Ich stellte mich einfach hinter Laura und griff ihr mit einer Hand an die Brust, während meine andere Hand schon ihren Weg zwischen ihre gespreizten Beine gefunden hatte. Zwei Finger ließ ich gleich in ihre klitschnasse Votze eintauchen. Sie legte ihre Hand auf meine und drückte meine Finger noch tiefer in ihre Votze hinein. Es war unbeschreiblich geil, meine Titten auf ihrem Rücken reiben zu können. Ich kniff ihr in die Brustwarze, so dass sie vor Geilheit laut aufstöhnte. Ich drängte sie jetzt zum Bett und legte sie rücklings darauf. Ich nahm ihre Beine, spreizte sie auseinander und drückte sie nach oben, damit ich besser an ihre offene und schleimige Votze gelangen konnte.

Ich hob jetzt ihre Beine an und legte sie über meine Schultern. So war es für Laura nicht so anstrengend und ich konnte in ihrem Lustzentrum in aller Ruhe ihren Kitzler bearbeiten. Meine Zunge suchte und fand ihren Weg und ich merkte, wie sich bei ihr ein Orgasmus ankündigte. Aber ich fand, das war jetzt noch nicht der richtige Zeitpunkt dafür und ließ die Zügel etwas lockerer, damit sie wieder etwas runterkam. Ich merkte deutlich, dass ihr das nicht passte. Sie wollte scheinbar ihren Orgasmus hier und jetzt! Dann bearbeitete ich wieder mit meiner Zunge ihr Lustzentrum, insbesondere wieder ihren Kitzler. Ich machte zwischendurch immer wieder kleine Pausen, um ihre Lust danach wieder erneut anzufachen. Sie geilte sich immer mehr auf und war fast dabei, ohnmächtig zu werden. Ihre Votze war mittlerweile total überschwemmt. Sie verriet mir sogleich, dass es wunderschöne Gefühle wären und dass ich es fantastisch machen würde.

Ich legte mich, ohne darauf etwas zu antworten, neben sie und setzte mein, immer von Pausen unterbrochenes, Spiel mit ihrem Lustzentrum fort. Es gab jetzt für sie kein Halten mehr und sie steckte mir ebenfalls zwei Finger in meine erregte, nasse Votze hinein. Das ging ohne Probleme, denn mein Lustloch war genau so nass wie ihres. Es erregte sie dermaßen, dass ihr der Liebessaft die Schenkel entlanglief. Sie war deshalb sichtlich erstaunt und wunderte sich, wie ich es schaffte, die Pausen so gezielt einzusetzen und sie damit immer kurz vor dem Höhepunkt zu halten ohne jedes mal zu kommen.

Ich hatte aber nicht die geringste Absicht, es hierbei zu belassen und drehte Laura auf den Bauch. In dieser Position hatte ich jetzt leichteren Zugang zu ihrem Po. Sie ahnte es wohl, was ich vorhatte und wirkte etwas zögerlich. Sie verriet mir sogleich, dass sie es immer sehnlichst herbeigewünscht hatte, von einer Frau anal verführt zu werden. Ich steckte meinen Daumen in ihre Pussy und mit einem Finger dehnte ich schonmal vorsichtig ihre kleine Rosette. Den Schleim aus ihrer Votze benutzte ich einfach als Gleitmittel. Als ihr Anus bereit war, also locker und entspannt genug, drang ich mit dem Finger in ihn ein und begann sie damit leicht zu ficken. Mit dem Daumen in ihrer Muschi tat ich das Gleiche. Diese übermäßige Reizung war nun zu viel für sie und sie verlor die Beherrschung vollends. Ihr ganzer Körper zuckte drauflos und sie kam. Ein gewaltiger Orgasmus überschwemmte sie und sie schrie ihre Lust laut und hemmungslos heraus.

Meine Hand war noch zwischen ihren Schenkeln eingeklemmt. Ich befreite mich vorsichtig und legte ihr meine Hände beruhigend auf Brust und Muschi. So kam Laura langsam wieder zu sich. Sie war eigentlich noch völlig weggetreten, aber sie nahm mich voller Dankbarkeit in den Arm, küsste meine Lippen und streichelte dabei meine Brüste, während meine Hand leicht auf ihrer nassen, geschwollenen Votze lag. „Du hast mich unendlich glücklich gemacht!", sagte sie, noch sichtlich erschöpft, zu mir. Laura hatte ein Bein über meinen Oberschenkel gelegt, so dass ich ihre nasse Votze spüren konnte. Sie fügte hinzu: „Ich hab dich lieb!" Ich zog die Bettdecke über uns und wir schliefen, eng aneinander gekuschelt, ein. Was für ein wundervolles Gefühl!

Nr. 49: Traumhaft geil, die Nacht mit Laura

Lernen und viele Erfahrungen sammeln. Manchmal entsteht so eine Art von Urgeilheit, die nicht einmal durch das Ficken vergeht.

Ich wurde wach und streichelte Laura, die immer noch neben mir auf dem Bett lag. Sie wurde dadurch wach und musste sich erstmal kurz orientieren. Wir lagen hier nackt nebeneinander und die Erinnerung daran, was wir kurz vorher erlebt hatten, wurde wieder lebendig. Ein prüfender Griff an meine Votze, und siehe da, sie war noch wunderbar nass. Also prüfte ich lächelnd auch bei ihr nach. Da war auch alles noch klitschnass.

Sie nahm mich glückselig in den Arm, gab mir einen liebevollen Kuss, den ich leidenschaftlich erwiderte. Dann sagte ich zu ihr: „Laura, jetzt habe ich etwas sehr Schönes für uns beide." Ich griff in meine Reisetasche und holte einen 60 cm langen, flexiblen Dildo raus, so einen Doppeldildo, eigentlich für Lesben gedacht. Diesen Doppeldildo führte ich uns beiden in die Votzen ein. Und weil unsere Mösen noch so herrlich nass waren, war das auch kein Problem.

Wir waren somit quasi verbunden. Wir lagen lange so vereint beieinander, ohne etwas zu machen. Aber der Dildo, der uns ausfüllte, reizte uns und ließ uns nicht einschlafen. Es war so geil mit ihr, jede Bewegung in ihrer Scheide und ihres Beckens wurde direkt übertragen. Wir spürten uns so intensiv und es war so schön vertraut, sich so nah zu spüren. Wir bewegten uns und das erhöhte den Reiz. Ein geiles Gefühl. Die Pussy war ausgefüllt, ohne dabei gefickt zu werden.

Wir küssten uns, streichelten uns, drückten uns aneinander, griffen an die Brüste, zwirbelten uns die Nippel und wurden dabei immer geiler. Wir klatschten uns auf den Po, so gut es eben ging. Wir wollten ja beide den Dildo nicht verlieren. Ich rieb zusätzlich ihren Kitzler bis sie aufstöhnte. Es war einfach sehr schön mit ihr. Es sollte doch nie aufhören.

Aber schon spürte ich ihre Hand an meinem, nicht weniger empfindlichen, Kitzler. Sie rieb daran und ich war viel zu erregt, um ihr länger widerstehen zu können. Meine Nässe war ihr Lohn. Das war ein schönes, langes Spiel. Wir entfernten den Partnerdildo und gingen aufgegeilt und euphorisch gemeinsam ins Bad.

Eng umschlungen stellten wir uns unter die Dusche, seiften uns gegenseitig ein und rieben liebevoll die Titten aneinander. Unsere Votzen und unsere Polöcher streichelten und verwöhnten wir mit unseren Händen. Als ich ihr den Duschkopf an die Muschi hielt, war ihre Erregung so groß, dass sie mir auf die Hand pinkeln musste. Das animierte mich ebenfalls, so dass auch meine Pisse sprudelte. Amüsiert schauten wir zu, wie unsere Brünnlein flossen. Dann trockneten wir uns gegenseitig liebevoll ab.

Sie fragte mich, ob ich den Strapon auf dem Nachttisch gesehen hätte. „Aber ja, liebe Laura", antwortete ich und fragte zurück: "Soll ich dich damit ficken?" „Oh, ich bin verrückt danach!", antwortete sie sofort. "Fick mich, mach mich fertig, ich bin so geil auf dich! Ich will dich damit überall spüren, in allen Löchern, füll mich aus!" Ich beeilte mich jedoch, hinzuzufügen: „Aber meine kleine, geile Laura, doch nicht in den Po ohne Vorbereitung, ohne Spülung. Komm ich zeige es dir."

Dann wechselte ich den Duschkopf gegen eine Analdüse aus, die ich vorrausschauend mitgebracht hatte. Langsam füllte sich ihr Darm mit Wasser und sie ging mit zusammengekniffenen Pobacken zur Toilette. Das machte ich zweimal mit ihr. Als sie dann das Wasser so tief in ihrem Darm spürte und wie es wieder zum Po rauslief, stöhnte sie erstmal laut auf. Es war ein unglaublich geiles Gefühl für sie, es so zu spüren. „Ja, das ist einfach ein umwerfendes Gefühl", lachte ich. "Wer es kennt, möchte es nicht mehr missen."

Ich trocknete sie anschließend etwas ab und nahm sie mit zum Bett. Ich legte mir den Strapon an und führte dabei den innenliegenden Kugeldildo in meine Votze ein, damit der stabile Sitz gesichert war. Aber auch, um mich selbst besser reizen zu können. Sie ergriff spontan den Außendildo, der mit dem Innendildo verbunden war und bewegte ihn leicht hin und her. Diese Bewegungen übertrugen sich natürlich innen auf meine Votze. Das bereitet ihr sichtlichen Spaß. Dann setzten wir uns beide auf das Bett. Mit viel Gleitcreme führte ich den Dildo in ihre geile Votze ein. Es war für sie aufregend, weil sie es noch nie erlebt hatte.

Ihre Augen wurden größer und größer, als ich ihr den Strapon tiefer in die Votze stieß. Sie hielt sogar dagegen, um meine Stöße intensiver spüren zu können. Als sie kam und die Wellen sie durchfluteten, hielt ich kurz inne und machte danach wieder weiter. Der Dildo gab nicht nach. Er steht! Unerbittlich! Es wurde ein gewaltiger Fick und ich wusste, lange konnte sie das so nicht durchhalten.

Ich hatte schon ein Gespür dafür, wann es genug ist und zog ihr den Dildo aus ihrer stramm gefickten Möse raus. Ich drehte sie um, streichelte ihren Po und steckte zum Test einen Finger rein. Erst aber hielt ich ihr den noch schleimigen Dildo vor den Mund und sie küsste und leckte ihn. Ich stellte mich nun hinter sie und zog ihr die Pobacken auseinander. Dann drückte ich ihr den Dildo in den Hintern. Sie schrie auf. Er war so groß, so dick. Ihr Arsch brannte wie Feuer. Ich ignorierte ihren Schmerz und fickte genüsslich weiter in ihr Arschloch. Sie stöhnte, weil sie so aufgeweitet wurde. Das war eigentlich schon viel zu viel für den Anfang, aber ich ließ mich dennoch nicht davon abbringen. Ich dirigierte ihre Hand runter zu ihrer Klitoris.

Ich wusste, dass man beim ersten Mal besser etwas Geduld, Ruhe und Einfühlungsvermögen mitbringen sollte. Es dauert eben eine Weile, bis der Anus sich an den Dildo gewöhnt hat.

Danach geht er schon viel besser und leichter rein. Der Reiz im Arsch und die Erfüllung in der Votze, der abklingende Schmerz und die aufkommende, geile Lust war das, was ich ihr an Erfahrung vermitteln wollte. Ihr ganzer Unterleib war in Aufruhr. Das war für sie gewiss kein gewohntes Gefühl. Dann kam er, ihr erster Analorgasmus. Ihr wurde heiß und kalt zugleich. Wellen durchzogen ihren Körper, es zuckte überall, ihr Po glühte. Sie war sichtlich geschafft.

Sie nahm mich nun ganz fest in den Arm, weil ich ihr ein wundervolles Erlebnis ermöglicht hatte. Ihr Arsch war nun auch für das Lustempfinden erschlossen. Bevor sie total erschöpft einschlief, flüsterte sie mir noch ins Ohr: „Sobald ich wieder fit bin, möchte ich dir all diese Wonnen, die du mir bereitet hast, zurückgeben. Ich will diesen Strapon, genauso wie du, in meiner Votze verankern und ihn dir in beide Lustlöcher einführen und dich glücklich ficken." Mit diesen Worten schlief sie in meinen Armen ein.

Sie konnte es ja nicht ahnen, dass ich es plante, eine richtige Dreilochstute aus ihr zu machen.

Nr. 50: Traumhaft geil, Laura als Dreilochstute

Ich hatte Laura zu mir nach Hause eingeladen. „Das ist Sabrina", stellte ich Sabrina vor und erklärte Laura: „Sabrina ist heute nur für dich da." Als Laura ins Zimmer kam, waren Boy und Toy, die ich ihr auch gleich vorstellte, schon anwesend. Die beiden konnten ihre Blicke nicht mehr von Laura lassen. Sie war halt so ein wahnsinnig hübsches, junges Ding. Boy und Toy zogen sie bereits mit ihren Blicken förmlich aus. Laura konnte das richtig spüren. Es schien ihr zu gefallen.Jedenfalls ließ sie sich nichts Gegenteiliges anmerken. „Das ist Frank, mein Mann", stellte Laura ihren Frank vor. Frank machte auf Laura einen eher zurückhaltenden Eindruck.

Während ich Laura noch umarmte, flüsterte ich ihr zu: „Ich wünsche dir eine schöne Zeit. Lass dich einfach fallen." Laura wollte noch was sagen, aber Sabrina dirigierte Laura bereits ins Bad, zog sie aus und ließ die Klamotten einfach auf dem Boden liegen. Laura war sich nicht sicher, ob sie das denn alles wollte, was da auf sie zukam.

Sabrina zog sich auch im Bad aus, ohne ihren liebevollen Blick von Laura zu lassen. Sie öffnete spielerisch ihren BH und zog langsam ihren Slip herunter. Jetzt nahm sie sich die Zeit, Laura näher zu begutachten. Sie streichelte über ihre zarten, dennoch festen Brüste. Sabrina sah, dass Laura frisch rasiert war und bemerkte, dass sie das sehr liebe. Dann zog Sabrina sie unter die Dusche. Langsam lief das angenehm warme Wasser an Laura's Körper hinunter. Sabrina seifte mit kreisenden Bewegungen Laura's Brüste und Po ein. Dabei vergaß sie auch nicht, ihr den Damm entlang, bis tief in die Furche zu gehen.

Laura erschrak heftig, weil Sabrina ihr in den Po griff. „Den müssen wir spülen", meinte Sabrina. Als sie auch ihre Votze mit dem Finger testete, fand Sabrina, dass sie schön schleimig sei und Laura bestimmt schon jede Menge geile Gedanken haben müsse. Sabrina half ihr bei der Analspülung und ihr wurde klar, dass es wohl ein Arschfick werden würde. Willenlos ließ Laura alles mit sich machen. Sabrina lobte sie für diese Einstellung.

Eigentlich fand Laura es spannend mit Sabrina. Sie fing an, sie zu mögen und öffnete sich ihr zunehmend. Sabrina kniete plötzlich vor ihr hin, zog sie an sich ran und begann ihr die Votze zu lecken. Sie war darin geübt. Sie hatte eine starke Zunge mit viel Kraft. Laura wurde zunehmend erregter und feuchter. Sie hatte ja schon viele Frauen, aber so eine war ihr noch nicht begegnet. Sie gab sich ihren Gefühlen hin. Sabrina spürte das sofort und stoppte unmittelbar.

Sie führte Laura an der Hand wieder zurück ins Wohnzimmer. Da stand eine Art größere Massagebank mit einer Matratzenauflage. Laura hatte kaum Zeit, sich zurechtzufinden. Frank ging zu ihr, drückte sie an den Schultern nach unten und deutete ihr an, seinen Schwanz zu blasen. Laura jubelte. Das wollte sie doch immer schon mal. Viele Männer, die sie ficken und auf ihr abspritzen. Also machte sie sich mit Genuss über seinen Schwanz her.

Aber Sabrina ging dazwischen und unterbrach den Mundfick. Sie nahm Laura an die Hand und führte sie zur Massagebank, auf die sie sich legen sollte. Dann zog sie Laura auf der Bank etwas höher, so dass ihr Kopf fast über das eine Ende ragte. Bequem war das für sie sicherlich nicht. Aber dann klappte Sabrina das Fußteil runter, um Laura's Beine anzuwinkeln und ihr die Knie besser auf die Brüste drücken zu können. So positioniert, waren der Arsch und die Votze für jeden gut sichtbar und zugänglich. Laura wirkte in diesem Moment ein klein wenig verstört, wenn nicht sogar ängstlich. Als Sabrina dann meinte: „So ihr Herren, sie ist für euch ab sofort freigegeben! Macht es ihr schön!", bekam Laura einen Riesenschreck.

Laura wusste erst nicht, ob es Boy oder Toy war, der sich an ihr zu schaffen machte. Jedenfalls war jemand dabei, ihr seinen Penis in den Arsch zu drücken. Sie begann zu schwitzen. Es schmerzte und brannte, doch mit der Gleitcreme flutschte sein Penis Stück für Stück tiefer in sie rein. Ihr Poloch wurde immer weicher und nahm seinen Prügel gierig auf. Sie fühlte sich schnell wohler und griff schon nach ihrer Votze, um sich zusätzlich selbst zu stimulieren. „Jetzt du!", befahl Sabrina und zeigte auf Boy. Toy zog seinen Schwanz aus ihrem Arsch raus und überließ Boy das Feld. Boy machte sich sofort bereit.

Am Ende der Massagebank standen zwei Fußbänke. Boy stellte sich breitbeinig darauf und stand nun etwas erhöht und konnte so besser an ihre Muschi kommen. Er versenkte sogleich seinen Schwanz in einem Zug in ihrer Votze. Da ließ er ihn auch tief drin. Dann aber spürte sie wieder den Schwanz von Toy in ihrem Arsch. Toy wurde immer schneller. Dann stoppte er und Boy fickte ihr die Votze, wobei ihr Arsch aber weiter ausgefüllt blieb. Sie drehte fast durch. Die beiden wechselten sich beim Stoßen ab, wie abgesprochen. Mal beide, mal einer, nie konnte sie sich darauf einstellen. Dann aber hielt Frank ihr seinen Schwanz vor das Gesicht.

Sabrina sagte zu Laura, sie solle ganz ruhig bleiben. Sabrina rückte ihr dann den Kopf zurecht und überstreckte ihn. Dann stieß Frank seinen Schwanz in ihren Mund. Er fickte mit kurzen Stößen. Dann wurden seine Stöße länger und er zog ihn langsam wieder raus. Boy und Toy fickten Laura munter weiter. Frank begann wieder, ihr in den Mund zu ficken. Sie war auf dem besten Wege, eine richtige Dreilochstute zu werden. Das war es doch, was sie immer wollte.

„Los, fickt ihr Hengste!", entwich es Laura. Und wie auf Befehl, ging Frank tiefer, bis in ihren Rachen. Immer mehr, immer tiefer. Sie wurde fast wahnsinnig. Dann gab er ihr etwas Zeit zum Atmen. Boy und Toy nahm sie kaum noch wahr, obwohl beide immer noch am ficken waren. Manchmal stießen beide gleichzeitig tief in sie rein, was sie mit einem lustvollen Quietschen quittierte. Ihre Gefühle schienen außer Kontrolle zu geraten. Sie stand kurz vor einem Orgasmus. Aber Boy und Toy fickten weiter und sie konnte sich ihrem Orgasmus, der jetzt unweigerlich kam, überhaupt nicht richtig hingeben.

Dann machte Frank auch wieder weiter, tief in ihre Kehle zu ficken. Jetzt hielt sie dagegen. Und Frank verstand das als Zeichen, noch tiefer gehen zu können. Sie spürte ihn tief in ihrem Hals. Er gab ihr wieder eine kleine Verschnaufpause zum Atemholen, drang aber sofort wieder ein. Sie bekam alles irgendwie nicht mehr mit. Sie war williges Fickfleisch geworden, zur Benutzung freigegeben.

Dann wurde Frank schneller. Sie fühlte die Härte seines Schwanzes tief im Hals. Er würde bestimmt gleich kommen. Es musste ein ungeheurer Reiz für ihn gewesen sein. Orgasmen schien sie nicht mehr zu haben. Sie lief aus. „Fickt mich, ihr Schweine!", schrie sie ekstatisch, „macht mich fertig!" Jetzt war ihr alles egal. Doch Sabrina zog Frank von ihr weg: „Nein, nein, mein Süßer, abspritzen solltest du schon bei mir."

Kaum war Frank weg, fickten Boy und Toy erst richtig los. Sie hatten sich bis jetzt zurückgehalten, um nicht zu kommen. Ihre Stöße wurden noch heftiger und schienen noch tiefer zu gehen. Jetzt konnte sie sich wieder konzentrieren. Sie fühlte neue Lust, eine unbändige Lust. Sie bekam auf der Stelle einen sehr starken Orgasmus, der nicht enden wollte. Dann hörte Toy auf und es lief aus ihrem Arsch heraus. Kurz danach zog sich auch Boy zurück und es blubberte aus ihrer Votze. Jetzt war klar, dass es zu Ende war. Laura schnappte nach Luft.

Ich reichte ihr ein Handtuch und sie begab sich auf die Ruheliege. Frank lag inzwischen rücklings auf einer weißen Decke und sein Schwanz ragte in die Höhe. Ich dirigierte Sabrina so zu Frank, dass sie sich mit dem Rücken zu ihm draufsetzen konnte. Als sie sich den Schwanz einverleiben wollte, griff ich wieder ein und setzte seinen Schwanz auf ihren Arsch. Sabrina wollte protestieren, doch Frank zog ihr Becken einfach runter. Sie jammerte zuerst, aber nach kurzer Zeit fand sie Gefallen daran.

Laura sah amüsiert zu. Die Ansicht war einfach zu geil. Sabrina's Titten schaukelten im Rhythmus des Arschficks. Dann gab ich, wie vorher abgesprochen, mein Kommando: „Jetzt Frank!" Frank packte Sabrina bei den Schultern und zog ihren Oberkörper zu sich runter, ohne dass sein Schwanz aus ihrem Arsch glitt. Jetzt war es an der Zeit, dass ich mithilfe meines geliebten Strapon in die Votze von Sabrina stoßen konnte. Das hatte Sabrina wohl auch noch nicht erlebt. Aber dann ging sie richtig mit. Ja, sie fickte fast mehr als Frank und ich. Mit einem leisen Schrei kam ihr dann der erlösende Orgasmus.

Einen Moment verharrten alle, dann sagte ich zu Laura: „Jetzt du!" Ich zog Laura einfach von der Ruheliege und machte ihr klar, Sabrina's Votze zu lecken. Ich wusste genau, was sie jetzt brauchte und wollte. Sie leckte Sabrina sofort durch die Schamlippen. Dabei saugte sie auch ein bisschen die Haut um ihre Klitoris herum an. Das machte Sabrina ganz wild und brachte ihr noch ein paar Orgasmen zusätzlich. Sabrina zitterte und genoss. Das war auch für sie nicht alltäglich. Aber ich hatte noch mehr vor.

„Boy! Toy!", rief ich die beiden herbei. „Jetzt seid ihr dran!" Boy und Toy hatten darauf gewartet und im Nu saugten sie Laura den Arsch und die Votze aus. Sie leckten ihr die Kerbe und machten sie wild. Laura leckte Sabrina, Boy und Toy leckten Laura. Laura war im 7. Himmel angekommen. Ich freute mich, dass alles, wie geplant, geklappt hatte. Es erfüllte mich mit Freude und Stolz, es für mich und die anderen organisiert zu haben. Dieses Glücksgefühl zu erleben, war einfach schön.

Nr. 51: Traumhaft geil, die Party bei Laura

Laura hatte mich eingeladen und bat mich um Unterstützung, auch mal eine Sexparty, mit ihr im Mittelpunkt, zu organisieren. Ich wunderte mich über ihren Tatendrang, war insgeheim aber unheimlich stolz, dass es mir gelungen war, Laura's Grenzen niederzureißen. Deshalb wollte ich mir auch etwas Besonderes dazu einfallen lassen. Wir begannen sofort mit der Planung.

Die Gäste sollten nicht auf Alkohol verzichten müssen, damit sie einfacher in die richtige Stimmung kommen und die Hemmungen, sofern welche vorhanden sein sollten, schneller fallen würden. Für ein stimmungsvolles Ambiente durften ein wenig Kerzenlicht und Musik auf keinen Fall fehlen. Ich dachte, wir sollten doch ein geeignetes Spielchen einplanen. Flaschendrehen und das genüssliche langsame Ausziehen dabei, wären bestimmt eine gute Wahl. Laura war schon ganz begeistert und stichelte: „Ja, das passt zu dir, das will ich sehen."

Ihr Wohnzimmer hatte Laura fast leer geräumt. Als die Gäste eintrafen, begrüßte Laura sie mit einem Glas Sekt oder Orangensaft. Das Licht war gedämpft und die Musik passend dazu. Also tanzten wir erst mal, um uns alle etwas näher kennenzulernen. Laura sorgte stets aufmerksam dafür, dass niemand ein leeres Glas hatte. Auch ich half ihr dabei, so gut es ging.

Laura hielt dann eine kleine Ansprache zur Begrüßung und erklärte allen anschließend die Regel für das Flaschendrehen. Bei demjenigen, bei dem der Flaschenhals nach dem Drehen stehen bleibt, der muss ein Kleidungsstück ablegen. Wir bildeten einen Kreis, abwechselnd vier Frauen und vier Männer. Aber ehe es so richtig losging, stand Marc auf, ging in die Mitte und begann, sich auszuziehen. Alle staunten, es war schon überraschend.

Um ihn nicht so alleine in der Mitte stehen zu lassen, wollte ich ihn direkt unterstützen. Ich gesellte mich also schnell zu Marc und begann ebenfalls zu tanzen. Tanzen vor anderen Leuten ist meine Leidenschaft. Denn tanzen und animieren liegt mir im Blut. Ich hielt allen anderen meine Brüste entgegen und forderte sie dazu auf, mir den BH auszuziehen. Als meine Brüste endlich frei waren, animierte ich Marc, mir den Slip unter dem Rock auszuziehen. Als er ihn dann in den Händen hielt, ließ er ihn triumphierend über seinem Kopf kreisen.

Nun konnte ich mich bücken und mich dabei prima präsentieren. Ich nahm den Rock hoch und jeder konnte meine rosa Spalte zwischen den dunklen Schamlippen sehen. Die anderen waren mittlerweile alle aufgestandenund zögerten allerdings anfangs noch ein wenig. Aber dann ging alles ganz schnell. Laura eilte dazu und griff sich die Gabi, um sie auszuziehen, mit ihr zu schmusen und sie zu verführen. Als sie Laura's Streicheln erwiderte, indem sie ihre Titten auf Laura's drückte, wusste ich, dass die Party ihren Lauf nehmen würde.

Und tatsächlich, beim Ausziehen der Männer federte ein schon ziemlich erregter Penis aus dem Slip. Ein bisschen verlegen waren sie schon, aber die Frauen waren alle fair und die letzten Kleidungsstücke fielen endgültig auf den

Boden. Ich gab schnell noch eine Runde Sekt aus und machte allen Komplimente. Alle waren so schön geil und Laura prostete noch auf eine schöne Party.

Alle tanzten ausgelassen und wechselten ständig die Tanzpartner. Dadurch stieg bei allen die Lust auf mehr. Durch die Berührungen unserer Körper geilten wir uns regelrecht auf. Bei den Männern war es am Erigieren ihrer Schwänze gut zu sehen und auch bei mir wurde die Votze immer feuchter. Laura zögerte noch, sich ins Getümmel zu stürzen. Sie kam zu mir und wir küssten uns. Wir liebkosten unsere Titten und Votzen mit den Händen. Um uns herum nahmen wir nichts mehr wahr. Das war für die anderen der Auslöser, so richtig in Fahrt zu kommen und loszulegen.

Plötzlich bewegte sich ein Mann aus der Gruppe von hinten auf Laura zu und drängte sich an sie. Er schob seinen Schwanz in ihre Pofalte, umfasste mit beiden Händen ihre Titten und reizte ihre Nippel. Es war der Stefan, der sie nun umdrehte und vor ihr stand. Er legte seine starken Händen auf ihre zarten Schultern und drückte sie runter bis auf die Knie und hielt ihr seine feucht glänzende Eichel direkt vor den Mund. Reflexartig öffnete sie ihn. Ihre Lippen umschlossen seine Eichel und danach nahm sie den gesamten Schwanz auf und ließ ihn bis zu den Hoden in ihren Rachen gleiten. Sie lutschte den Schaft rauf und runter. Der Stefan stöhnte so heftig, dass alle anderen unweigerlich interessiert zuschauen mussten.

Marc konnte es sich nicht verkneifen, bei den beiden mitzumachen. Er hob Laura einfach wieder hoch. Stefan's Schwanz flutschte aus ihr raus, weil Marc sie rückwärts auf das Sofa drückte. Er zog ihre Beine weit auseinander und drückte sie hoch. Dabei hatte er nun freien Blick auf ihr feucht glänzendes Lustparadies. Innerlich schien Laura zu frohlocken. Sie nahm mit all ihren Sinnen am Geschehen teil. Schon hielt er seinen Kopf zwischen ihren weit gespreizten Beinen und seine Zunge leckte gierig über ihre nassen Schamlippen. Ich wollte da nicht zurückstehen und stellte mich mit weit gespreizten Beinen auf das Sofa. Langsam ging ich in die Hocke und senkte meine Votze auf ihr Gesicht. Zielsicher steckte Laura ihre Zunge in meine nasse, geile Möse. Gierig nahm sie das Angebot an und versenkte ihre Zunge tief in mir. Sie schmeckte meinen geilen Saft, während ihre Votze von Marc göttlich geleckt und gefingert wurde.

Ich bemerkte, dass sich hinter mir Stefan bereit machte, mich in Beschlag zu nehmen. Marc war inzwischen so richtig geil geworden und sagte zu Laura: „Komm, reite mich, reite meinen Schwanz und lass deine Titten vor meinen Augen tanzen." Schnell wechselten wir in die neue Position. Aus den Augenwinkeln heraus sah ich, dass überall gevögelt und geleckt wurde. Innerlich kreischte ich vor Entzücken und lobte deshalb Laura: „Das ist so geil, das ist einfach unglaublich!"

Sie setze sich auf den harten Schwanz von Marc, ließ ihn in ihre heiße Pussy gleiten. Endlich hatte sie das Gefühl, komplett ausgefüllt zu sein. Lange genug hatte sie es sich ja herbeigesehnt. Stefan hatte mich nur ganz kurz in meine Votze gefickt. Ich wies ihn an, Laura zu übernehmen. Stefan sagte zu ihr: „Komm Laura, beuge dich ganz nach vorne!"

Bevor sie alles mitbekam, drückte er ihr fast eine ganze Handvoll Vaseline auf die Rosette und dehnte sie mit den Fingern auf. Er bohrte anschließend seine Schwanzspitze rein. Sie war regelrecht überrascht, anal und vaginal vor den Augen aller Anwesenden gefickt zu werden. Es gefiel ihr trotzdem. Es war nur ein kurzer Schmerz, aber dann hatte sie wieder zwei dicke Schwänze aufgenommen, die so wunderbar schön im gegenläufigen Rhythmus in sie reinfickten. Der Eine rein, der Andere raus. Die beiden fickten sie genüsslich und ausgiebig. Nein, sie hatten es wirklich nicht eilig.

Sie war sichtlich begeistert, aber es reichte ihr scheinbar noch nicht. Sie brauchte noch einen Schwanz im Mund! Sie wollte doch eine echte Dreilochstute sein. Sie riss ihren Mund auf und fixierte Jürgen mit einem herausfordernden Blick. Er stellte sich sofort vor ihr hin und fickte sie, ohne viel Federlesen, mit seinen überaus strammen Schwanz in ihren Mund. Er hatte wohl beobachtet, wie sie vorher von Marc genommen wurde und drang gleich tief in ihre Kehle. Dann lutschte und blies sie ihm, seine geile Stange, holte kurz Luft dabei und ließ ihn wieder tief in ihren Hals.

Die anderen Mädels standen um die beiden herum und feuerten die Jungs an. Laura's ganzer Körper spannte sich. Sie war kurz davor, dass die Spannung in ihrem Körper in einen geilen Orgasmus überging. Aber auch die Jungs waren soweit. Als erster spritzte ihr Stefan seine Ladung in den Arsch und dann bekam sie das Sperma von Jürgen in den Mund, das so viel war, dass sie es kaum schlucken konnte. Ja, und dann der Marc. Ganz langsam genoss er sie. Er füllte ihr Fickloch voll aus. Er weitete es sogar. Jetzt drückte er ihr die ganze Länge von seinem Schwanz tief in sie rein. Er spannte ihr die Votze. Immer und immer wieder. Laura kam jetzt ein zweites Mal! Ihr Zucken und Vibrieren war zu viel für Marc. Er spritze sie voll und seine heiße Ficksahne lief ihre Schenkel runter. Sie war völlig benebelt.

Langsam kam sie wieder zu sich. Stefan leckte ihr genüsslich die Votze. Marc drückte ihr seinen erschlaffenden Schwanz in den Mund und forderte: „Hier leck ihn, so kannst du dich selber schmecken." Ich für meinen Teil, beschloss, mir Gabi vorzunehmen. Wir legten uns auf den Boden und leckten uns gegenseitig. Ich wollte Gabi für kommende Spiele heiß machen. Roland und Christine lagen daneben und waren noch am Ficken. Als ich ihnen einen Kussmund zuwarf, setzten sich Marc, Stefan und Jürgen zu uns. Wir waren ganz still. Es war alles viel zu geil für Laura, einfach nur zuzusehen und den Beobachter zu spielen. Sie wollte doch eine echte Dreilochstute werden.

Nr. 52: Traumhaft geil, Laura unterwirft sich

Bitte sei meine Herrin, Babe!", sagte Laura urplötzlich zu mir. Ich schaute sie von oben bis unten ernst an und fragte sie: „Du willst dich mir also absolut willenlos unterwerfen? Ich, deine Herrin, soll dich führen, dir gebieten, dich belohnen und, wenn nötig, dich bestrafen? Ich soll dich anderen als Sexobjekt zuführen?"

Soweit hatte Laura noch gar nicht gedacht. Sie hatte sich das eigentlich etwas zu einfach vorgestellt. So ein paar Befehle, eine paar Geilheiten. Aber was wirklich alles damit verbunden ist, davon hatte sie keine Vorstellung. Deshalb klärte ich sie weiter zur Sache auf: „Du weißt, was das für dich bedeutet, deinen eigenen Willen aufzugeben und dich bedingungslos unterzuordnen? Du darfst niemanden unerlaubt ansprechen oder in das Gesicht sehen. Deine Hände hast du, als Ausdruck deiner Unterwerfung, immer hinter deinem Rücken zu halten. Jeder darf dich mit meiner Erlaubnis ansprechen und anfassen. Ich dulde keinen Widerspruch. Du wirst alles ausführen, was ich von dir verlange. Solltest du etwas nicht ertragen können, darfst du mir ein vorher vereinbartes Zeichen geben und ich werde mit dir nachsichtig sein." Nach kurzem Überlegen willigte Laura ein.

„Gut", sagte ich zu ihr, „ich rufe dich an." Ich war mir sicher, sie meinte es wirklich ernst. Ich fühlte mich doch schon irgendwie geehrt, dass mir Laura, in so einer tief greifenden

Sache, ihr absolutes Vertrauen schenkte. Schließlich bettelte sie mich ja des Öfteren an, ihr Dinge zu zeigen, die sie noch nicht kannte.

Als ich sie anrief, war sie darüber sehr erfreut. Ich hatte bewusst etwas länger mit dem Anruf gewartet, um bei ihr die Spannung zu erhöhen. Die Wartezeit hatte sie scheinbar nervös gemacht und sie zweifeln lassen. Mit harter Stimme befahl ich ihr: „Du bist um 18:00 Uhr bei mir, dann sehen wir weiter!" Als sie bei mir eintraf, befahl ich ihr: „Ausziehen!" Dann zeigte ich wortlos auf das bereitliegende Outfit. Es bestand aus High Heels, Netzstrümpfen und einen Lederstring, der einen Penis eingearbeitet hatte. „Zuerst duschen!", war mein nächster Befehl. Danach überprüfte ich ihre Muschi und ihren Po. Ich steckte einen Finger rein und befahl: „Spül dir den Po richtig aus, so geht das nicht, so dreckig darfst du nicht mitkommen!" Dann erst durfte sie die Strümpfe anziehen. Ich nahm den Penis-Slip mit dem 10 cm langen Penis und fettete ihn mit einer speziellen Fettcreme ein, weil normales Gleitgel zu schnell antrocknet.

Ich befahl Laura, den Penis-Slip anzuziehen und mich damit in meine Votze zu ficken. Ich befahl ihr damit aufzuhören, als ich begann, nass zu werden. Ich reichte ihr ein Negligé aus schwarzer Spitze. Sie zog es sogleich an. Dann bekam sie von mir noch einen Trenchcoat, den sie aber nur festhalten durfte. Sie hatte es bereits verinnerlicht, nach unten zu schauen, um dadurch ihre Unterwürfigkeit zu unterstreichen. Wir fuhren ein Stück durch die Stadt. Sie erzählte mir während der Fahrt ihren Traum, nackt durch die Stadt zu laufen und von mir geführt zu werden.

Als ich anhielt und Laura aussteigen wollte, wies ich sie schroff zurecht: „Nein! Habe ich dir das Aussteigen erlaubt?" Sie begriff, dass es nicht so einfach ist, nur das zu machen, was ich als Herrin wollte. Ich hatte mir das schon gedacht und nahm ein Lederhalsband aus meiner Tasche, das ich ihr noch im Auto anlegte. Nach dem Aussteigen befestigte ich eine Leine daran. Und wieder musste ich sie strafend anschauen, weil sie nicht sofort hinter mir ging. So schwer hatte sie sich das wohl auch nicht vorgestellt. Ihr war ohne warme Kleidung sichtlich kalt. 100 Meter vor dem Hauseingang erlaubte ich ihr, den Trenchcoat anzuziehen.

Als Sabrina die Tür öffnete, wollte Laura sie zur Begrüßung fast umarmen. Doch es gelang ihr, sich zurückzuhalten, denn sie hatte doch dazu keine Erlaubnis von mir bekommen. Ich begrüßte Sabrina mit Küsschen und geilen Sprüchen und ließ Laura einfach unbeachtet daneben stehen. Dann schaute Sabrina auf Laura: „Da hast du ja eine äußerst entzückende Tischdekoration mitgebracht." Sabrina ergriff die Leine und führte sie in das Wohnzimmer in dem sich bereits schon einige Leute aufhielten. Sie waren alle mehr oder weniger bekleidet, manche sogar schon völlig nackt. Es war angenehm warm im Wohnzimmer. „Hier ist die Tischdekoration angekommen", verkündete Sabrina und forderte alle auf, sich Laura anzuschauen. Dann befahl ich ihr, dort stehen zu bleiben. Sofort kam fast jeder vorbei, griff ihr an die Brüste, schaute ihr in den Mund oder wies sie an, sich zu bücken, um das Arschloch besser in Augenschein nehmen zu können. Den Penis-Slip durfte sie dabei anbehalten.

Es dauerte ungefähr eine halbe Stunde, in der man sie unbeachtet mit dem Negligé und den Strümpfen, dem Penis-Slip und den High Heels, stehen ließ. Es war für sie wie eine Folter, nichts tun zu dürfen. Dann aber wurde eine Art Tisch, mit einer Liegefläche in der Mitte, hereingefahren. Das Ganze entpuppte sich als Massagebank mit einem einstellbaren Kopfteil. Im Bereich der Beine konnte man die Liegefläche v-förmig auseinanderschieben. Und seitlich an der Liegefläche wurden Holzbretter angebracht. Laura bekam nun jeweils eine Schleife an Arme, Beine und Hals gebunden.

Dann wurde sie nackt ausgezogen. Der Penis vom Slip war nass und ihr lief es beim Rausziehen die Beine runter. Jubel erklang unter den Gästen: "Eine richtig geile Fickstute, ist ja wundervoll!" Die Frauen schleckten Laura's Votze aus, den Penis überließen sie den Männern. Sie führten Laura zur Liege, hoben sie an und legten sie lang auf den Rücken darauf hin. Ihr Hals wurde festgebunden, Arme und Beine ebenfalls. Nur an den Armen ließen sie ihr mehr Spielraum. Dann wurden ihr die Beine mithilfe der verstellbaren Liege auseinandergespreizt. Ihre Votze war vollständig exponiert, frei zugänglich für alle. Ein hartes Kissen unter ihrem Po gewährte bequeme Einsicht in den Arsch, zumal ihr auch die Knie hochgelegt wurden. Sie war allen hilflos ausgeliefert.

Dann brachte jemand Obst und andere Leckereien in Holzschalen, die sie neben Laura auf die angesetzten Bretter stellten. Währenddessen ging ich nochmal zu ihr, streichelte über ihren nackten Körper und hauchte ihr einen Kuss auf die Lippen. Ich wollte sie damit etwas beruhigen und das Gefühl geben, dass es für sie schön werden wird. Als erstes wurde ihr eine Schokobanane in die Vagina geschoben. Jeder durfte diese mal in den Mund nehmen und ein bisschen damit spielen. Ihre Schamlippen waren alsbald mit Schokolade verschmiert, was dem Mann, der gerade an ihr zugange war, sehr gefiel. Er beugte sich vor und begann, die Banane langsam aufzuessen, wobei er kräftig schmatzend ihren Kitzler bearbeitete. An ihrem Aufbäumen war zu sehen, dass es ihr gut tat. Der nächste steckte ihr eine Erdbeere rein, die er wieder raussaugte. Dann steckte er eine weitere noch tiefer rein und sie hatte Mühe, sie wieder rauszudrücken. Aber es gelang ihr und alle klatschten Beifall. Plötzlich ließ jemand roten Sirup über ihre Brüste und Muschi laufen, der dann sofort von allen abgeleckt wurde. Ihre Nippel standen hart und aufrecht. Ein weiterer Mann leckte ihr ausgiebig den Sirup aus der Muschi. Und ehe sie es ahnen konnte, steckte er ihr einen Finger in ihr Poloch.

Alles lief irgendwie sehr routiniert ab. Eine Frau küsste sie zärtlich auf die Votze und dann auf ihren Mund. Sie konnte sich dabei selber schmecken. Es war allgemein ein Fingern und Schlecken. Alle schienen Laura richtig lieb zu haben. Niemand war in irgendeiner Form grob oder gar aggressiv zu ihr. Dann legten sie ihr Handtücher als Unterlage unter die Hände. Gleichzeitig links und rechts ließ jeweils ein Mann ihr seinen Schwanz in der Hand halten. „Zudrücken!", forderten die beiden Männer. Beide halfen nach, indem sie mit einer Hand ihre Handgelenke ergriffen und mit der anderen Laura's Finger fest um ihre Schäfte drückten. Dann fickten sie in Laura's Händen, während Sirup darüber gegossen wurde. Die Frauen griffen den Männern von hinten an die Säcke und kraulten die Eier, gingen ihnen über den Po, über die Rosette und holten dann weiteren Sirup, um ihn in die Kerben zu träufeln. Sie schleckten die Männer, die nur noch zuckend fickten.

Laura hatte die Augen geschlossen. Es war für sie unmöglich, alles mitzubekommen. Wieder und wieder wurde sie von allen geküsst. Ich ging zuletzt zu ihr und nahm mir etwas mehr Zeit, sie zu verwöhnen. Mit fickenden Bewegungen stieß ich meine Zunge zwischen ihre Schamlippen. Sie wurde dadurch noch geiler. Ihre Votze zog sich zusammen. Ich spürte, wie es aus ihr floss. Plötzlich und unerwartet nahm mich ein Kerl von hinten. Diese Stöße übertrugen sich 1:1 auf Laura. Ich konnte mich nur mühsam etwas an ihr abstützen. Es war der Wahnsinn. Rundherum waren alle intensiv mit ihren geilen Spielchen beschäftigt.

Ich wurde ruhiger. Der Mann hatte von mir abgelassen. Ich küsste sie wieder und sagte zu ihr: „Jetzt bist du dran. Jetzt machen wir dir deine verdiente Orgasmus-Serie." Ich stellte das Kopfteil etwas tiefer und Frank zwängte seinen Schwanz in ihren Mund. Ich blieb bei ihr und Frank begann, ganz langsam loszuficken. Er machte eine kurze Pause, damit sie Luft holen konnte und setzte sein Spiel sofort wieder fort. Jetzt kam die pure Geilheit in ihr auf. „Fickt mich doch!", brachte sie zwischendurch raus. Jetzt wollte sie alles erleben. Jetzt wollte sie benutzt werden. Jetzt wollte sie allen gleichzeitig dienlich sein.

Jetzt gab es keine Tabus mehr. Jetzt machten alle, was sie wollten. Sie befreiten anschließend Laura's Arme und Beine von den Fesseln. Zwei Frauen nahmen ihre Beine hoch und drückten ihr die Knie fast bis zur Brust. Dann leckten sie ihr die Votze und schmierten ihr das Arschloch mit Gleitgel ein. Sie schrie: „Ihr wollt mir den Arsch ficken?!" Aber da war er schon, der Schwanz, der sich genüsslich in sie reinbohrte. Ohne Hektik drang er tiefer und gab ihr Zeit, sich etwas wieder zu entspannen. Ein Schwanz im Hals, einen im Arsch, ihr schwanden die Sinne. Sie ließ sich vollends fallen und die Stöße in den Arsch nahmen zu und wurden heftiger. Sie kamen von unten nach oben in Richtung Bauchdecke. Jeder Stoß löste eine kleine Explosion in ihr aus. Wellen begannen sie zu durchfluten. Ihre Votze lief aus, obwohl doch jemand ihren Arsch fickte. Zwischendurch, wenn sie Luft holte und Frank eine Pause machte, fasste sie an ihre

Votze und rieb sie noch mehr. Alle die drumherum standen, klatschten Beifall. Aber niemand machte Anstalten, sie lecken zu wollen.

Dann drängelte sich noch ein Mann zwischen ihre Beine. Auch er setzte neben dem anderen Schwanz auf ihre Arschvotze an. Sie schrie, aber da war es schon geschehen. Er war auch drin. Beide stießen abwechselnd rein. Erst ganz langsam. Ihre Schwänze rieben dabei aufeinander. „Schau, die ficken sich jetzt gegenseitig", war da zu hören. Tatsachlich gingen die Stöße mehr links und rechts und nicht mehr nach oben. Sie wurde also immer ein Stück hin und her bewegt. Das Ganze, zusammen mit dem Ficken von Frank in ihre Mundvotze, bekam sowas wie einen Rhythmus, ein gleichmäßiges Wiegen. Jetzt schien sie völlig entspannt. Jegliches Zeitgefühl ging ihr verloren. Ihr Erregungspegel musste bereits irre hoch sein. Dann aber kam Frank in ihrem Mund und sie hatte Mühe, seinen Samen in der Rückenlage zu schlucken. Und in ihrem Arsch zuckte es ebenfalls. Tatsächlich, erst der Linke, dann der Rechte, spritzte ihr den Arsch voll. Sie hielt ganz still. Als sie ihre Luststangen rauszogen, blubberte der ganze Samen raus. Keiner sagte ein Wort, alle hatten es genossen. Dann klatschten alle wie verrückt.

Laura und ich fuhren nach der Party zu ihr nach Hause. Sie war völlig fertig und fiel einfach in ihr Bett. Ich legte mich zu ihr. Später kuschelte sie sich an mich. Ich legte meine Hand auf ihre Brust und sie rieb ihren Po an meinen Schenkeln.

Ich küsste ihren Hals und flüsterte: "Du warst großartig! Sie alle lieben dich. Du bist als Sub gekommen, aber als Partyqueen gegangen. Du hast viele neue Freunde gewonnen." Dann schlief sie, noch völlig erschöpft, aber sichtlich entspannt, mit einem zufriedenen Lächeln, neben mir ein.

Nr. 53: Traumhaft geil, die lernwillige Laura

Laura's Gedanken kreisten nur noch um mich. Sie hielt das Warten auf meinen Rückruf, den wir vereinbart hatten, fast nicht mehr aus. Nach ihrem devoten Abenteuer als lebende Tischdekoration, war sie so richtig geil geworden und brauchte jetzt meine Unterstützung mehr denn je. Ihr war schon klar, dass sie von Tag zu Tag wilder und geiler wurde. Gestern hatte sie mindestens vier Slipeinlagen gebraucht. Sie hatte außerdem einen Alptraum, der sie verfolgte: Sie lag nackt in einer nassen riesigen Votze und konnte sich nur mühsam an der großen Klitoris festhalten. Sie drohte in diese Votze rein zu rutschen. Auf dem Schleim glitt sie unweigerlich immer tiefer und griff haltsuchend nach den Schamlippen. Aber dann kam ein riesiger Penis und stopfte sie einfach in die Riesenvotze hinein. Sie wurde hin und her gewirbelt, bis ein gewaltiger Strom von Sperma sie wieder hervorspülte. Sie fiel ins Bodenlose und wachte anschließend schweißgebadet auf.

Instinktiv griff sie an ihre Muschi. Jetzt wurde ihr klar, dass die Riesenmuschi aus dem Traum, eigentlich ihre eigene war und nach Befriedigung verlangte. Sie ließ einfach zwei Finger in ihrer Votze verschwinden. Mit ein paar kräftigen Bewegungen und Reizungen an den richtigen Stellen, bekam sie auch gleich ihren befreienden Orgasmus. Alles war so schön nass, so traumhaft schön. Sie machte es sich immer und immer wieder, den ganzen Tag. Als ich sie anrief, sie solle sich fertig machen, damit ich sie gleich abholen könne, musste sie sich schon etwas beeilen. Denn ohne Duschen und Darmspülung durfte sie ja nicht bei mir antreten. Außerdem wusste sie auch nicht, was ich vorhatte.

Ich führte sie in ein Dominastudio mit all den typischen Einrichtungsgegenständen und Utensilien. Bock, Andreaskreuz, Käfig, Untersuchungsstuhl, sowie eine große Anzahl von Dildos, Plugs, Pumpen, Gerten und dergleichen noch viel mehr. Wortlos zeigte ich Laura alles was sich dort befand. Dabei beobachtete ich sie aber sehr genau, um ihre Reaktionen auf die jeweiligen Utensilien zu erfassen. Im Nebenraum befand sich ein großes, rundes Wasserbett. Es hatte mindestens 3 Meter Durchmesser. „Eine Spielwiese für mehrere Paare", erklärte ich ihr. Dann riss ich ihr die Kleider vom Leib. Ich selbst zog mich auch aus und schubste sie forsch auf das Wasserbett.

Ich küsste sie auf ihren geöffneten Mund und ließ meine Zunge in ihrem Mund umherwandern. Ich spürte, dass meine Votze mittlerweile auch ziemlich nass geworden war. Ich rieb sie heftig auf ihrem Oberschenkel. Wir wanden uns, unsere Becken fickten nur noch. Jede wollte sich spüren und möglichst nahe an den Orgasmus kommen. Ich konnte es nicht mehr verbergen, dass ich wild und heiß auf sie war. Ihr erging es nicht anders. Wir mussten uns erst einmal abreagieren. Es war wunderschön. Es war meine Art, ihr mitzuteilen, wie sehr ich sie doch auch begehrte.

Es hatte mich schon beeindruckt, wie Laura ihre Rolle als Tischdekoration für die geilen Männer und Frauen, mit ihrer eigenen Art ausgefüllt hatte. Sich vor fremden Menschen, die man logischerweise nicht näher kennt, zu unterwerfen, ist anfangs sehr schwer. Nachdem aber dann alles seinen Lauf nahm, konnte sie dabei langsam entspannen und darin aufgehen. Und durch meinen Trick, ihr zu sagen, wie viele sie doch gleichzeitig begehrten, kamen in ihr ja auch diese herrlichen, geilen Gefühle auf. Nun lagen wir engumschlungen da und genossen uns ohne Worte. Unsere Finger glitten über jeden Zentimeter unserer Körper. Wir schmusten und bissen uns dabei vorsichtig in Ohren und Nase, knabberten an unseren Brustwarzen und leckten über die Innenseiten unserer Schenkel. Es war ein geiles Genießen in vollen Zügen. Ich brauchte das und Laura ließ mich spüren, dass es ihr auch so ging.

So lagen wir bestimmt eine Stunde lang und genossen unser Liebesspiel. Mehr und mehr gewann sie etwas Abstand zu der Party, die sie als Sub erlebte. Aber wollte sie das denn wirklich? Sie lag vor mir in Löffelchenstellung und ich drückte ihr meinen Venushügel ganz fest an ihren kleinen prallen Po. Meine Hände ruhten auf ihrer Muschi. Mir schien, sie war in diesem Moment richtig glücklich. Dann begann sie sich zu rekeln und drehte sich zu mir um. Wir begannen wieder ein wildes Spiel mit unseren Zungen. Sie wurde ganz wuschig dabei. Ich zog sie ganz fest an mich heran und drang ohne Rücksicht, mit einem Finger forsch in ihr Poloch ein. Es gefiel ihr, wie ich ihren Po mit dem Finger fickte. Sie knabberte an meinem Ohrläppchen und stippte ihre Zungenspitze in mein Ohr. „So Süße, jetzt ist es so weit. Bist du bereit dich von deiner Meisterin dominieren zu lassen?", fragte ich sie auffordernd.

Diese Frage hatte sie nicht erwartet. „Und wie, mein Schatz!", platzte es aus ihr heraus. Sie war im gleichen Moment selber erschrocken darüber, dass sie „Schatz" gesagt hatte. Ich gab keinen Kommentar dazu, konnte mir aber ein kleines Lächeln nicht verkneifen. Jetzt war ich augenblicklich wieder die Herrin und Laura hatte sich zu fügen. Das wurde ihr in diesem Moment schlagartig klar. Ich führte sie zu einer verstellbaren Bank und befahl ihr, sich sofort daraufzulegen. Ich spreizte ihre Beine und band sie an einer quer darüber hängenden Stange fest. Ihre Arme fesselte ich oberhalb ihres Kopfes an die Bank. Dann schnallte ich noch einen breiten Gurt fest über ihren Bauch. Sie war fixiert und konnte sich nicht mehr frei bewegen.

Ich strich eine große Menge Vaseline auf ihre Vulva und zusätzlich noch etwas tiefer in ihre Vagina rein. Ich nutzte ihre Wehrlosigkeit aus und bearbeitete ausgiebig ihre Muschi. Ich nahm ihre Klit zwischen Daumen und Zeigefinger und knetete vorsichtig ihren kleinen Lustbringer. Ihr Körper straffte sich und sie begann zu stöhnen. Ich aber hörte genau in diesem Moment auf und holte eine Fickmaschine hinter dem Vorhang hervor. Als sie das Monster von Gerät sah, bekam sie einen riesigen Schreck. Sie war darüber sichtlich überrascht. Ich wählte einen mittleren Dildo aus, damit sie sich daran gewöhnen konnte. Vorsichtig spreizte ich ihre eingefetteten Schamlippen auseinander und führte die Dildospitze ein. Ich schaltete die Maschine ein und sie begann gleichmäßig und langsam zu stoßen. Als ich den Rhythmus der Fickmaschine schneller stellte, jubelte sie fast. Sofort tauschte ich den Dildo gegen einen etwas größeren aus. Wieder gewöhnte sie sich nach einer Weile auch daran. Die Größe nahm bei den folgenden Wechseln der Dildos immer mehr zu. Einen besonderen mit Noppen hatte ich auch in petto.

Ihre Schamlippen waren durch den 5 cm dicken Dildo zum Zerreißen angespannt und ihre Votze war wie aufgespießt. Dann montierte ich einen zusätzlichen Stößel mit einem kleineren Dildo und positionierte ihn genau vor ihrem Arschloch. Sie wirkte auf mich schockiert und ängstlich zugleich. Aber als die Maschine lief, konnte sie gut mit dieser neuen Situation umgehen. Die Lust nahm bei ihr wieder Fahrt auf. Sie war geil und wollte mehr. Sie schrie und bettelte nach mehr. Ich steckte ihr deshalb einen 4 cm dicken Dildo in den Po und einen mit 6 Zentimetern Durchmesser in die Votze. Sie konnte scheinbar nicht mehr zwischen purer Lust und den Schmerzen unterscheiden. Sie wollte immer weitermachen. Sie wollte alle diese, bisher von ihr für unmöglich gehaltenen, Gefühle endlich erleben. Sie war wild entschlossen, alles mitzumachen. Ihre Geilheit steigerte sich enorm. Ich spürte, wie sehr sie von der Gier nach Lust und Schmerz angetrieben wurde.

Ich begann eine neue Spielart und setzte ihr zwei Vakuumpumpen auf ihre Nippel. Die Pumpen saugten ihre Brustwarzen kräftig an. Sie schwollen extrem auf eine gewaltige Länge an. Sie standen schließlich kräftig und hart auf den hochgesaugten Vorhöfen. Die Fickmaschine lief derweil einfach dazu weiter. Sie hätte ihre Nippel bestimmt gerne angefasst, um zu fühlen, wie groß und fest sie waren. Ich erhöhte den Unterdruck, bis sie aufschrie. Nein, das konnte sie nicht aushalten, das war zu viel. Dann als der Unterdruck plötzlich weg war, spürte ich ihre heißen Wellen der Erregung. Nein, das war noch kein Orgasmus. Ihr Körper gaukelte ihr was vor. Es dauerte eine Weile, bis sie wieder wahrnahm, dass die Fickmaschine immer noch lief. Ich stellte sie nun etwas langsamer ein und begann die Innenseite ihrer Oberschenkel mit einer langen und breiten

Feder zu streicheln. Als ich mit der Feder an den Fußsohlen angekommen war, zuckte es in ihr nur noch. Ihr ganzer Körper war angespannt. Mehr ging nicht. Sie begann zusätzlich heftig zu zittern.

Ich legte ihr beruhigend meine Hand auf die Stirn, schaltete die Fickmaschine ab und zog ihr den Dildo raus. Sie blickte mich ratlos an. Klar, sie kam sich leer vor. Nichts mehr in ihrer Votze, die sich auch sofort wieder zusammenzog. Nichts mehr im Arsch, der förmlich in sich zusammenfiel. Wie schnell hatte sie sich daran gewöhnt, vollständig ausgefüllt zu sein. Als Nächstes schob ich ihr ein Stück Eis in den Po und gleich darauf ein weiteres in die Votze. Aus dem Po presste sie es gleich, wie ein Geschoss, wieder raus. Aber es gelang ihr nicht, das Stück Eis aus der Vagina zu bekommen, weil diese Position, mit den Beinen an der Querstange, es nicht erlaubte. Sie wand sich. Es brannte wie Feuer. Aber dann nach einer gefühlten Minute könnte sie auch das ertragen. Ich beruhigte Sie. Ich streichelte ihren Körper. Dann verschloss ich ihren Mund mit einem Knebel.

Ich verstellte die Bank und ihr Po ragte jetzt noch höher hervor. Ihre Beine waren immer noch weit auseinander gespreizt. Ich küsste sie auf die Stirn, um ihr Vertrauen in mich zu bestärken. Sie war mir doch vollkommen ausgeliefert. Ich nahm ihre Vulva zwischen meine Finger. Die Schamlippen waren dick geschwollen und ihre Knospe war deutlich zu sehen. Sie lugte ein wenig aus ihrer

Hautfalte heraus und war so schön anzusehen. Dieser Anblick erfüllte mich mit Stolz und Zufriedenheit zugleich. Ich zog ihre Schamlippen auseinander und schleckte ihre Muschi aus. Die Vaseline störte mich in diesem Augenblick nicht im Geringsten. Dann nahm ich mir ihre Rosette mit meiner Zunge vor. „Dein Arsch braucht noch einen Tag, bis der sich wieder richtig zusammengezogen hat. Du hast nun einen ausgesprochenen Fickarsch", erklärte ich ihr nach einer ausgiebigen Überprüfung.

Sie war ganz in Gedanken, als ich ihr mit einer Paddelklatsche auf die Pobacke schlug. Ich hatte das absichtlich gemacht, um sie abzulenken. Und sogleich danach schlug ich sie auch mit der flachen Hand. Sie schrie und ich machte ihr verständlich, dass ich ihr den Knebel noch weiter reinstecken würde, wenn sie noch einmal schreien würde. Dann bekam sie von mir wieder das Paddel zu spüren. Jetzt aber schräg gegen die Vulva. Das bereitete ihr fast unerträgliche Schmerzen. Ihr liefen die Tränen links und rechts die Wangen hinunter. Sie konnte aber die Schreie so eben noch unterdrücken. Dann legte ich meine flache Hand auf ihre Vulva. Der Schmerz schien augenblicklich wie weggeblasen und die unvermeidbare Geilheit begann wieder in ihr aufzusteigen. Lust und Schmerz ganz dicht beieinander.

Noch mehr Lust kam nach all der puren Geilheit in ihr auf. Ich löste die Fußfesseln und Laura's Po plumpste auf die Bank. Ich schnürte ihre Arme noch mehr ein und band ihre

Beine auf der Liege fest. Mit weit gespreizten Beinen lag sie jetzt vor mir. Ihre Vulva war voller Schleim. Ich steckte kurz einen Finger rein und leckte ihn ab. „Nicht schlecht!", sagte ich zu ihr. Dann zog ich mir den Strapon mitsamt dem Innendildo an. Die dicke Kugel vom Innendildo rutschte schmatzend in meine Vagina rein und stimulierte mich zusätzlich. Ich bewegte den Außenpenis, der mit dem Innendildo verbunden war, um in Fahrt zu kommen. Ich ließ Laura einfach nur sehnsüchtig zuschauen, wie ich vor ihr immer intensiver und heftiger masturbierte. Laura wand sich vor Geilheit, konnte ihrerseits damit aber gar nichts erreichen. Schließlich hatte ich sie ja noch enger an die Liege gefesselt. Ihre Votze war heiß, war bereit für alles, was ich gewollt hätte. Ich aber hatte meinen Orgasmus und zeigte es ihr überdeutlich. Sie wurde fast wahnsinnig.

Ich zog meinen Strapon etwas runter. Der Innendildo glitt aus meiner Votze heraus und ich steckte mir stattdessen zwei Finger hinein, die Laura anschließend ablecken durfte, was sie auch gierig machte. „Mehr, meine Süße!", bettelte sie wie ein Hündchen. Auf ihre Bitte ging ich nicht im Geringsten ein. Ich zog den Strapon wieder hoch und stöpselte mir auch den Innendildo wieder ein. Fragend schaute sie mich an. Dann zog ich ihr den Außendildo durch die geschwollenen Schamlippen. Ich reizte ihre, immer noch harte, Knospe. Ganz langsam drang ich in ihre Vagina ein. Stückchenweise arbeitete ich mich tiefer vor. Sanft fickte ich sie und gab ihr Zeit, sich auf meine Bewegungen einzustellen. Das gleichmäßige Eindringen hob ihre Erregung in ungeahnte Höhen. Ich sah ihr dabei ständig in die Augen, um genau erkennen zu können, wie weit sie schon erregt war. Ich machte langsam, aber ohne Pause weiter. Ich wollte, dass sie gewaltig kommt. Sie krampfte mit Händen und Füßen. Ihre Muskeln spannten sich und es brach gewaltig aus ihr heraus. Sie verdrehte ihre Augen. Die Wellen überschlugen sich in ihr. Alles wollte raus. Endlich die Erlösung. Es war fast zu viel für Laura.

Ich küsste sie und befreite ihre Hände und Beine von den Fesseln. Auch den breiten Bauchgurt, der zum Widerstand gegen die Fickmaschine verhalf, löste ich nun. Sie war wieder frei und richtete sich mühsam auf. Ich half ihr dabei. Wir fielen uns um den Hals, küssten uns und ich legte mich mit ihr zusammen auf das Bett. Dort entspannten wir beide uns wieder ziemlich schnell. Das Liebkosen fühlte sich so wunderbar an. Sie genoss es, endlich Zärtlichkeiten und keine Schmerzen mehr verabreicht zu bekommen. Ich verließ meine dominante Rolle und wurde wieder zur zärtlichen Liebhaberin. Ich holte Prosecco und wir tranken auf unsere gemeinsam gemachten Erfahrungen. Ich entledigte mich des Strapons und sie zog mich zu sich und rieb ihre Votze auf meiner. All das, was sich bei ihrer Behandlung aufgestaut hatte, musste sie jetzt wieder loswerden. Sie bohrte einen Finger in mein Poloch, was ich als angenehm empfand. Wir lachten, Laura fühlte sich wieder frei. Ich war wieder ihre Babe und sie war wieder meine Laura. Sie hatte heute sicherlich eine Menge an neuen Erfahrungen und geilen Gefühlen dazugewonnen.

Sie sah, dass meine Votze so richtig ausschleimte. „Soll ich dir das abpumpen?", fragte sie mich. Ihr breites Grinsen sagte mir, dass es ihr viel Spaß machen würde. Also stülpte sie mir die Vakuumpumpe über meine Vulva. Die Pumpe saugte sich sofort fest. Wir sahen beide zu, wie meine Schamlippen hochgezogen wurden und wie sie langsam anschwollen. Meine geschwollene Pussy zu sehen, bereitete ihr sichtliche Lust. Sie schaltete die Pumpe ab und legte sie zur Seite. Sie fuhr mit ihren Fingernägeln über meine pralle Klit und über die dicken Schamlippen. Sie kniff mir in die rote Knospe, so dass ich aufheulen musste. Wir begaben uns seitlich in die 69er Stellung. Nun konnte ich auch ihre, immer noch schleimige, Votze gut betrachten. Wir saugten und schleckten alles, was wir mit der Zunge erreichen konnten.

Sie geilte sich an mir völlig auf. Ich spürte ein wildes Brennen in meiner Pussy. Wir bearbeiteten uns hemmungslos und gierig, ausschließlich der eigenen Lust folgend. Ich machte auch vor ihrem Poloch nicht halt. Dann ließ sie los und pinkelte mich einfach an. Ich drückte meinen Mund sofort auf ihre pissnasse Vulva, saugte sie etwas an und bereitete ihr damit ein wohliges Vergnügen. Jetzt aber spritzte ich ihr meine Pisse direkt ins Gesicht. Sie versuchte, alles zu schlucken, was ihr natürlich nicht gelang.

Dabei sah ich Laura lachend zu und küsste sie. Sie konnte nun ihre eigene Pisse schmecken. Wir waren beide in einem unbeschreiblich, geilen Zustand. Sie zog ihre Pobacken weiter auseinander, um mir ihren Anus offen zu präsentieren. Ich drang sofort mit meiner Zunge tief ein, was sie fast wieder zum Orgasmus brachte. Ich steckte ihr einen Plug rein, der ihr Poloch fast sprengte. Im Gegenzug dazu bohrte sie mir zwei ihrer Finger in meine Arschvotze und fickte sie damit. Ich zog den Plug aus ihrem Poloch wieder heraus und schleckte ihn ab. Wir kosteten unsere geilen Spiele bis auf das Letzte aus. In der Dusche legte Laura sich auf den Rücken und zog ihre Beine angewinkelt an ihre Brust. Ich stellte mich über sie und begann auf sie zu pinkeln. Meinen Pipistrahl richtete ich auf ihren Hals und ließ ihn zwischen ihren Knien bis hin zur Pokerbe wandern. Sie begann zu zucken. Der heiße Pipistrahl auf ihrem Arsch und Votze elektrisierte sie.

Wir leckten uns gegenseitig unsere Pussy und steckten uns abwechselnd den langen Dildo, den ich vorher mitgenommen hatte, in unsere Muschi und in die Arschfotze, bis alles in einem großen gemeinsamen Orgasmus endete, der uns beide heftig durchschüttelte und uns weiche Knie bereitete.

Von ihrem Alptraum wurde sie seitdem nicht mehr verfolgt.

Nr. 54: Traumhaft geil, Laura wird verwöhnt

Als ich Laura anrief, sagte ich ihr nur, dass sie verwöhnt werden solle und telte ihr eine Adresse und die Uhrzeit für dasTreffen mit. Als sie fragte, was denn auf sie zukommen würde, sagte ich nur, dass sie verwöhnt werden solle und es bestimmt nie wieder vergessen würde. Ich verriet ihr, natürlich wie immer, keine weiteren Einzelheiten von meinem Plan. Als sie am vereinbarten Treffpunkt den Wagen geparkt hatte und auf das Haus zuging, wusste sie immer noch nicht, was ihr eigentlich bevorstand. Deshalb wurde sie ganz unruhig und betrat das Haus mit gemischten Gefühlen. Mit gemischten Gefühlen deshalb, weil sie sich für die Zukunft schon so manche gewagte Szene ausgemalt hatte, aber sich bisher nie so richtig getraut hatte.

Dort erwartete ich sie schon zusammen mit Aglaia, die sie noch nicht kannte. Aglaia und ich hatten uns jeder ein wadenlanges, durchsichtiges Tuch umgeschlungen und einseitig auf der Schulter festgeknotet. Darunter trugen wir nichts. „Das ist Aglaia, eine Wohlfühl-Therapeutin", stellte ich Aglaia vor und ergänzte: "Aglaia und ich wollen heute nur für dich da sein." Dann nahm ich Laura mit sanftem Druck bei der Hand, führte sie ins Badezimmer und zog sie dort gleich aus. Ich duschte sie gründlich ab und benutzte selbstverständlich auch den Analaufsatz, um auch in ihrem Anus für die entsprechende Sauberkeit zu sorgen. Erst danach küsste und fingerte sie am ganzen Körper. Sie ahnte jetzt, was so alles kommen könnte. Ich trocknete sie ab und führte sie in das vorbereitete Zimmer.

Das Licht war gedämpft und überall brannten Duftkerzen, dessen Wirkung zur Entspannung beitragen sollte. Ganz leise war im Hintergrund ruhige Musik, die mit akkustischen Elementen aus der Natur, wie zum Beispiel das Rauschen des Windes oder das Plätschern von Wellen, zu hören. Aglaia stand hinter der Ayurveda-Liege, welche mit einem Rand versehen und mit orangefarbener Folie ausgelegt war. „Komm Süße", sagte Aglaia zu Laura, „das ist eine Ayurveda-Liege. Komm zu mir und lege dich mit dem Rücken darauf." Sie legte sich also, wie von Aglaia gewünscht, auf die Liege. Sie bekam von Aglaia ein kleines Kissen unter den Nacken gelegt und entspannte sich langsam immer weiter. Dann nahmen Aglaia und ich jeder eine Flasche mit warmen Öl und begannen gemeinsam, Laura's Körper, an den Schultern beginnend, über die Brust, Po und Beine, bis hin zu den Füßen, einzuölen. Wir verteilten das Öl vollständig und begannen, sie jeweils mit beiden Händen ganz leicht zu massieren. Das kam mehr einem Streicheln gleich. Wir waren darin geübt und konnten das völlig synchron durchführen. Erst die Arme, dann die Beine, dann der ganze Körper. Als wir über ihre Brüste strichen, durchlief ein Schauer ihren Körper. Wir hielten deshalb einen kurzen Moment lang inne und machten dann, nach einer kurzen Pause, weiter. Als wir ihre Leisten massierten und ihrer Muschi sehr nahe kamen, konnte sie ihre Erregung nicht mehr verbergen.

Aglaia aber nahm Laura's Arm und schob ihn unter den Po. Dann stellte sie ihr Bein auf der anderen Seite auf und ich zog es zu mir, damit sie sich besser umdrehen konnte. Beim Umdrehen ergriff Aglaia ihre Hand und zog daran. Nun lag sie auf dem Bauch. Und wieder ließen wir das warme Öl auf ihren Körper laufen. Laura erschrak etwas, als wir es auch durch ihre Pokerbe laufen ließen. Wir begannen wieder, das Öl zu verteilen und massierten sie weiter. Wieder durchzogen leichte Schauer ihren Körper. Als wir über ihren Po strichen, stieg ihre Erregung. Wir machten wiederum eine klitzekleine Pause und setzten anschließend die Massage mit Weizenschrot fort. „Weizenschrot!", sagte Aglaia nur und wir massierten sie nun betont kräftiger. Als Laura sich darauf eingestellt hatte, unterbrachen wir die Massage und Aglaia schlug ihr mit einer flexiblen Bambusgerte quer über den Rücken, um die Durchblutung der Haut anzuregen. Sie erschrak heftig und atmete schneller. Dann strichen wir wieder gleichmäßig über ihren gesamten Körper. Als wir abermals unterbrachen, zuckte Laura zusammen, als ob sie wieder einen Schlag über den Rücken erwartete. Stattdessen klatschten wir ihr kräftig auf beide Pobacken.

Das hatte gesessen. Sie schrie auf. Wahrscheinlich mehr vor Schreck als vor Schmerz, weil sie dort auf dem Po die Schläge nicht erwartet hatte. Aber dann genoss sie die anschließend die sanfte Massage, die wir ihrem Po zuteil werden ließen. Ihre Muschi wurde nass. Aglaia drehte sie wieder um, der Weizenschrot kratzte ein wenig. Dann widmeten wir uns ihrer Vorderseite. Wir wiederholten das gleiche Spiel mit den Händen, auch nahe an der Muschi vorbei. Danach hörten wir kurz auf und Aglaia schlug ihr mit der flachen Hand direkt auf die Klitoris. Laura riss die Augen auf, spreizte automatisch ihre Beine und Aglaia legte beruhigend ihre Hand auf Laura's Muschi und umfasste sie mit ihrer Handfläche. Es kribbelte gewaltig und Laura wurde geil und geiler. Es lief ihr Lustsaft aus der glänzenden Votze. Als ihr Becken unter Aglaia's Hand zuckte und sich hin und her bewegen wollte, ließ Aglaia die Muschi los.

Die Gefühle in Laura tobten, obwohl wir sehr behutsam mit ihr umgingen. Ich ging zu ihr und holte sie mit einem kleinen zärtlichen Kuss wieder in die Wirklichkeit zurück. Ich führte Laura, in ein Handtuch gehüllt, in das Badezimmer. Dort duschte ich sie, um alle Rückstände der Massage zu entfernen, von der ihre Hautoberfläche immer noch krebsrot war. Nach dem Duschen fingerte ich sie in ihrer Muschi und im Po. Plötzlich war sie wieder hellwach und fragte mich erwartungsvoll: „Was passiert denn noch alles?" Aber ohne zu antworten hüllte ich sie in ein großes Handtuch und nahm sie mit zurück zu Aglaia.

Aglaia hatte derweil die Liege gegen eine andere ausgetauscht. Bei der neuen Liege konnte man, mithilfe der verstellbaren Fußteile, die Beine weit auseinanderspreizen.

Diese Liege war außerdem auch in der Höhe verstellbar. Aglaia legte Laura die Beine hoch und stellte den Öffnungswinkel der Beine erschreckend weit ein. Ich nahm ihre Hand, während Aglaia die Höhe der Liege einstellte. Dann legte Aglaia wieder ihre Hand auf Laura's Muschi und ließ sie dort minutenlang verweilen, bis Laura vor schierer Geilheit stöhnte.

Aglaia strich mit beiden Händen endlos lange entlang ihrer Venuslippen, um dann nur mit den Fingern fortzufahren. Sie begann, die äußeren und inneren Venuslippen gleichzeitig zu streicheln. Das vollführte sie so langsam und beständig, dass Laura sich völlig öffnete. Aglaia legte wieder die Hand auf Laura's Vulva und drückte dabei etwas fester. Dann aber führte sie langsam einen Finger rein. Als sie zwei Finger nahm, wollte Laura sie mit ihren Vaginalmuskeln festhalten, um sie geil und tief in sich zu spüren. Laura's ganze Gefühlswelt bestand nur noch aus ihrer Votze. Und dann? Aglaia bewegte ihre Finger ganz langsam im Kreis und übte somit einen Druck auf die seitlichen Wände von Laura's Vagina. Diese Art von Stimulation hatte sie noch nie erlebt. Dann aber drückte Aglaia auf den G-Punkt. Dieses Gefühl kannte sie von ihrem Dildo. Aglaia aber beließ es nicht dabei, nur Druck auf den G-Punkt auszuüben. Jetzt kratzte sie an ihm, indem sie nur einen Finger immer wieder krümmte und lang machte. Es war so eine Art „Komm-Her" Bewegung. Nein, sie konnte nicht mehr anders und bekam augenblicklich einen Orgasmus. Aglaia registrierte natürlich das Zucken und Krampfen und sagte nur „Ach ja!" und machte einfach unbeirrt weiter.

Das Kratzen mit dem Fingernagel wechselte sie mit Klopfen und Drücken auf den G-Punkt ab. Dann strich sie immer wieder langsam von der Klitoris bis zum G-Punkt, mal sanft, mal kräftig. Laura kam das unendlich lange vor. Immer wieder schaffte es Aglaia, die Spannung zu halten, ohne dass Laura noch einen weiteren Orgasmus bekam. Dann drang sie plötzlich mit zwei Fingern ein und drehte die Hand dabei schnell hin und her und zog sie schnell wieder raus. Das war wie Blitz und Donner. Das ging Laura durch den ganzen Körper. Und wieder kündigte sich ein Orgasmus an. Das aber wollte Aglaia verhindern und begann deshalb, mit den Fingern schnelle „Hin- und-Her" Bewegungen, eine Art Vibration, zu machen. Laura's Votze war offen wie ein Scheunentor und tropfte jetzt vor Geilheit.

Jetzt setzte Aglaia zwei Finger auf ihren G-Punkt und drückte damit kräftig nach oben. Ein Finger der anderen Hand umkreiste die Klitoris. Aglaia stimulierte ihre Perle, die unaufhaltsam wuchs. Sie bearbeitete die Spitze zusätzlich mit der Zunge und ich schrieb mit den Händen eine „8" auf ihren Oberkörper. Laura verlor langsam die Kontrolle über ihren gesamten Körper. Sie konnte nicht mehr klar denken und ließ sich von ihren Gefühlen treiben. Alles was sie spürte, wollte sie für immer in ihren Erinnerungen behalten.

Dann erhöhte Aglaia den Druck mit Daumen und Zeigefinger. Sie drückte einmal innen und außen. Ihr G-Punkt und Klitoris wurden von ihr rhythmisch bearbeitet. Das gab ihr einen weiteren Rausch. Laura spürte auf einmal alle Finger von Aglaia, welche sich wie ein dicker Penis über ihre Schamlippen hermachten. Ja, die ganze Hand und alle 5 Finger bezog sie mit ein. Sie drehte die gesamte Hand, rechtsherum, linksherum und wieder von vorne. Das Drehen trieb sie fast in den Wahnsinn. Sie bemerkte nicht, dass Aglaia ihre Vagina weitete und ahnte deshalb noch nicht, was noch so passieren würde. Dann wieder der Druck auf den G-Punkt und die Klitoris, bis es fast schmerzte. Dann wieder der Druck in der ganzen Votze, mit dem Drehen der Hand und allen Finger. Sie riss die Augen weit auf, als ihr langsam bewusst wurde, worauf das alles hinauslaufen würde.

Aglaia verhielt sich völlig ruhig und sah sie an. Nein, Laura verspürte keinen Schmerz. Aglaia drehte ihre Hand in Laura's Vagina ständig weiter, was ihr unglaubliche Gefühlsmomente bescherte. An jeder Stelle spürte sie es. Dann drückte Aglaia auf die Blase. Sie lachte nur als ein strammer, kurzer Strahl austrat. Immer wieder pisste Laura ein wenig aus und Aglaia kommentierte: „Ganz normal." Aglaia hatte ein sehr feines Gespür für die Gefühle anderer. Sie ließ ihre Hand lange in Laura's Votze drin. Laura genoss ihre Fingerbewegungen in vollen Zügen. Sie wünschte sich, es würde nie zuende gehen. Als sie die Hand aus ihrer

Muschi zog, entspannte sie sich. Alle diese vielen verschiedenartigen und neuen Gefühle waren für sie eine Reizüberflutung, die sie in einen Rausch versetzten, der sie so schnell nicht in die Realität zurück kommen ließ. Aglaia gab ihr viel Zeit und fragte sie nach einer ganzen Weile, ob sie weitermachen dürfe.

Ihr war bewusst, dass sie ihr völlig ergeben war, ja mehr noch, sie war ihr willenlos ausgeliefert. Da war kein eigener Antrieb mehr in ihr, auch nur irgendetwas zu hinterfragen. Sie ließ sich endgültig fallen. Ich gab ihr ein hartes, würfelförmiges Kissen und eine weiche Auflage dazu, auf das sie sich mit dem Bauch nach unten drauflegen sollte. Ihre Beine waren angewinkelt, der Po war weit zurückgestreckt, so dass ihr Arschloch völlig frei zugänglich war. „Na, da haben wir ja noch so eine Votze!", meinte Aglaia und tippte ihr auf das Arschloch, um dann mit dem Finger die Rosette zu umkreisen. Nass genug war ja alles. Ihre Votze tropfte unentwegt und zog sich langsam aber sicher wieder zusammen.

Aglaia bewegte ihre Handkanten in Laura's Pokerbe hin und her, oder besser gesagt, rauf und runter. Ständig und gleichförmig wackelten die Pobacken und der Reiz auf die Rosette wurde immer heftiger. Die Gleichförmigkeit der Bewegungen ließ Laura fast schläfrig und völlig entspannt werden. Sie kuschelte sich noch mehr in die weiche Auflage auf dem Kissen und harrte der Dinge, die noch kommen würden. Es ging auch ohne Verzögerung sofort weiter. Mit den zwei Daumen drückte Aglaia neben die Rosette und zog diese etwas in jede Richtung auseinander. Dabei umkreisten ihre Daumen unablässlich den Anus, ohne ihn sich wieder zusammenziehen zu lassen. Laura meinte, ihr würde der Arsch aufgerissen. Aglaia stoppte, zog jetzt die Pobacken auseinander und streichelte nun ihre strapazierte Rosette. Immer wieder leicht spannen und streicheln. Mit der Zeit arbeitete ihr Anus ganz von alleine. Er machte auf und zu, immer wieder.

Aglaia nutze das und steckte einen Finger rein, wenn das Arschloch sich öffnete, zog ihn wieder raus, wenn es sich wieder schloss. Mit der Zeit ging der Finger immer tiefer. Und dann ließ sie ihn drin, während Laura ihn mit dem Schließmuskel festhielt. Das bereitete ihr ungeheure Lust. Aglaia ersetzte den Finger durch den Daumen, den sie rhythmisch bewegte. Laura kam völlig durcheinander, als Aglaia mit dem Daumen, die Anusmuskulatur von innen zu drücken schien. Ja, von innen nach außen. Erst sanft, dann im Kreis, mal oben, mal unten. Laura verlor die Fähigkeit, allem zu folgen, zumal jetzt der zweite Daumen dazu kam. Aglaia bearbeitete die Öffnung jetzt in jede Richtung und massierte den Schließmuskel wie wild. Sie zog ihn kräftig auseinander und weitete das Poloch immer mehr. Laura's Arsch glühte wie Feuer.

Mit viel Gespür ging Aglaia jetzt mit zwei Fingern rein. Sie tastete alles aus, so tief sie eben kam. Dann aber erhöhte sie den Druck nach unten, also zur Bauchdecke hin, wohl wissend, dass da der Muskelstrang der Vagina liegt. Beständig penetrierte sie mit dem Finger, vom Rand des Anus ausgehend bis nach tief innen, das Poloch, wobei sie den Druck langsam steigerte. Dann nahm sie die andere Hand zuhilfe und drückte mal oben, mal seitlich. Mit der Zeit kam in Laura das Gefühl auf, als würde sie tief im Bauch gefickt. Das wusste Aglaia und führte ihr einen angenehm weichen Dildo in den Arsch ein. Jetzt erlebte Laura eine wahre Flut von Schauern, heißen Wellen und Orgasmen.

Langsam drang sie tief rein, soweit, bis Laura automatisch wieder mit Zucken reagierte. Dann schob sie den Dildo genauso, wie sie es zuvor mit ihren Fingern gemacht hatte, weiter rein. Mit viel Druck glitt der Penis über den Strang der Vagina bis in die Tiefe, fast bis zum Bauchraum. Der Dildo drang immer weiter, am G-Punkt vorbei, ein und vermittelte ihr damit das Gefühl, als ob er den Muttermund berühmt und dabei sogar nachdrücken würde. Jetzt wurde Aglaia bestimmter. Die Wucht der Stöße nahm zu und der Dildo ging schneller rein und raus. Es war ein wildes, kraftvolles Ficken und Laura reagierte prompt. Aglaia verschaffte ihr den ersten Analorgasmus ihres Lebens. Sie war außer Atem und ihr Herz raste. Aglaia legte die Hand auf ihre Votze. Sie drang mit den Fingern der anderen Hand in Po und Votze ein. Jetzt fickte sie behutsam und ließ ihren Orgasmus wundervoll ausklingen.

Sie verharrte lange in diesem Zustand. Dann sagte Aglaia, dass sie sich wieder umdrehen solle. Laura lag jetzt wie vorher mit weit gespreizten Beinen. Aglaia stellte sich wieder dazwischen. Sie verstellte die Höhe der Winkel und drang wieder mit einem Dildo in ihren Arsch ein. Laura riss die Augen auf. Dann sah sie, dass Aglaia sie mit einem Strapon fickte. Aglaia beherrschte diese Technik bestens und stieß immer nach oben in Richtung Bauchdecke. Laura merkte, dass es sich nun irgendwie anders anfühlte. Dann war es klar. Aglaia fickte und wollte selber einen Orgasmus haben. Dieser Strapon hatte auch einen Innendildo, mit dessen Hilfe Aglaia sich nun selbst ihre Wonnen verschaffte. Der Außenpenis übertrug dann jede kleinste Bewegung auf den Innenpenis in der Votze der Trägerin. Zudem drückte er ja auch nicht unerheblich auf die Klitoris. Das war schon um ein Vieles besser, als ein Mann es einer Frau wohl jemals machen könnte. Aglaia kam langsam in Fahrt und zog Laura wieder mit. Aglaia hatte Laura stundenlang verwöhnt und nun holte sie sich ihre wohlverdiente Belohnung. Ich sah an ihrem Gesicht, wie sie sich aufschaukelte und mit einem erlösenden Schrei den Durchbruch zum Orgasmus hatte.

Ich streichelte Laura's Votze und zog mir Aglaia's Strapon an. Dieser glitt wie von selbst in Laura's Votze rein. Auch ich verstand es, in Richtung G-Punkt zu ficken. Laura beobachtete mich genau und bekam so natürlich sofort mit, dass ich meinen eigenen Orgasmus auch nicht mehr aufhalten konnte. Und dann ging er los. Auch Laura kam es zeitgleich. Ich spürte ihren Orgasmus überdeutlich. Es war wundervoll.

Im Bett zogen wir Laura einen anderen Strapon, auch mit einem Innendildo versehen, an. Aglaia kniete vor ihr und steckte sich den Außendildo in den Po. Laura vermochte kaum noch zuzustoßen. Ich unterstützte Laura in ihren Bemühungen, indem ich mit meinem Strapon ihr von hinten in den Arsch eindrang. Das war ganz leicht. Der Arsch war noch weit offen. Meine Stöße übertrugen sich auf Laura, die ihrerseits die Wucht an Aglaia weitergeben konnte. Aglaia und ich geilten uns noch mal richtig damit auf. Wie wild fickten wir uns gegenseitig mit Laura dazwischen. Wir küssten und leckten uns. Aber dann schlief Laura total erschöpft ein.

Als Laura aufwachte, saßen Aglaia und ich schon am Frühstückstisch. Laura lief etwas breitbeinig. Aglaia sagte zufrieden zu Laura: „Jetzt bist du eine richtige Stute mit fortgeschrittener Ausbildung. Die nächsten Tage wirst du nicht ficken wollen. Dann aber sagt dir dein Selbstbewusstsein, das du eine besonders willige Stute bist, bereit zum Reiten." Ich stand auf, nahm Laura in den Arm, küsste sie und sagte: „Danke, das wir dich ficken durften. Eine so junge Frau zu ficken, ist doch für uns auch etwas

Besonderes." Dabei entwich mir, vor Glück und auch etwas Stolz, eine kleine Träne aus dem Augenwinkel.

Nr. 55: Traumhaft geil, Laura als Fickmatratze

Seit der Party, auf der Laura die Tischdekoration war, wurden ihre Träume zunehmend wilder. Sie träumte, immer wieder auf dem Tisch zu liegen. Jeder Gast der dazukam, durfte sie ausgiebig benutzen. Sie wachte danach immer mit dem Gefühl auf, einen Orgasmus gehabt zu haben. Sie war dauergeil und wollte ständig gefickt werden. Ich nannte sie deshalb „Williges Fickfleisch".

Wie oft wir darüber gesprochen hatten, weiß ich nicht mehr. Aber irgendwann versprach ich ihr am Telefon, etwas in dieser Richtung für sie zu unternehmen. Vielleicht wieder so eine Party, wie damals. Einmal fragte sie mich: „Kann es denn sein, so hungrig auf Sex zu sein. Ständig einen Schwanz in sich haben zu wollen?" Ich antwortete mit einem knappen „Ja!". Daraufhin kaufte sich Laura einen Dildo, den sie tagsüber unter ihrem Slip in ihrer Votze trug. Dann reichte es ihr nicht mehr aus und sie nahm noch einen Analplug dazu. Aber alles, was sie damit bewirkte, war ein hoher Verbrauch an Slipeinlagen. Die Gier aber, gefickt werden zu wollen, minderte sich dadurch trotzdem nicht.

Ich rief Laura an und gab ihr Treffpunkt und Termin durch. Das Ganze sollte bei Aglaia stattfinden, die sie ja schon kannte. Laura stellte mir eine Menge Fragen: „Wird es wieder ein Verwöhnen oder doch ein Ficken? Und wenn ja, wie oft werde ich gefickt? Und werde ich Orgasmen haben, wie bei der Verwöhnmassage?" Ich lachte nur am Telefon und antwortete: „Du bist der Sameneimer, fertig. Mal sehen wie dir das gefällt." Ihre Gefühle fuhren Achterbahn.

Als Laura den Raum betrat, war noch kein Gast da. Aglaia und ich hatten ein kleines Buffet aufgebaut. Es deutete nichts darauf hin, was wir mit ihr geplant hatten. Sie war bis jetzt völlig ahnungslos. Ich schickte sie ins Bad. Kurz danach klopfte ich an der Tür vom Bad und fragte, ob sie fertig sei, weil die anderen Gäste sind bereits eingetroffen waren. Sie öffnete die Tür und erblickte vor sich ein merkwürdiges Gestell. Es war ungefähr 50 cm hoch und sah aus wie eine waagerecht liegende Säule, die an einem Ende wie eine Eistüte aussah. Diese waagerecht liegende Säule stand auf vier kräftigen, in der Höhe verstellbaren Beinen mit Rädern, die man feststellen konnte. Ich bat sie, sich mit dem Oberkörper darüber zu beugen. Dann stellte ich die Rolle auf die richtige Höhe ein. Ich spreizte ihre Beine weit auseinander und band ihre Füße an den dafür vorgesehenen Schlaufen fest. Ebenso band ich ihre Handgelenke fest und achtet darauf, dass sie einigermaßen bequem liegen konnte. Ich schmierte ihr vorausschauend die

Votze und das Arschloch mit reichlich Fett ein, damit alles schön rutschig wurde.

Dann rollte ich sie in den Raum, wo sie mit lautem Beifall von den anderen Gästen begrüßt wurde. Unter den Männern und Frauen befanden sich auch Marc und Stefan, die Laura bereits kannte. Mit den beiden war sie früher gemeinsam zur Schule gegangen. Von den anwesenden Frauen war Diana das erste Mal mit dabei. Sie war von Aglaia dazu auserkoren worden, den Anfang zu machen. Ich half ihr, den Strapon anzulegen, den Aglaia uns rüberreichte. Diana versuchte sich damit an Laura, deren Votze bereits gierig danach lechzte. Aber Diana war dabei nicht sehr erfolgreich. Sie war ungeübt und deshalb ein wenig verzweifelt. „Macht doch nichts", meinte ich. „Wenn du mit deinem Mann Thomas fleißig übst, bereitet es dir demnächst keinerlei Probleme mehr. Es ist alles eine reine Übungssache."

Dann war Marc an der Reihe, der bisher in dieser Runde auch noch nie mit dabei war. Er bemühte sich wirklich sehr. Er wollte nicht zu schnell kommen und so hatte Laura genügend Zeit, sich darauf einzustellen. Es gelang ihr, aber sie bekam trotzdem einen kleinen Orgasmus. Dann folgte Stefan, auch ein Schulfreund von ihr. Stefan ging aufs Ganze. Er fickte sie gleich anal. Eigentlich war er hierbei richtig hart und brutal. Aber dafür war für ihn der Reiz zu groß und er spritzte gleich ab.

Nun war Thomas an der Reihe. Er schleckte sie einfach ab. Alles was tropfte, schluckte er weg. Seine Diana stand dabei und meinte nur, dass es schön sei, ihn mal so geil zu sehen, ohne dabei selbst mitzuwirken. Dann fickte Thomas die hilflose Laura und Diana feuerte ihn dabei an. Erst mit Worten, dann mit Klatschen auf seinen Po. Als es ihr zugerufen wurde, fickte sie ihn mit dem Finger in den Arsch.

Man gönnte Laura keine Pause. Ich erinnerte sie daran, dass sie einfach nur der Sameneimer zu sein hatte. Und der wurde jetzt von Kira, die Laura auch bekannt war, ohne irgendeine Stelle auszulassen, ausgeforscht. Sie beherrschte den Strapon und fickte sie damit zärtlich und gekonnt. Laura ging mit Kira's Rhythmus mit, denn Kira hatte ein Gespür dafür, was Laura fühlte. Es war ein wunderbares Gefühl für beide. Laura wünschte sich deshalb, mit Kira auch mal alleine zu sein. Sie ganz allein für sich zu haben und sie zu verwöhnen.

Boy und Toy durften dabei auch nicht fehlen. Beide waren danach an der Reihe und machten sich unverzüglich über Laura her. Der eine nahm sich ihre Votze und der andere ihren Arsch vor. Dazu benutze Toy die vordere der zwei Bänke, die parallel zur Rolle aufgestellt waren, so dass er höher stehen konnte und somit besser an ihr Arschloch gelangen konnte. Boy stellte sich hinter Toy und fickte durch dessen Beine hindurch ihre Votze. Wenn es auch nicht sehr lange dauerte, aber die beiden waren wohl die letzten, bei denen Laura noch einigermaßen reagieren konnte. Alle die danach an die Reihe kamen, fickten nur noch in ihre offenen Löcher, die bereitwillig und ohne jegliche Spannkraft von ihr dargeboten wurden. Dennoch war sie weit davon entfernt, das Handtuch zu werfen, weil ihre Lust sie weiter motivierte.

Aber dann bat sie mich, eine kleine Pause einlegen zu dürfen, weil ihre prallvolle Blase sich meldete. Ich aber lehnte eine Pause rigoros ab. Aglaia und ich zogen ein Kunststofflaken unter Laura hindurch auf die Rolle. Dann hoben wir die Rolle mitsamt Laura auf eine Gummimatte, die mit einem etwas hochstehenden Rand versehen war und stellten zusätzlich noch eine kleine Wanne zwischen ihren Beinen auf den Boden. „Wenn es nicht anders geht, lässt du es einfach laufen", sagte ich zu ihr, obwohl ich genau wusste, dass es nicht einfach ist, in dieser Lage und Situation pinkeln zu können. Die übrigen Gäste warteten deshalb gespannt ab. Sie alle waren unwahrscheinlich geil darauf, Laura pinkeln zu sehen.

Natürlich konnte sie nicht ahnen, dass sie keine andere Möglichkeit hatte, als nur einfach draufloszupinkeln. Wir schickten jetzt Eberhard ins Rennen. Eberhard, der Mann von Rita, mit dem sehr großen Riesenpenis. Als er in ihr eindrang, konnte sie es nicht glauben, dass es nur sein Penis war. Er ging aber trotzdem gut rein und Eberhard stieß munter, absichtlich Richtung Blase, drauflos. Und dann spritzte die Pisse mit einem strammen Strahl aus ihr heraus. Der Strahl verebbte urplötzlich, um sofort wieder in ganzer Stärke präsent zu sein. Jetzt war es ihr auch egal. Sie hatte das so noch nie erlebt. Die Pisse wurde regelrecht in Intervallen aus ihr rausgepresst und lief über die Rolle nach unten ab. War es nun sein monströser Penis, der ihr den wunderschönen, anhaltenden Orgasmus bescherte, oder war es die Tatsache, dass sie pisste? Wir konnten es nicht zuverlässig beurteilen.

Sie war wie berauscht. Sie beschimpfte alle mit den Worten: „ Ihr Ficker, nun lasst es mal richtig krachen! Ich brauche mehr!" Ja, sie wollte es heftiger und stärker. Das war jetzt das Signal für Frank, der sich lange zurückhalten konnte und sehr erfahren im herauszögern seines Orgasmus' war, sich über Laura herzumachen. Dann aber wurde Frank von seiner Frau Sabrina, einer sehr erfahrenen Strapon Fickerin, abgelöst. Als Sabrina ermüdete, übernahm Frank wieder. Sie wechselten sich ständig ab, damit Frank nicht so schnell zum Abspritzen kam und deshalb länger durchhalten konnte. Ihre Votze wurde immer unempfindlicher gegenüber den vielen Reizungen. Es dauerte vielleicht eine halbe Stunde, bis Laura das Zucken von Frank in sich spürte. Seine warme Sahne lief an ihren Beinen runter auf die Matte. Ich ging zu ihr und legte ihr meine Hand auf die Schulter. Ich freute mich genauso wie sie, dass sie so toll mitgehen konnte.

Wir ließen sie aber immer noch nicht frei und ermutigten sie, weiter durchzuhalten. Nun war Rita, die damals von mir das

Ficken mit dem Strapon gelernt hatte, an der Reihe. Mittlerweile fickte sie damit ihren Eberhard regelmäßig. Aber ein Männerarsch ist eben härter als ein Frauenarsch. Sie fickte Laura genauso hart wie ihren Eberhard. Mit Wucht drang sie anal ein und verrichtete unerbittlich ihr Werk. Jetzt begann Laura, vor ihren Augen, lauter Sterne zu sehen. Jetzt hätte sie gerne ihre Hände und Füße freigehabt, um die Flucht ergreifen zu können. Aber dieser fromme Wunsch blieb ihr natürlich verwehrt. Rita schaffte sie und Laura begann langsam zu leiden. Aber sie wollte weitermachen, um ihre Grenzen auszuloten und vielleicht auch zu überschreiten. Als es dann soweit war und ihr Orgasmus kam, musste sie heftig Luft holen und schnaufte unüberhörbar laut dazu.

Von allen gefickt zu werden, das erleben, was so alles in ihren geilen Träumen vorkam, wurde für Laura Wirklichkeit. Das zu spüren, was man nie für möglich gehalten hätte, es real erleben zu dürfen. Gleichzeitig von mehreren Männern und Frauen genommen zu werden, war auch immer ein sehnlicher Wunsch von ihr gewesen. Das hatte sie nun erleben können. Ihren ungeheuren Hunger, verbunden mit Lust und Leidenschaft, hatte sie dennoch nicht gänzlich stillen können. Erst viel später vermochte sie es, ihn dennoch einigermaßen zu beherrschen. Geil zu sein ist etwas Wundervolles. Geilheit erleben und sich darin verwirklichen zu können, ist sicherlich ein ganz besonderes Privileg, welches sie nun für sich beanspruchen konnte.

Als sie sich wieder ein klein wenig gefangen hatte, kam Aglaia wieder zu ihr. Sie hatte einen Umschnallgürtel angelegt, der auf der Vorderseite mit einer sehr festen großen Platte versehen war, auf der ein Dildo für die Votze und ein weiterer für die Arschvotze montiert waren. Das versprach natürlich auch keinen romantischen gefühlvollen Fick. Aber Aglaia hatte die Routine und die Erfahrung, gut damit umgehen zu können. Wie selbstverständlich drang sie damit in ihre weit geöffneten Fickhöhlen ein. Laura war weit davon entfernt, dadurch einen Orgasmus zu bekommen. Ihre Gefühlswelt konnte mit dem Reiz nichts mehr anfangen. Sie war fertig und ausgelaugt.

Ich erkannte ihre Erschöpfung und band sie endlich los. Aber sie war nicht mehr in der Lage, sich aufzurichten. Boy und Toy hoben sie von der Rolle und legten sie auf eine Liege. Ich machte mir etwas Sorgen. Doch sie lächelte, weil sie es durchgehalten und überstanden hatte. Ob sie das wieder machen würde? Wer weiß das schon. Mal sehen was ihre Träume sie noch erleben lassen.

Babara Wolke gehört zur Generation 55 Plus. Sie heiratete, nach ihrer Ausbildung zur Konditorin, im Alter von 18 Jahren. Nach 16 Jahren Ehe, die von Gewaltexzessen begleitet waren, verließ sie ihren Mann. Sie nahm ihre Kinder mit und wohnte kurzzeitig in einem Frauenhaus. Sie machte sich in der Gastronomie selbständig, um ihren Kindern ein sorgenfreies Leben bieten zu können.

Babara erkannte, dass sie nun wieder mit allen Sinnen am Leben teilnehmen konnte. Sie fühlte, dass sie ihre Sehnsüchte und Bedürfnisse herausschreien musste, um in ihrem Leben, die Lust wieder als befreiend empfinden zu können. So entstand das erste ihrer Bücher *„Sinnlicher Wolkenflug"*, das autobiografische Elemente aufweist. Es symbolisiert das Aufwachen, das Befreien einer Frau aus ihren mentalen Fesseln und ihre Zuwendung, hin zum unkonventionellen, tabulosen und freizügigen Sex, dabei immer auf die eigenen Gefühle, Träume, Neigungen und Fantasien konzentriert.

Erhältlich ist es bei **bod.de**, Amazon.de und in vielen weiteren Buchläden

als gedrucktes Buch: **ISBN: 9783743188105**

als E-Book: **ISBN: 9783744875882**

Ein Fan schrieb dazu: KAUFT DIESES BUCH! Es ist jede Zeile wert! Diese Erotik, diese Geilheit, gegenseitige Liebe und Achtung, die auf Respekt, bedingungsloser Hingabe, Freiwilligkeit oder Begegnungen auf Augenhöhe beruht! Mein Urteil lautet: Sex.. äh, 6 von 6 Sternen.